国家林业局野生植物保护专项调查丛书

梭梭与肉苁蓉生态学研究

Ecological Studies of *Haloxylon* and *Cistanche deserticola*

郭泉水　丛者福　王春玲 等　著

科 学 出 版 社

北 京

内 容 简 介

本书在调查和试验研究的基础上，阐述了我国梭梭荒漠现存和潜在植被的地理分布及其景观结构、梭梭群落结构、梭梭植冠构筑型及其与环境的关系；肉苁蓉的生物学和生态学特性、化学成分及药理作用、繁殖技术、资源状况、市场需求、开发潜力；接种和采挖肉苁蓉对梭梭天然林以及梭梭根际土壤环境的影响；梭梭被肉苁蓉寄生后，在生长和生理代谢方面的反应。在此基础上探讨了我国肉苁蓉的资源开发和梭梭林的经营对策。

本书可供林业科研、教学、野生植物保护部门以及从事沙产业开发的广大科技和管理工作者参考。

图书在版编目(CIP)数据

梭梭与肉苁蓉生态学研究/郭泉水等著. —北京：科学出版社，2009
(国家林业局野生植物保护专项调查丛书)
ISBN 978-7-03-023749-1

Ⅰ.梭…　Ⅱ.郭…　Ⅲ.①梭梭属-植物生态学-研究②肉苁蓉-植物生态学-研究　Ⅳ.S792.990.2　S567.230.1

中国版本图书馆 CIP 数据核字(2008)第 203893 号

责任编辑：张会格　席　慧/责任校对：赵燕珍
责任印制：钱玉芬/封面设计：耕者设计工作室

科学出版社出版
北京东黄城根北街 16 号
邮政编码：100717
http://www.sciencep.com

铭浩彩色印装有限公司印刷

科学出版社发行　各地新华书店经销

*

2009 年 3 月第　一　版　　开本：B5(720×1000)
2009 年 3 月第一次印刷　　印张：10 1/2　插页：1
印数：1—1 000　　字数：190 000

定价：50.00 元

(如有印装质量问题，我社负责调换〈环伟〉)

《梭梭与肉苁蓉生态学研究》著者名单

（以姓氏笔画为序）

马　超　王春玲　巴哈尔古丽

史作民　丛者福　刘玉军

刘茂秀　杨曙辉　何红艳

郭志华　郭泉水　阎　洪

谭德远

前　言

梭梭为藜科（Chenopodiaceae）梭梭属（*Haloxylon* Bunge）的超旱生小乔木，呈高大灌丛状。世界上梭梭属植物约11种，我国有2种，即梭梭（梭梭柴）[*H. ammodendron*（C. A. Mey.）Bunge] 和白梭梭（*H. persicum* Bunge ex Boiss. et Buhse）。这两个树种均为国家重点保护物种，天然分布在新疆、内蒙古、甘肃、宁夏等省（自治区）。梭梭属植物适应性强，耐干旱、耐贫瘠、耐风沙、耐盐碱，是我国西北荒漠地区优良的造林树种；其木材坚硬，热值高，有“沙漠活煤”之称；其枝可以饲用，是牲畜，特别是骆驼喜食的植物。以梭梭属植物为优势的荒漠植被的面积约占我国荒漠（不包括山地）总面积的1/10，在维护西北干旱和半干旱地区的生态平衡中发挥着重要作用。

肉苁蓉（*Cistanche deserticola* Y. C. Ma），习称大芸、苁蓉，是列当科（Orobanchaceae）肉苁蓉属（*Cistanche*）的多年生寄生草本植物，主要寄主为梭梭（梭梭柴）和白梭梭。肉苁蓉有很高的药用价值，是国内外驰名的补益中药，具有“沙漠人参”之称，在我国已有1800多年的药用历史。自从十多年前日本专家从肉苁蓉中发现了“养命因子”——肉苁蓉总苷之后，国内外相关研究领域和产业部门都给予了极大的关注。近年来，医药界又从肉苁蓉中分离鉴定出上百种对人体有益的化合物和活性成分。随着肉苁蓉医药作用的不断发现，以肉苁蓉为原料的医药和保健产品的研制工作得到迅猛发展，国内外市场对肉苁蓉的需求量也在不断增加。据初步调查，20世纪80年代，国内外年肉苁蓉的需求量大约在600 t，到21世纪初期，猛增到了4500 t左右，是20世纪80年代的7倍多。我国肉苁蓉的蕴藏量约2000 t，而年实际收购量200 t左右，供需矛盾非常突出。在市场推动下，肉苁蓉的价格不断抬升，与十几年前相比，上涨了400%～500%。供需矛盾不仅拉动了肉苁蓉的市场价格，也推动了人工接种肉苁蓉技术的研发。经过科技工作者的多年努力，目前人工接种技术难关已经突破，并基本实现了当年接种，第二年有收获，在集约经营下，每亩可产鲜苁蓉80～120 kg，一次接种后的9～10年内，还会连续有收获。据初步测算，栽种1株梭梭和接种的成本费约10元，投入和产出比可达到1∶5或1∶10。因此，有人称沙漠里的梭梭林是“黄金库”。近年来，西北地区许多政府和产业部门都相继出台了一些种植梭梭和白梭梭以及接种肉苁蓉的优惠政策，以鼓励农牧民从事肉苁蓉产业的开发工作。与此同时，国内外的一些企业也纷纷加入了以肉苁蓉为主的产业开发行列。

历史经验证明，无论何种植物，一旦发现其具有某种经济价值，则很快会因为过度开发利用而导致其濒临灭绝。我国有许多这方面的先例，如人参（*Panax ginseng* C. A. Mey.）、红豆杉（*Taxus* spp. L.）、石斛（*Dendrobium* Sw.）等植物都属于这种情况。资源开发利用和保护历来就存在着比较尖锐的矛盾。在全球普遍关注资源和环境的今天，人们寻求的应该是在不破坏环境、保证资源持续利用前提下的合理开发。肉苁蓉属全寄生植物，即自身不含叶绿素，不能进行光合作用，植株生长发育所需的营养和水分均来自寄主。肉苁蓉的药用部位是出土前尚未开花的鳞状茎，一旦破土而出则开花结实，随后便整株枯萎，失去药用价值，人们采挖的都是尚未出土且没有开花结实的肉苁蓉，连续采挖的结果必然会导致肉苁蓉种源缺乏，久而久之，肉苁蓉资源就会因此而枯竭。梭梭被肉苁蓉寄生后，其生长、代谢和植株寿命也会受到影响；接种和采挖肉苁蓉对梭梭的生存环境也会构成一定的威胁。

林业产业是以获取经济效益为目的，以森林资源（森林、林地以及依托森林、林木、林地生存的野生动物、植物和微生物等）为基础，以技术和资金为手段，有效组织和提供各种物质和非物质产品的行业。梭梭植物资源是肉苁蓉产业发展的基础，如果梭梭资源遭受破坏，那么在此基础上的肉苁蓉资源开发利用也不可能是持续的。肉苁蓉产业的发展，既不能游离于国民经济发展的总体走势之上，也不能游离于以生态建设为主的林业发展总体战略之外。这就要求肉苁蓉产业的发展必须沿着注重保护梭梭资源，保护生态、产业发展与生态建设互相促进的生态型产业方向发展，但目前缺乏对这些问题的实质性调查研究。

近年来，国家林业局野生动植物保护司审时度势，对梭梭植物资源保护和肉苁蓉产业的发展给予了很大关注，在2002～2008年连续7年间，多次围绕肉苁蓉资源开发和梭梭资源保护设立专项课题，组织开展调查研究，并取得了显著成效。本书即为多年调查研究的部分成果。

本书共分七章。第一章撰稿人：郭泉水、阎洪、王春玲、谭德远、郭志华、史作民、马超、何红艳；主要阐述了我国梭梭荒漠现存和潜在植被的地理分布及其景观结构。第二章撰稿人：丛者福、刘茂秀、杨曙辉、郭泉水、王春玲、谭德远、史作民、马超；主要阐述了梭梭的群落结构和生态学特征，包括梭梭群落的种类组成，梭梭种群的空间分布格局，梭梭群落的种间关联性以及不同生境条件下梭梭群落的结构差异性表现。第三章撰稿人：丛者福、刘茂秀、杨曙辉；主要阐述了梭梭植冠构筑型及枝生长格局。第四章撰稿人：巴哈尔古丽、谭德远、郭泉水、王春玲；主要阐述了肉苁蓉的生物学和生态学特性、化学成分及药理作用、繁殖技术、资源状况、市场需求及开发利用。第五章撰稿人：王春玲、郭泉水、谭德远、史作民、马超；主要阐述了接种和采挖肉苁蓉对梭梭天然林和梭梭植株个体生长的影响；第六章撰稿人：郭泉水、谭德远、王春玲、史作民、马超；主要阐述了肉苁蓉采挖坑对梭梭根际土壤水分的影响。第七章撰稿人：谭德远、刘玉军、郭泉水、王春玲；主要从接种肉苁蓉后梭梭的生理代谢方面阐述了肉苁蓉对梭梭的影响机制。关于肉苁蓉资源开发和梭梭资源保护对策的探讨融于各章节之中。全书统稿由郭泉水和丛者福完成。

本书的出版得到了国家林业局野生动植物保护司有关领导和新疆、内蒙古、甘肃、宁夏等省区林业局（厅）的大力支持；在试验研究和调查工作中，得到了新疆吉木萨尔林木良种总站、莫索湾生态站、新疆林业科学研究院等单位的热情帮助；在土壤和植物生理生化测定与分析、植物种类鉴定等方面，新疆农业大学林学院做了大量工作；中国林业科学研究院森林生态环境与保护研究所朱建华副研究员、2005 届的研究生王祥福同学和西部之光访问学者郝建玺同志等为本书的出版也做了很多贡献，在此一并致谢！

希望本书的出版，能够对我国珍稀濒危植物肉苁蓉的资源开发和梭梭的资源保护起到一定的促进作用。

由于作者水平有限，不足之处在所难免，欢迎读者批评指正。

郭泉水

2008 年 9 月 14 日

目　　录

第一章　梭梭荒漠现存和潜在植被的地理分布及其景观结构

第一节　我国以梭梭属为优势的现存梭梭荒漠植被的地理分布及其景观结构

梭梭为藜科（Chenopodiaceae）梭梭属（*Haloxylon* Bunge）超旱生小乔木，呈高大灌丛状。由梭梭构成的荒漠群系为亚洲荒漠区分布最为广泛的植被类型（中国植被编辑委员会，1983）。世界上梭梭属植物约 11 种，我国有 2 种，即梭梭（梭梭柴）[*H. ammodendron*（C. A. Mey.）Bunge] 和白梭梭（*H. persicun* Bunge ex Boiss . et Buhse）（中国植被编辑委员会，1983；国家环境保护局自然保护司保护区与物种管理处，1991）。以梭梭属为优势的梭梭荒漠植被的面积约占全国荒漠（不包括山地）总面积的 1/10（胡式之，1963），主要分布在新疆、内蒙古、甘肃、宁夏等省（自治区）（中国科学院中国植被图编辑委员会，2001）。梭梭适应性强，对土壤要求不严，是荒漠地区造林的优良树种；梭梭根部寄生的肉苁蓉（*Cistanche deserticola* Y. C. Ma）为举世闻名的中药材，在沙产业开发中具有广阔的发展前景（谭德远等，2004b）。梭梭（梭梭柴）和白梭梭以及肉苁蓉均为国家重点保护物种（国家环境保护局自然保护司保护区与物种管理处，1991）。

梭梭荒漠植被地理分布和资源动态的研究一直备受关注（中国植被编辑委员会，1983；国家环境保护局自然保护司保护区与物种管理处，1991；胡式之，1963；中国科学院中国植被图编辑委员会，2001；谭德远等，2004a；中国森林编委会，2000；贾志清等，2004；王仁忠，1996；杨美霞和邹受益，1995；马海波等，2000；张希林，1999；马海波等，2000；黄培祐和吕自力，1995，王春玲等，2005；郭泉水等，2005）。1958～1959 年，中国科学院曾联合全国 98 个单位开展过大规模的考察；20 世纪 70 年代末到 80 年代初，西北部分地区应用遥感技术进行过综合调查；在以后的数年中，此项工作一直没有停止过。

植被是一种有空间变化的地理现象，但这种变化不是偶然的，而是趋于一定的分布格局；植被本身具有一定的结构，不同的结构反映着不同的生态功能。充分认识植被的地理分布规律和结构特征，进而揭示其与生态因子之间的关系，是植被生态学的主要任务之一（宋永昌，2001），同时，对于指导林业实践也具有重要意义。本节基于 2001 年版中国植被图，应用地理信息系统（GIS）ARC/

INFO（NT 版）和数字化仪等现代信息处理技术，提取以梭梭属为优势的现存梭梭荒漠植被地理分布信息，绘制梭梭荒漠植被分布专题图，在此基础上，应用景观生态学原理和方法，分析梭梭荒漠群落的地理分布规律及其斑块特征，同时，结合我国近年来对梭梭荒漠植被盖度的调查结果，对我国以梭梭属为优势的现存梭梭荒漠植被状况进行综合分析，为深入开展梭梭资源动态及其相关研究提供背景材料，同时为政府有关部门制定梭梭荒漠植被宏观管理决策提供参考。

具体研究过程：一是应用 GIS 软件 ARC/INFO（NT 版）和数字化仪，从 1∶1 000 000《中国植被图集》中提取以梭梭属为优势的现存梭梭荒漠植被地理分布信息，制作现存梭梭荒漠植被地理分布专题图。内容包括：分幅图形计算机扫描→拼接→核校→数字化→编辑→属性数据录入→图形输出等。二是以现存梭梭荒漠植被地理分布专题图为基础，应用地理信息系统（GIS）统计分析模块，计算现存梭梭荒漠植被景观斑块的数量特征。计算内容包括：斑块总面积、斑块数、斑块平均面积、最小斑块面积、最大斑块面积、斑块面积极差、斑块面积变异系数、斑块密度、边缘密度等。其中，斑块平均面积、斑块密度、边缘密度的计算方法如下：

$$S = A/n \tag{1}$$

式中，S 为梭梭荒漠植被斑块平均面积；A 为梭梭荒漠植被总面积；n 为梭梭荒漠植被斑块数。

$$\mathrm{PD} = n/A \tag{2}$$

式中，PD 为梭梭荒漠植被斑块密度；n 为梭梭荒漠植被斑块数量；A 为梭梭荒漠植被总面积。

$$\mathrm{ED} = L/A \tag{3}$$

式中，ED 为梭梭荒漠植被斑块边缘密度；L 为梭梭荒漠植被斑块边缘长度；A 为梭梭荒漠植被的总面积。

一、以梭梭属为优势的现存梭梭荒漠植被的群落类型及其地理分布

在《中国植被》中，荒漠是一种自然地理景观的名称。按土壤基质类型可将荒漠区分为沙质荒漠（沙漠）、砾石荒漠（砾漠）、石质荒漠（石漠）黄土状或壤土荒漠（壤漠）、龟裂地或黏土荒漠、风蚀劣地（雅丹）荒漠与盐土荒漠（盐漠）等。在中国植被分类系统中，梭梭（梭梭柴）荒漠（Form. *Haloxylon ammodendron*）和白梭梭荒漠（Form. *H. persicum*）分别属于荒漠（植被型）中小乔木荒漠（植被亚型）的下一级分类单位（群系）（中国植被编辑委员会，1983）。

由于荒漠中的地貌、基质、水分与盐分的局部变化，可以造成生态条件的重

大差异，所以在荒漠中植被的复合和镶嵌现象十分显著。通常，不同的荒漠群系多是以斑块散布在优势荒漠植被中，或者两三类荒漠群落类型相结合分布。在2001年的《中国植被图集》中，对土壤基质特征比较明显的梭梭荒漠进一步划分出了梭梭柴沙漠（*H. ammodendron* sandy desert）、梭梭柴砾漠（*H. ammodendron* gravel desert）、梭梭柴壤漠（*H. ammodendron* loamy desert）和梭梭柴盐漠（*H. ammodendron* saline desert），对土壤基质特征不明显的没有细分，仍统称为梭梭柴荒漠；并针对不同群系斑块或荒漠群落相结合的情况，进一步划分出梭梭柴沙漠＋白梭梭荒漠（*H. ammodendron* sandy desert＋*H. persicum* desert）、梭梭柴荒漠＋西伯利亚白刺荒漠（*H. ammodendron* sandy desert＋*Nitraria sibirica* desert）、梭梭柴荒漠＋油蒿荒漠（*H. ammodendron* sandy desert＋*Artemisia ordosica* desert）、梭梭柴砾漠＋西伯利亚白刺荒漠（*H. ammodendron* gravel desert＋*Nitraria sibirica* desert）、梭梭柴壤漠＋无叶假木贼荒漠（*H. ammodendron* loamy desert＋*Anabasis aphylla* desert）等类型。对白梭梭荒漠划分出了白梭梭荒漠（*H. persicum* desert）和白梭梭荒漠＋沙蒿荒漠（*H. persicum* desert＋*Artemisia desertorum* desert）。应用GIS图形处理技术，提取不同梭梭荒漠植被类型分布信息，绘制出梭梭荒漠植被地理分布专题图，如彩图1所示。

由彩图1可知，我国以梭梭属为优势的现存梭梭荒漠植被分布的东界位于内蒙古自治区乌拉特后旗，约为107.6°E，西界位于新疆维吾尔自治区的阿图什市，约为77.3°E；北界位于新疆维吾尔自治区的吉木乃县，约为47.4°N，南界位于青海省的都兰县，约为36.1°N；梭梭荒漠植被集中分布区的海拔高度在87～3174 m。现存梭梭荒漠的东界和南界分布的主要类型是梭梭柴砾漠，西界和北界分布的主要类型是梭梭柴沙漠。对照中国地势图（中国科学院中国植被图编辑委员会，2001），从地貌上分析的结果表明，在新疆维吾尔自治区以梭梭属为优势的现存梭梭荒漠植被主要分布在阿尔泰山以南、天山以北的准噶尔盆地以及天山以南、昆仑山以北的塔里木盆地的北缘；在内蒙古自治区，主要分布在巴丹吉林、乌兰布和、腾格里三大沙漠和库布齐沙漠西部；在青海省，主要分布在柴达木盆地；在甘肃省，主要分布在河西走廊一带。应用GIS统计分析模块进行计算，得出不同省（自治区）不同梭梭荒漠群落类型的面积（表1-1）。

由表1-1可知，我国以梭梭属为优势的现存梭梭荒漠植被的总面积约11 393 321 hm²。其中以新疆维吾尔自治区分布的面积最大，约占全国梭梭荒漠植被总面积的73.1%；其次是内蒙古自治区，约占14.1%；青海省和甘肃省分布的面积相对较小，约占7.9%和4.9%。对不同梭梭荒漠群落类型的面积进行比较可知，以梭梭柴砾漠的面积最大，约占全国梭梭荒漠植被总面积的37.3%；其次为白梭梭荒漠，约占全国梭梭荒漠植被总面积的23%；再次为梭梭柴沙漠，

表 1-1　现存梭梭荒漠群落类型和面积

梭梭荒漠群落类型	新疆 /hm²	内蒙古 /hm²	青海 /hm²	甘肃 /hm²	全国 /hm²
梭梭柴荒漠	379 317	353 168	211 445		943 930
梭梭柴沙漠	1 748 550	311 330	223 302	144 356	2 427 538
梭梭柴沙漠＋白梭梭荒漠	247 640				247 640
梭梭柴荒漠＋西伯利亚白刺荒漠		10 608			10 608
梭梭柴荒漠＋油蒿荒漠		42 001			42 001
梭梭柴砾漠	2 603 226	818 829	416 651	411 271	4 249 977
梭梭柴砾漠＋西伯利亚白刺荒漠		28 294			28 294
梭梭柴壤漠	126 656	797	47 198		174 651
梭梭柴壤漠＋无叶假木贼荒漠	47 923				47 923
梭梭柴盐漠		42 872			42 872
白梭梭荒漠	2 615 766				2 615 766
白梭梭荒漠＋沙蒿荒漠	562 121				562 121
合计	8 331 199	1 607 899	898 596	555 627	11 393 321

约占全国梭梭荒漠植被总面积的 21.3%。这 3 种梭梭荒漠群落类型的面积总和约占全国梭梭荒漠植被总面积的 81.6%，其他梭梭荒漠群落类型仅占全国的 18.4%。

二、以梭梭属为优势的现存梭梭荒漠植被的景观结构及其特征

（一）以梭梭属为优势的现存梭梭荒漠植被的盖度结构

植物的多度或密度、盖度、高度、重量、体积、同化面积和吸收面积等均为反映植被结构的指标。在这些指标中，植被盖度容易获取且应用最广泛。为了了解我国梭梭荒漠植被的结构，对新疆和内蒙古两个自治区林业厅 2001 年森林分类区划界定成果资料进行统计（表 1-2），并在此基础上对现存梭梭荒漠植被的结构进行分析。

由表 1-2 不难发现，我国以梭梭属为优势的现存梭梭荒漠植被的盖度普遍较小。在新疆，梭梭群落盖度大于 30%的面积仅占该区梭梭荒漠植被总面积的 12%左右；内蒙古梭梭群落盖度大于 30%的面积占该区梭梭荒漠植被总面积的 29%左右。由于新疆和内蒙古梭梭荒漠植被面积较大，为我国梭梭荒漠植被的主要分布区，因此，这两个区梭梭荒漠植被的盖度结构基本上可代表全国梭梭荒漠

植被盖度结构的总体状况。

表 1-2　以梭梭属为优势的现存梭梭荒漠植被盖度结构

分布地区	盖度大于 30%的面积/hm^2	盖度为 10%～30%的面积/hm^2
新疆（合计）	1 010 591.94	550 209.86
克拉玛依	59 215.86	44 587.54
塔城	362 423.01	205 435.58
博尔塔拉	83 433.30	10 245.03
昌吉	219 651.38	184 690.87
阿拉泰	91 446.72	8778.91
自然保护区	194 421.67	96 471.93
内蒙古（合计）	475 492.60	8757.40
阿拉善盟	385 812.60	591.40
巴彦淖尔	89 680.00	8166.00

（二）以梭梭属为优势的现存梭梭荒漠植被景观斑块及其特征

对以梭梭属为优势的现存梭梭荒漠植被分布专题图中的各景观的斑块特征进行定量分析，结果见表 1-3。

表 1-3　以梭梭属为优势的现存梭梭荒漠植被斑块特征

斑块总面积/hm^2	斑块数/个	平均面积/hm^2	最小面积/hm^2	最大面积/hm^2	面积极差/hm^2	变异系数/%	斑块密度/(个/hm^2)	边缘密度/(m/hm^2)
11 393 321.4	180	63 296.23	382.0	6 754 974.1	6 754 592.1	794.8	0.000 001 6	2.3

由表 1-3 可知，我国以梭梭属为优势的现存梭梭荒漠植被由 180 个大小不同的斑块所组成。斑块之间的面积差别较大。其中最大的斑块面积是最小斑块面积的 17 683 倍。对照彩图 1 可以发现，梭梭荒漠植被面积较大的斑块主要集中分布在新疆，而内蒙古的斑块面积相对较小。

植被景观的斑块特征是植被最重要的空间分布特征之一，另外，斑块大小也是景观空间结构的重要参数。综合分析可概括出我国以梭梭属为优势的现存梭梭荒漠植被景观的斑块特征，即小斑块多，大斑块少，斑块面积大小差别悬殊，多数斑块间的距离较大。

三、以梭梭属为优势的现存梭梭荒漠植被地理分布及其景观格局形成的原因和未来发展趋势

综合上述分析可以看出，我国以梭梭属为优势的现存梭梭荒漠植被的分布非

常广阔，但植被盖度低，植被景观破碎化现象严重。发生这种现象的原因可概括为两个方面：一方面是自然因素。梭梭荒漠植被经常处在水热因素极度不平衡的环境之中，水分亏缺，热量过剩且散失迅速。无论是以辐射平衡与降水的比值或热量与降水的比值来衡量，均表现出3～4倍以上的水分亏缺。梭梭荒漠植被中的生物成分（植物、动物、微生物）单纯且贫乏，群落结构、食物链和营养级位均比较简单，生境严酷。为了减少个体之间对水分和营养物质的竞争，植株个体之间的距离一般都比较大，可以认为这是梭梭维持与脆弱生境之间平衡的一种生态对策。另一方面是人为干扰。人为干扰对非常脆弱的梭梭荒漠植被生态系统造成的损害是非常严重的。例如，20世纪50年代，中苏联合综考队对古尔班通古特沙漠南缘的莫索湾地区考察表明，该地区是我国白梭梭分布最为集中的地区，白梭梭与梭梭柴共同构成了该地区荒漠植被的优势种群，是我国梭梭荒漠植被分布的典型区域之一。1958年夏季军垦大军来到此地，在很短的时间内就将以梭梭为主的荒漠植被开垦成了4.3万hm^2耕地（黄培祐和吕自力，1995），20世纪80年代初，内蒙古的阿拉善地区，有梭梭成林面积84.8万hm^2，90年代末，横穿该地区东西的800 km的梭梭林已沦为稀疏的53万hm^2的残林，部分地区的梭梭由建群种变成了伴生种或偶见种，甚至有些地段变成了寸草不生的沙漠和砾石戈壁。梭梭荒漠植被的植物种类也由70年代末的96种减少到了目前的30多种。产生这些现象的原因可能还有近40年来气候极度干旱，黑河水断流，湖泊干涸，地下水位下降，各种自然灾害频繁发生等多方面的影响，但是人为活动的干扰无疑是带有主导性的（张希林，1999）。梭梭的嫩枝和群落中的许多草类可被羊和骆驼采食；梭梭的材质坚实，是上等的薪炭材，梭梭根部寄生的肉苁蓉是很好的强身剂，具有滋阴壮阳、润肠通便的功效，正是由于这些原因，凡是有梭梭荒漠植被分布的地段，自然也就成了人们放牧、樵采、采挖肉苁蓉等人为活动较为频繁的场所。

从生物学角度分析，斑块大小对生态系统的影响主要有两个方面：一方面是对生态系统内部能量和营养物质分配的影响；另一方面是对物种数量的影响。这是因为大小不同的斑块，它们的边缘和内部的比例不同，大斑块边缘所占的比例小，而小斑块边缘所占的比例大。斑块边缘所占的比例越大，斑块内部面积所占的比例就越小（徐化成，1995）。斑块边界上的小气候（如光照和温度）明显不同于斑块内部。斑块面积小就容易导致一些位于边缘上的植物死亡，还可能引起边际周围和边际上的植物种子雨（seed rain）散布到斑块内部，从而改变斑块内部的物种组成。已有研究表明，这种边缘效应可影响到斑块内部几米或几千米处的生物和生物环境，而且斑块越小，其边缘效应的影响越明显（李义明，1995）。因此，斑块由大到小的变化，可能对梭梭荒漠植被的生存和扩展构成一定的威胁。

第二节　我国以梭梭属为优势的潜在梭梭荒漠植被地理分布

潜在植被（potential vegetation）或自然植被是指在现代气候条件下，当植被与气候条件达到平衡时所应发育的植被（秦大河等，2002）；现存植被或实际植被（actual vegetation）是指目前所观察到的现状植被的镶嵌（Mueller-Dombois and Ellenberg，1986）。从潜在植被的定义可以看出，潜在植被是建立在现存植被与现代气候关系基础之上的，其中含有“植被的所有演替系列都没有人为干扰，仅是在现代气候条件下完成的”这种假设，所以潜在植被分布也被称之为“理论分布”（徐德应等，1997）。由于人类活动的干扰，目前地球上大部分地区的现存植被已经脱离了潜在植被分布状态（秦大河等，2002）。

世界植被类型的空间分布与大尺度的气候类型高度相关，对地区尺度来说这种相关仍然存在（徐德应等，1997）。按照生态学观点，现存植被在分布地区的气候条件和历史条件下形成的气候适应性是其对现实气候生态位的占有，因此，现存植被与现代气候的内在联系可以作为潜在植被研究的依据。过去，人们对潜在植被的研究主要是根据现存植被分布，借助气候和植被历史资料，参考土壤调查和土壤分布图来完成（宋永昌，2001），但这种方法往往容易受到历史气候资料难以收集的限制。根据生物气候相似性原理，构建大范围生物地理模型来预测潜在植被的分布是当今发展的主要趋势（Holdridge，1947；Prentice et al，1992；Box，1981；张新时，1989）。由于每个物种根据其生命史和适应方式对环境的变化均有不同的反应，那么，多物种组成的植被必然存在多种生态适应性，从而给植被分布边界的确定带来了一定的困难。近年来，有些学者把潜在植被分布的研究定位在以单一物种或以单一物种为优势的植被类型上，对解决潜在植被分布预测中出现的边界问题进行了一些探索（郭泉水等，1995；1998）。

潜在植被的研究，对于植被的恢复和重建以及引种区划具有重要的实践意义和理论价值。关于以梭梭属为优势的荒漠植被的研究已取得了许多研究成果（中国植被编辑委员会，1983；胡式之，1963；中国森林编委会，2000；贾志清等，2004；杨美霞和邹受益，1995；马海波等，2000；中国科学院中国植被图编辑委员会，2001），但关于其潜在分布的研究仍属空白。

为了研究以梭梭属植物为优势的潜在荒漠植被分布，我们在研制以梭梭属植物为优势的现存荒漠植被地理分布图的基础上，应用生态信息系统（GREEN）软件（徐德应等，1997），定义了其地理气候适应参数区间，并对以梭梭属植物为优势的潜在荒漠植被分布进行了预测。具体过程包括：①在以梭梭属植物为优势的现存荒漠植被的地理分布专题图上，按0.1个经度和纬度为间隔，在其分布区的边缘和分布区域内，均匀布设地理气候查询点，将各查询点的地理坐标输入生态信息系统，即可获得每个查询点上的年平均温度、最冷月平均最低温度、最热月平均最高温度、年平均降水量、干旱期（降水量小于40 mm的月数）、极端最低温度、干燥度和海拔高度等一系列与梭梭属植物分布有关的地理气候要素信息。②将查询结果汇总，提取各地理气候要素的上下限数值，即可定义以梭梭属植物为优势的荒漠植被的地理气候适应参数区间。③将以梭梭属植物为优势的现存荒漠植被的地理气候适应参数区间作为阈值，输入生态信息系统，生成以梭梭属植物为优势的潜在荒漠植被分布图；将以梭梭属植物为优势的现存荒漠植被和潜在荒漠植被图叠加，并以此为基础，比较两者之间的异同。

生态信息系统软件是根据地理信息系统原理，用TURBOPASCAL计算机语言编制的专用软件。其中含有1∶200万地形图数字化产生的数字海拔高程、我国768个气象基本台站和周边国家的长年气候平均值、从2000多个台站获取的降水资料以及以此为基础，在考虑地形数据条件下，通过对地形资料和各气象台站的气候资料进行高精度插值后生成的中国现实气候场。对应用该软件预测的结果采用交互验证方式进行误差检验的结果表明，温度值和降水量的误差分别小于0.5%和10%（徐德应等，1997）。该软件的主要功能在于能够将地形和气候数据与植物分布相联系，较准确地判断适宜植物生长或植被分布的地理和气候条件，并以图形方式显示植物或植被的潜在分布区域和范围。关于系统设计原理以及系统的构建过程请参阅有关文献（徐德应等，1997；阎洪，1989）。

一、以梭梭属为优势的现存梭梭荒漠植被的地理气候适应性

根据梭梭属植物为优势的现存荒漠植被地理分布专题图，在生态信息系统（GREEN）软件支持下，查询并定义地理气候适应参数区间，结果见表1-4。

表1-4　用以定义以梭梭属植物为优势的现存荒漠植被的地理气候适应参数区间

地理气候要素	以白梭梭为优势的现存白梭梭荒漠植被	以梭梭柴为优势的现存梭梭柴荒漠植被
经度/°	84.3～89.9	77.3～107.6
纬度/°	44.4～47.3	36.1～47.4
海拔高度/m	87.0～1004.0	87.0～3174
年平均温度/℃	2.5～9.9	1.1～10.7
最冷月平均最低温度/℃	−26.0～−19.0	−29.0～−14.0
最热月平均最高温度/℃	28.0～35.0	21.0～35.0
年均降水量/mm	103.0～211.0	22.0～382.0
干旱期/月	12	11～12
极端最低温度/℃	−42.6～−34.3	−44.1～−27.9
干燥度	7.2～25.5	3.8～50.0

由表1-4可以看出，适宜以梭梭柴为优势的现存荒漠植被分布的各项地理和气候指标数值变化幅度都远远宽于以白梭梭为优势的现存荒漠植被适宜分布的各项地理和气候指标。这一结果与我国以白梭梭为优势的现存荒漠植被分布地域狭窄而以梭梭柴为优势的现存荒漠植被分布地域广阔的现状是吻合的，同时也表明，本节定义的地理和气候条件对以梭梭柴和白梭梭为优势的现存荒漠植被地理分布具有明显地制约作用。

应用生态信息系统定义的以梭梭柴和白梭梭为优势的现存荒漠植被的气候适应参数区间与前人研究的结果不尽相同。过去报道（中国植被编辑委员会，1983）以梭梭属植物为优势的荒漠植被分布区的年平均温度为2～11℃，年均降水量为30～200 mm，极端最低温度为－42℃，应用生态信息系统查询的结果为年均气温为1.1～10.7℃，年均降水量为22～382 mm，极端最低温度为－44.1℃。作者认为产生这种差异的原因可能在于获取这些气候数值的途径不同。过去查询以梭梭属植物为优势的荒漠植被分布区的气候要素时，主要依据分布区边缘的气温或降水的等值线图，这些气候要素数值仅仅反映的是分布区边缘的气候近似值。而本研究查询的气候信息，不仅包含了以梭梭属植物为优势的现存荒漠植被分布区边缘的气候条件，而且还包括分布区内部每0.1个经度和纬度间隔点上，因海拔高度变化而改变的气候状况。因此，我们定义的以梭梭属植物为优势的现存荒漠植被的气候适应参数区间，综合反映的是以梭梭属植物为优势的现存荒漠植被分布区内部及其边缘以及因地形变化而随之改变的适宜以梭梭属植物为优势的现存荒漠植被分布的地理气候条件。

二、以梭梭柴为优势的现存与潜在梭梭柴荒漠植被地理分布的比较

以梭梭柴为优势的现存梭梭柴荒漠植被的地理气候适应参数区间为阈值，输入生态信息系统，生成以梭梭柴为优势的梭梭柴荒漠植被潜在分布图，并将现存与潜在荒漠植被分布图叠加，结果见彩图2。

从彩图2可以看出，以梭梭柴为优势的现存和潜在荒漠植被分布的行政区域上基本一致，都集中分布在新疆、青海、内蒙古、甘肃4个省（自治区）的境内。对照中国地势图分析，两者分布的地貌类型也基本上一致。在新疆维吾尔自治区，以梭梭柴为优势的现存和潜在荒漠植被主要分布在阿尔泰山以南、天山以北的准噶尔盆地以及天山以南、昆仑山以北的塔里木盆地的边缘；在内蒙古自治区，主要分布在巴丹吉林、乌兰布和、腾格里沙漠和库布齐沙漠的西部；在青海省，主要分布在柴达木盆地；在甘肃省，主要分布在河西走廊一带。以梭梭柴为优势的潜在与现存的荒漠植被分布的边界有所不同。潜在分布的北界可以达到48.3°N左右，超出现存的分布北界约0.9个纬度；潜在分布的南界可以达到

35.7°N 左右，超出现存的分布南界约 0.4 个纬度；潜在分布的东界可以达到 113.5°E，超出现存的分布东界约 5.9 个经度，潜在分布的西界可以达到 73.8°E，超出现存的分布西界约 3.5 个经度。

以梭梭柴为优势的现存和潜在荒漠植被面积的差异见表 1-5。

表 1-5　以梭梭柴为优势的现存和潜在荒漠植被面积比较

统计单位	现存梭梭柴荒漠植被面积/hm^2	潜在梭梭柴荒漠植被面积/hm^2	现存的占潜在的面积百分比/%
全国	8 529 915	92 766 515	9.1
甘肃省	555 627	9 886 378	5.6
青海省	898 596	5 562 994	16.1
内蒙古自治区	1 607 899	25 072 749	6.4
新疆维吾尔自治区	5 467 793	52 244 394	10.5

表 1-5 统计结果表明，我国以梭梭柴为优势的现存荒漠植被的面积远远小于以梭梭柴为优势的潜在荒漠植被分布的面积。全国以梭梭柴为优势的现存荒漠植被面积仅占以梭梭柴为优势的潜在荒漠植被分布面积的 9.1%。其中各省（自治区）的情况略有不同。甘肃省现存的约占潜在的 5.6%，青海省现存的约占潜在的 16.1%，内蒙古自治区现存的约占潜在的 6.4%，新疆维吾尔自治区现存的约占潜在的 10.5%。这一预测结果表明，我国发展梭梭柴在地域空间上的潜力是很大的。

三、以白梭梭为优势的现存与潜在白梭梭荒漠植被地理分布比较

将以白梭梭为优势的现存白梭梭荒漠植被地理气候适应参数区间输入 GREEN，生成以白梭梭为优势的潜在白梭梭荒漠植被分布图，并将以白梭梭为优势的现存的和潜在白梭梭荒漠植被分布图进行叠加，结果见彩图 3。

从彩图 3 可知，我国以白梭梭为优势的现存和潜在荒漠植被分布的行政区域也是一致的，主要集中分布在新疆维吾尔自治区境内。对照中国地势图（中国科学院中国植被图编辑委员会，2001），从地貌上分析，以白梭梭为优势的现存和潜在荒漠植被主要集中分布在以天山以北和阿尔泰山以南的准噶尔盆地。以白梭梭为优势的潜在与现存荒漠植被分布边界上的差异也比较明显。潜在分布的北界可以达到 48.3°N 左右，超出现存的分布北界约 1 个纬度；潜在的南界可以达到 43.5°N 左右，超出现存的分布南界约 0.9 个纬度；潜在的东界可以达到 92°E，超出现存的分布东界约 2.1 个经度，潜在的西界可以达到 81°E 左右，超出现存的分布西界约 3.3 个经度。以白梭梭为优势的现存荒漠植被分布面积与潜在的分

布面积比较见表 1-6。

表 1-6 以白梭梭为优势的现存与潜在荒漠植被的面积比较

统计单位	现存白梭梭荒漠植被面积/hm²	潜在白梭梭荒漠植被面积/hm²	现存的占潜在的面积百分比/%
新疆维吾尔自治区	2 863 406	8 389 920	34.1

由表 1-6 可知，以白梭梭为优势的现存荒漠植被分布面积约占潜在的 34.1%。这一预测结果表明，我国发展白梭梭的地域空间潜力也是很大的。

第三节 小结与讨论

(1) 我国以梭梭属为优势的现存梭梭荒漠植被的总面积约 11 393 321 hm²，其中，以新疆分布的面积最大，其次是内蒙古，青海和甘肃分布的面积较小；不同梭梭荒漠群落类型的面积不尽相同。以梭梭柴砾漠的面积占全国梭梭荒漠植被总面积的比例最大，其次是梭梭柴沙漠和白梭梭荒漠。其他梭梭荒漠群落类型的面积较小。梭梭荒漠植被分布区的东界和南界，主要分布的梭梭荒漠群落类型是梭梭柴砾漠，西界和北界，主要分布的是梭梭柴沙漠；组成我国梭梭荒漠植被斑块的主要特征是：小斑块多，大斑块少，斑块之间的面积相差悬殊，多数斑块之间距离较远；虽然我国梭梭荒漠植被分布面积大，但群落盖度小。

(2) 以梭梭柴为优势的潜在梭梭柴荒漠植被分布的行政区域包括新疆、内蒙古、甘肃、青海等省（自治区），以白梭梭为优势的潜在白梭梭荒漠植被分布的行政区域仅限于新疆；以梭梭柴为优势和以白梭梭为优势的潜在荒漠植被分布与现存的以梭梭柴为优势和以白梭梭为优势的荒漠植被分布的行政区域一致，分布的地貌也基本相同，但两者之间在面积上存在较大差异。全国现存的以梭梭柴为优势的梭梭柴荒漠植被分布的面积约占以梭梭柴为优势的梭梭柴潜在荒漠植被分布面积的 9.1%。现存的以白梭梭为优势的白梭梭荒漠植被分布面积约占以白梭梭为优势的白梭梭潜在荒漠植被分布面积的 34.1%。以梭梭柴和白梭梭为优势的梭梭柴和白梭梭荒漠植被，在我国有广阔的适宜发展的空间和潜力。

(3) 植被图是现存植被空间分布在地图上的具体表达。本节采用的 1∶1 000 000中国植被图是国际分幅的中比例尺现状植被图。该植被图依据的资料主要是 1949 年中华人民共和国成立以后，50 年来在全国各地进行的植被调查的研究成果，并应用了航空遥感和卫星影像以及地质学、土壤学和气候学的有关资料，是迄今为止以全国为对象的最详细、最精确的植被图。因此，应用该植被图提取以梭梭为优势的荒漠植被分布信息具有一定的确定性。

(4) 以现存植被为基础，根据生物气候相似性原理，将植被分布与气象台站观测的一些气候因子相联系，构建大范围的生物地理模型，以此来预测潜在植被分布，具有一定的科学理论基础，实践证明也是可行的。但我国林区的气象台站不多，仅应用这些台站的气候数据来判断满足植被生存的气候条件，进而预测潜在植被分布，则会产生较大的不确定性。生态信息系统 GREEN 软件将现有的各气象台站的气候资料，在考虑地形条件下进行高精度插值，并将地形和气候数据与植物分布相联系，借以准确判断植被适宜的地理气候条件，经过不断的开发和完善，必将成为预测潜在植被分布的有利工具。

（5）欧洲一些国家的生态学家和土地管理者对潜在植被的研究非常重视。原因在于人类对当地植被的影响历史悠久，所以人们迫切需要了解在现代气候条件下，什么样的植物能够天然生长。但是，在北美国家却相反，由于在这些地区，人类对当地植被的影响只是在几百年前才变得明显起来，现存植被中还有很多原始植被的残留部分存在，因此他们仍然有可能不采取任何假设而进行直接研究，所以北美国家关于潜在天然植被的考虑仅限于干旱景观（如草原和半荒漠）的边缘（Mueller-Dombois and Ellenberg，1986）。在我国，人类对地表植被干预的历史可能比原来预想的更早而且更严重。面对这样一个长期受人为干扰的景观，研究揭示在现代气候条件下潜在植被分布状况，不仅有助于澄清一个国家植被发展的潜力，同时也有利于阐明与受人为影响较少的植被之间的关系。因此，对潜在植被分布的研究，无论是实践上，还是作为其他研究的基础都具有重要意义。

（6）林业的核心问题是如何合理地控制森林发育的时间和空间格局，而这一问题的解决依赖于森林地理分布和森林结构的认识。但由于以往的图形处理和数值计算手段相对落后，对准确获取资源数据和图形表达带来一定影响。近年来，随着生态学研究领域从定性到定量进而向图形化方向发展，现代信息处理技术不断向生态学研究领域渗透，这些问题也逐步得到妥善解决，其中具有强大空间分析和图形制作功能的地理信息系统（GIS）为相关领域有力工具。Dobson（1997）利用 GIS 技术编制美国濒危物种分布图。Nilsen（1999）用 GIS 技术研究了高纬度地区植物群落的分布，编制了植被图。Kadmom（1999）利用 GIS 技术研究了植物物种分布与降水空间变化的关系。本章关于梭梭荒漠植被的信息源，均来自我国最新出版的 1∶1 000 000 的现状植被图，不同省（自治区）的梭梭荒漠植被面积和不同梭梭荒漠群落类型的面积以及梭梭荒漠植被斑块数量特征等，都是基于 GIS 技术完成的，因此，计算结果有一定的确定性。但也不可否认，由于现状植被图也是经过多年调查不断积累而后编制完成的，因此，对于从开始调查到图集出版间隔时间较长的局部地区来说，有可能会因某种干扰活动发生一些变化，出现梭梭荒漠植被专题图与现实的梭梭荒漠植被分布不相吻合的情况。

近年来，遥感技术和方法在森林制图、森林资源调查、动态监测、森林火灾监测和评估、森林病虫害监测等方面得到广泛应用（彭少麟等，1999；肖化顺，2004），并展现出广阔的发展前景。但目前直接应用遥感数据进行梭梭荒漠群系特征研究仍有许多不便。主要问题在于从遥感影像上识别树种和林下植物等存在一定困难。梭梭柴和白梭梭在植物分类学上的区别特征，还很难从光谱特性上进行明显的区分；林下优势植物种类往往是进行群系分类的基础，而利用遥感对林下植物种类的识别比识别林分中优势树种则更为困难，何况有些群系的划分是依据生境中的土壤因子。因此，在遥感技术不断发展的今天，仍不可忽视发挥通过实地调查得到的图文资料的作用。

（7）《中国植被图集》中按不同的土壤基质仅划分出了梭梭柴沙漠、梭梭柴砾漠、梭梭柴壤漠和梭梭柴盐漠等不同的梭梭柴荒漠植被类型，对于其他土壤基质的梭梭柴荒漠并没有再进行细致的划分。本节遵从《中国植被图集》中这种划分结果，未做任何修订。今后有必要对这些没有按土壤基质划分的梭梭柴荒漠，通过实地调查做更细致的划分，以臻完善。

（8）气候是影响树种分布的主导因素，它在决定树种生存的可能性方面起着重要作用，这一点可以从世界植被类型的空间分布与大尺度的气候类型高度相关上得到理解，但也不可否认，在树种的潜在分布区域内该树种能否出现，还将受到其他因素的影响。例如，①由于树种之间的生存竞争，其潜在生态位不可能完全被占有；②对于生态幅度较广、对土壤条件要求不严，不论石质、砾质、黏质、沙质荒漠上均可生长（中国植被编辑委员会编著，1983）的梭梭属植物而言，气候因素对其地理分布的制约作用无疑是主要的，但也不可排除土壤条件和地下水位的制约作用。只是目前对土壤的分布和理化性质以及地下水位分布状况，还很难像气候因素那样做出定量的有规律性的描述，在生态信息系统（GREEN）建模过程中还存在一定的困难。所以，在应用以梭梭属植物为优势的潜在荒漠植被分布预测结果进行梭梭荒漠植被重建和引种区划时，不可否认在现场进行一些小规模试验的作用。

Chapter 1　Geographic distribution and landscape structure of existing and potential *Haloxylon* desert vegetation

According to the *Atlas of Chinese Vegetation* published in 2001, the information of the existing *Haloxylon* desert vegetation in China were extracted with the Geographic Information System (GIS) ARC/INFO (NT version) and the digitizer, and the special topic geographic distribution maps were generated. On this basis, the community type, distribution pattern and patch character of *Haloxylon* desert vegetation were analyzed, while the *Haloxylon* desert vegetation resources were evaluated according to the survey results on *Haloxylon* desert vegetation structure in recent years. The results show that the total area of the existing *Haloxylon* desert vegetation in China is about 114 000 km^2. Of which with the largest distribution in Xinjiang, accounting for 73. 1% of the total area, followed by 14. 1% in Inner Mongolia, 7. 9% in Qinghai, and 4. 9% in Gansu. The area is different with *Haloxylon* desert vegetation community types. *Haloxylon ammodendron* gravel desert accounts for about 37. 3% of the total area of *Haloxylon* desert vegetation in China, while *H. ammodendron* accounts for about 21. 3%, *H. persicun* Bge desert accounts for about 23%, and other types account for about 19. 4% of the country. The *Haloxylon* desert vegetation in China distributes at 107. 6°~77. 3°E, 47. 4°~36. 1°N, and between 87 to 3174 m altitude. In the east and south borders of the *Haloxylon* desert vegetation distribution area, the main community type is *H. ammodendron* gravel desert. In the west and north borders, the major community type is *H. ammodendron* desert. The *Haloxylon* desert vegetation in China is consisted of 180 patches. The main features are as follows: most parches are of small area but fewer is large, the area of different patches are significant different, and the distance between them was fairly distant. Although the large area of *Haloxylon* desert vegetation distribution in China, the community coverage was fairly small. About 70% of the total area of the existing *Haloxylon* desert vegetation has a coverage less than 30%.

In accordance with the geographical distribution maps of the *Haloxylon* desert vegetation, and supported by an ecological information system software (GREEN), the range of geographic and climatic parameters were defined, and the potential distribution maps of *Haloxylon* dominated desert vegetation were generated. Compared the exiting distribution maps with the potential ones, the major factors that determine the potential distribution of *Haloxylon* plants dominated vegetation can be recognized and used to predict their potential geographical developing space. The results show that the potential distribution of *Haloxylon* plants dominated are mainly in Xinjiang Uigur Autonomous Region, Inner Mongolia Autonomous Region, Gansu and Qinghai Provinces, while the potential distribution of *Haloxylon persicum* dominated desert vegetation are limited in Xinjiang. Both the existing and potential distributions of *Haloxylon* plants or

Haloxylon persicum dominated desert vegetations are basically in the same administrative region and have similar topographic landscape. However, there are large differences in geographical extension and areas between them. The potential distributions of *Haloxylon* plants are larger than their actual distribution. The potential north boundary of *Haloxylon* plants dominated desert vegetations is 0.9° wider than the actual boundary, while the potential south, east and west boundaries are 0.4°, 5.9°, and 3.5° wider than the actual. The potential north boundary of *Haloxylon persicum* dominated desert vegetation is 1° wider than actual, while the potential south, east, and west boundaries are 0.9°, 2.1°, and 3.3° wider than the actual. In China, the proportion of actual distribution area of *Haloxylon ammodendron* dominated desert vegetation accounts for 9.1% of its potential distribution area. The actual area of *H. ammodendron* dominated desert vegetation accounts for 5.6% of potential area in Gansu Province and 16.1% in Qinghai province, 6.4% in Inner Mongolia Autonomous Region and 10.5% in Xinjiang. Meanwhile, the proportion of actual area of *Haloxylon persicum* dominated desert vegetation is 34.1% of its potential distribution area. The prediction of potential distribution of *Haloxylon* plants dominated desert vegetation provides a support of decision making for restoration and regionalization of introduction of *Haloxylon* dominated desert vegetation.

第二章　梭梭群落生态学特征

第一节　梭梭群落结构特征

植物群落的各种生态过程受许多生态环境因素的影响（陈昌笃，1983）。深入揭示群落生态学特性，不仅有利于加深对群落形成过程的认识，而且对于指导林业生产实践也具有十分重要的意义。

我国从20世纪50年代开始对梭梭群落研究，到70年代，重点研究了梭梭天然林的地理分布、梭梭的生物学和生态学特性；20世纪80年代以来，集中研究了梭梭人工林和天然林的更新、复壮技术以及生理生态特性（中国科学院中国植物志编辑委员会，1979；赵小军和刘宇，2003）。在这些研究中，关于梭梭群落生态学特性或多或少都有所涉及，但大多偏重于一般考察和定性描述（胡文康，1984；张立运，1998；张立运和夏阳，1997；国家环境保护局，1987；中国科学院中国植物志编辑委员会，1979；赵小军和刘宇，2003；黄培佑，2003；贾志清等，2004；邹受益，1995；刘光宗和刘钰华，1982；李洪山和张晓岚，1994），尚缺乏系统调查和定量研究。

新疆准噶尔盆地是我国梭梭荒漠植被分布最为集中的区域，约占全国梭梭荒漠植被总面积的68%。为此，我们在前人研究的基础上，以这一地区的天然梭梭群落为研究对象，采用野外调查、定性和定量相结合的研究方法，对梭梭群落结构、种群分布格局、种间关联以及物种组成、物种多样性、群落生物量、天然更新及其与环境的关系等进行较全面的调查研究，以期为梭梭群落的合理经营与保护提供科学依据。

一、研究地区自然概况和研究方法

（一）研究地区自然概况

研究地区位于准噶尔盆地古尔班通古特沙漠西南缘，中国科学院新疆生态地理所莫索湾沙漠研究站人工绿洲外围固定沙丘深处。地理坐标为86°06′～86°50′E，44°40′～45°N，海拔高度346～358.8 m。

研究地区多为垄状沙丘，沙丘高度在5～20 m。沙丘的物质来源系第四纪冰期的冰水沉积物，沙粒以石英为主。由于这种疏松石英沙土无结构，水分、养分缺乏，所以能够适应这种贫瘠基质和严酷环境的植物非常匮乏。20世纪50年代中期，有乌鲁木齐河、头屯河、三屯河等河流汇集流入该地区，现河水已断流。研究地区的地下水位为 5～16 m，在广阔的沙漠内部，地下水位远远高于 16 m，而且地下水的矿化度很高。土壤类型主要有固定、半固定风沙土、龟裂状荒漠灰钙土、各类盐土和盐化土。沙漠内部生长的植物一般很难利用到地下水，只能依靠湿沙层、少量的大气降水或沙层凝结水（张立运，1987）。

该地区属大陆性干旱荒漠气候。据莫索湾沙漠研究站 20 年的观测资料显示，该地区年平均气温为 6.1℃，极端最高气温 42.8℃，极端最低气温－41.3℃；年均降水量 114.89 mm，年均蒸发量 1942.1 mm，干燥度 16.9；≥10℃的活动积温 3000～3500℃；年平均日照数为 3100～3200 h；春夏为风季，以西北风为主，最大风速为 20 m/s；冬季积雪厚度一般在 13 cm 左右，最厚可达 27 cm。由于冬季积雪在隔年的 3 月份融化，加上该地区 3～5 月份降水较多，故春季的土壤较为湿润。

严酷的生态环境，特别是它的水热特点和基质状况，决定了这里占优势的植被只能是旱生、适沙和耐沙的小半乔木、灌木和半灌木为建群种的沙生荒漠植被。梭梭群落为沙生荒漠植被的主要群落类型。群落组成以梭梭和一年生的猪毛菜（*Salsola collina*）等植物为主，蓼科、柽柳科、十字花科、菊科及禾本科植物也有较多分布。主要植物种类有梭梭、柽柳（*Tamarix hinensis*）、白梭梭（*Haloxylon persicum*）、淡枝沙拐枣（*Calligonum leucocladum*）、红砂（枇杷柴）（*Reaumuria songarica*）、无叶假木贼（*Anabasis aphylla*）、四齿芥（*Tetracme quadricornis*）、螺喙荠（*Spirorhynchus sabulosus*）、犁苞滨藜（*Atriplex dimorphostegia*）、狭果鹤虱（*Lappula semiglabra*）、角果藜（*Ceratocarpus arenarius*）等。

（二）调查研究方法

在对研究地区梭梭群落全面踏察的基础上，选择典型地段设置调查样地。在样地内采用相邻格子法，设置 30 个 50 m×50 m 的样方，在每个样方的四角，分别设置 1 个 1 m×1 m 的草本调查小样方。与此同时，根据不同的研究目的，设置了 100 个网格大小为 10 m×10 m 的调查样方以及面积从 1 m×2 m 至 32 m×32 m 大小不等的样方。

在调查过程中，应用 GPS 测定每株梭梭的地理坐标，同时测量植株的高度和冠幅；对其他灌木树种的调查内容包括：种类、植株高度和冠幅，叶面积，并记录叶质、叶缘等性状；对于草本植物，主要调查植物种类、株数、高度和盖度，同时选择有代表性的植株，测定其叶面积（不包括叶柄的面积），记录叶质、叶缘等性状。

对调查资料的统计内容包括：物种的重要值、物种多样性、按叶级进行分类汇总。

物种的重要值、物种丰富度和物种多样性等计算公式（钱迎倩和马克平，1994；马克平等，1995）如下：

小半乔木的重要值：$IV_{乔}=$（相对密度＋相对盖度＋相对频度）/3　(1)

灌木层和草木层的重要值：$IV_{灌、草}=$（相对盖度＋相对频度）/2　(2)

Margalef 丰富度指数：$R=(S-1)/\ln N$　(3)

Shannon-Wienner 多样性指数：$H=-\sum_{i=1}^{s} P_i \ln P_i$　(4)

Simpson 优势度指数：$D=1-\sum_{i=1}^{s} P_i^{\,2}$　(5)

Pielou 均匀度指数：$J=H/\ln S$　(6)

式中，S 为样地的植物种数；N 为群落中所有种的总个体数，$N=n_1+n_2+\cdots+n_j$；P_i 为第 i 个种的个体数占样地中所有种的总个体数的比例，$P_i=n_i/N$。

叶级划分按照 Raunkiaer 的分类标准进行（于顺利等，2003）。具体分级标准见表 2-1。

表 2-1　Raunkiaer 的叶级分类表

级别	名称	叶面积/mm^2
1	鳞叶	0～25
2	微型叶	25～225
3	小型叶	225～2025
4	中型叶	2025～18 222
5	大型叶	18 222～164 025
6	巨型叶	＞164 025

二、梭梭群落的种类组成

群落种类组成是群落结构和功能的基础。植物群落是在长期的历史过程中发展而成的植物复合体，是由集合在一起的植物间以及与其他种生物间相互作用，并经过长期与外界环境的相互作用而形成的。在一定的生境中形成的植物群落，具有一定的种类组成。

对梭梭群落观测样地的调查资料进行汇总，结果见表 2-2。

从表 2-2 可知，调查区域内梭梭群落的植物种类隶属于 13 科 31 属，其中藜科、十字花科、紫草科植物属和种占梭梭群落全部属、种的比例最大，由此表明，这 3 个科的植物在该群落内处于优势地位，为研究区域内梭梭植物群落的重要组成成分。

表 2-2　对调查样地中的植物分科统计

科名	属数	占全部属数的比例/%	种数	占全部种数的比例/%
藜科 Chenopodiaceae	8	25.81	11	28.95
十字花科 Cruciferae	5	16.12	7	18.42
紫草科 Boraginaceae	3	9.67	3	7.90
柽柳科 Tamaricaceae	2	6.45	2	5.26
豆科 Leguminosae	1	3.23	3	7.90
禾本科 Gramineae	2	6.45	2	5.26
蓼科 Polygonaceae	2	6.45	2	5.26
大戟科 Euphorbiaceae	1	3.23	1	2.63
菊科 Compositae	3	9.67	3	7.90
唇形科 Labiatae	1	3.23	1	2.63
列当科 Orobanchaceae	1	3.23	1	2.63
车前科 Plantaginaceae	1	3.23	1	2.63
蒺藜科 Zygophyllaceae	1	3.23	1	2.63
合计	31	100	38	100

由于不同植物的生命周期长短存在差异，因此在不同季节调查到的植物种类和数量会有所不同。在早春时期，共调查到高等植物 38 种，分属于 13 科 31 属。这些植物多以藜科植物为主（11 种），其次为十字花科（7 种）、紫草科、豆科和菊科（各 3 种），其他各科分别为 1 或 2 种（表 2-3）。

表 2-3　梭梭群落春季植物种类组成及重要值

序号	物种	拉丁学名	重要值
1	梭梭	*Haloxylon ammodendron*	10.98
2	柽柳	*Tamarix chinensis*	7.28
3	四齿芥	*Tetracme quadricornis*	2.89
4	弯角四齿芥	*Tetracme recurvata*	2.34
5	螺喙荠	*Spirorrhynchus sabulosus*	3.05
6	卷果涩芥	*Malcolmia scorpioides*	2.88
7	犁苞滨藜	*Atriplex dimorphostegia*	3.95
8	中亚滨藜	*Atriplex centralasiatica*	2.43
9	假狼紫草	*Nonea caspica*	2.97
10	狭果鹤虱	*Lappula semiglabra*	7.87
11	矮生大戟	*Euphrasia turezaninovil*	2.33

续表

序号	物种	拉丁学名	重要值
12	多茎厚翅芥	*Pachyterygium densiflorum*	2.91
13	早熟猪毛菜	*Salsola praecox*	3.73
14	角果藜	*Ceratocarpus arenarius*	10.71
15	猪毛菜	*Salsola collina*	4.46
16	白梭梭	*Haloxylon persicum*	0.71
17	丝叶芥	*Leptaleum filifolium*	1.62
18	扁蓄	*Polygonum aviculare*	2.03
19	东方旱麦草	*Eremopyrum orientale*	1.31
20	鳞茎早熟禾	*Poa annua*	1.31
21	绒藜	*Londesia eriantha*	1.53
22	对节刺	*Horaninwia ulicina*	1.03
23	宽翅菘蓝	*Isatis violascens*	0.27
24	硬萼软假紫草	*Arnebia decumbens*	0.64
25	沙苁蓉	*Cistanche sinensis*	0.009
26	小花荆芥	*Nepeta micrantha*	0.55
27	镰荚黄芪	*Astragalus arpilobus*	0.91
28	矮型黄芪	*Astragalus stalinskyi*	0.91
29	尖舌黄芪	*Astragalus oxyglottis*	0.91
30	白刺菊	*Schischkinia albispina*	0.27
31	倒披针叶虫实	*Corispermum lehmannianum*	0.46
32	速生霸王	*Zygophyllum lehmannianum*	0.46
33	小车前	*Plantago minuta*	0.36
34	红砂	*Reaumuria soangorica*	1.13
35	沙拐枣	*Calligonum mongolicum*	0.3
36	砂蓝刺头	*Echinops gmelinii*	0.18
37	地肤	*Kochia scoparia*	0.55
38	近全缘千里光	*Senecio subdentatus*	0.82

秋末时节未见到菊科、蒺藜科、大戟科、豆科及列当科植物，共调查到高等植物 19 种，分属于 8 科 17 属，主要是十字花科植物（6 种），其次为藜科（5 种）、紫草科（2 种），其他各科分别为 1 或 2 种（表 2-4）。

表 2-4　梭梭群落秋季植物种类组成及重要值

序号	物种	拉丁学名	重要值
1	梭梭	*Haloxylon ammodendron*	49.92
2	白梭梭	*Haloxylon persicum*	1.47
3	柽柳	*Tamarix chinensis*	12.41
4	沙拐枣	*Calligonum mongolicum*	0.77
5	红砂	*Reaumuria soangorica*	1.4
6	四齿芥	*Tetracme quadricornis*	3.37
7	弯角四齿芥	*Tetracme recurvata*	3.37
8	丝叶芥	*Leptaleum filifolium*	0.2
9	螺喙荠	*Spirorrhynchus sabulosus*	4.45
10	卷果涩芥	*Malcolmia scorpioides*	4.41
11	犁苞滨藜	*Atriplex dimorphostegia*	0.69
12	假狼紫草	*Nonea caspica*	1.48
13	东方旱麦草	*Eremopyrum orientale*	2.89
14	早熟禾	*Poa annua*	2.89
15	对节刺	*Horaninwia ulicina*	0.39
16	多茎厚翅芥	*Pachypterygium densiflorum*	9.01
17	硬萼软紫草	*Arnebia decumbens*	1.93
18	小花荆芥	*Nepeta micrantha*	0.57
19	角果藜	*Ceratocarpus arenarius*	34.1

十字花科植物大多为一年生短营养期植物，藜科植物大多为旱生或超旱生的灌木、半灌木和一年生旱生植物，菊科和紫草科植物大多为多年生草本和一年生短营养期植物，柽柳科植物多为鳞叶旱生灌木和半灌木。总之，秋末生存的木本植物、多年生草本植物以及一年生长营养期植物，都是超旱生植物，而早春的短营养期植物中还有一些中生植物。从构成群落植物种的重要值来看，梭梭为群落的绝对优势种，其他均为伴生植物。

三、梭梭群落的植物生活型

梭梭群落植物生活型的划分采用CepeoЯкоъ于1964年提出的生态-形态学的生活型分类系统，并结合新疆植被所采用的分类方法加以补充（阴俊齐，1997），结果见表2-5。

表 2-5 莫索湾地区梭梭群落植物生活型

调查季节	统计项目	生活型				
		小半乔木	灌木	多年生植物	一年生植物	一年生短营养期植物
早春	种数/个	2	3	3	5	25
	百分比/%	5.26	7.90	7.90	13.15	65.79
秋季	种数/个	2	3	1	2	11
	百分比/%	10.53	15.79	5.26	10.53	57.89

从表 2-5 可以看出，在研究地区，不论是春季调查还是秋季调查，组成该地区的植物生活型都是以一年生短营养期植物种数最多。早春一年生短营养期植物占具显著地位，高达 65.79%，其次为一年生草本植物占 13.15%，多年生草本植物占 7.90%，灌木占 7.90%，小半乔木占 5.26%。而到秋季，在调查区内的高等植物中，一年生短营养期植物占 57.89%，比早春时期下降了 7.89%；小半乔木和灌木比例上升了 13.17%。这种下降和上升都是因草本植物种类的基数减少所致，其中木本植物种数并未发生变化（5 种），仅是草本植物减少了 19 种。

产生一年生短营养期植物种数较多的原因与当地的气候有很大关系。研究地区冬春可供植物有效利用的水分较多，为一年生短营养期植物创造了良好的发育条件，这些植物可以利用春季的融雪水和降雨，用短促的时间（1～2 个月或几个星期）迅速完成其生活史，并以种子（一年生短营养期植物）或肉质根、鳞茎以及根茎（多年生短营养期植物）的形式度过不良环境。在夏季，虽然降水量比冬春高，但气温上升迅速，蒸发量大，气候干旱，因此中生植物退出，旱生植物大量生长；在晚秋，气温下降，一些适生的中生植物得以生长，但种类已大大减少，特别是草本植物种类减少最为明显。

四、叶的大小和性质

叶片是植物对周围生境最敏感的器官之一，是构成群落外貌的重要因素。叶片的大小、形状和性质直接影响到群落的结构和功能。对组成梭梭群落植物的叶级、叶型、叶质和叶缘分别统计的结果见表 2-6。

从表 2-6 可见，梭梭群落植物的叶级有小叶（占 7.9%）、微叶（占 84.2%）、鳞叶（占 7.9%）3 种，不存在大于中型叶（2025 mm^2）的叶片。叶面积小是梭梭群落植物叶片的主要特点；在组成梭梭群落植物的叶型中，单叶植物占绝对优势（占 94.7%），并且所有植物叶片均有不同程度的特化或退化；叶质中肉质叶占 13.2%，主要集中在小半乔木和灌木上，而草本植物绝大部分是草质叶且微小；叶缘中全缘叶植物为绝对优势（占 86.8%），只有少数的草本植物为非全缘叶。

表 2-6　莫索湾地区梭梭群落植物叶特征

统计项目		叶级			叶型		叶质		叶缘	
		小叶	微叶	鳞叶	单叶	复叶	肉质叶	草质叶	全缘	非全缘
小半乔木	种数/个			2	2		2		2	
	百分比/%			100	100		100		100	
灌木	种数/个		2	1	3		1		3	
	百分比/%		66.7	33.3	100		100		100	
草本	种数/个	3	30		31	2	2	33	28	5
	百分比/%	11.8	88.2		93.7	6.3	5.7	94.3	84.8	15.2
合计	种数/个	3	32	3	36	2	5	33	33	5
	百分比/%	7.9	84.2	7.9	94.7	5.3	13.2	86.8	86.8	13.2

综合分析认为，梭梭群落外貌主要由小型叶、全缘叶、单叶植物组成，且叶片微小的、草质、单叶草本植物较多；而木本植物大多为肉质、全缘、单叶。叶片较小为其主要特征。

五、梭梭群落的季相

梭梭群落的季相变化明显，3 月上、中旬，研究地区的积雪消融，地表上层为融雪水浸润。至 4 月上、中旬，随着气温的上升，梭梭开始萌发，由休眠期转入营养期。同时，林下草本植物种子逐渐萌动，陆续出苗，各种短营养期植物进入盛花、盛果期，给地被带来鲜艳色彩，形成梭梭群落中独特的春季景观；此时梭梭也进入花期，黄色小花出现在短枝上，枝条呈黄绿色。5 月下旬至 6 月上旬，林下短营养期植物陆续结束生活期，一年生长营养期植物开始蓬勃生长，梭梭则进入花后营养期。到 7 月以后，梭梭同化枝生长缓慢，甚至完全停顿。至 9 月下旬，陆续开始结实。此时秋季出现的短营养期植物陆续生长，而部分一年草本植物地上部分开始枯黄，此后逐渐过渡至冬季季相。

六、梭梭群落的空间结构

（一）梭梭群落的垂直结构

群落的垂直结构是指植物在群落垂直空间上的配置状况，反映其对自然条件尤其是对光、温度和湿度的适应，是群落的垂直成层现象（钱迎倩和马克平，1994；马克平等，1995）。

梭梭群落的地上部分可分为草本层（Ⅰ）、灌木层（Ⅱ）、小半乔木（Ⅲ）三层（表 2-7、表 2-8）。小半乔木生长矮小，平均高度为 1.2～1.4 m，平均密度为

6.7 株/100 m^2；灌木一般高度在 1.2～1.5 m，偶见高度 2.0 m，平均密度为 1 株/100 m^2。

从表 2-7、表 2-8 中可以看出，不管是早春还是秋季，灌木层和小半乔木层的种类成分并未改变，同时植被盖度变化不大。而草木层的植物种类变化比较大，少数为小半乔木梭梭和白梭梭的幼苗，大多数为草本植物。

表 2-7 早春梭梭群落植物组成垂直结构

层次	种数/个	组成成分	层植被盖度/%
Ⅰ	35	小半乔木梭梭和白梭梭的幼苗，一年生短命植物，如四齿芥、卷果涩芥、假狼紫草、狭果鹤虱等，一年生长营养期植物，如猪毛菜、弯苞对节刺、角果藜等	30～40
Ⅱ	5	小半乔木梭梭、白梭梭灌木柽柳、沙拐枣、琵琶柴	15～20
Ⅲ	2	小半乔木梭梭、白梭梭	5～10

表 2-8 秋季梭梭群落植物组成垂直结构

层次	种数/个	组成成分	层植被盖度/%
Ⅰ	14	小半乔木梭梭和白梭梭的幼苗，一年生短命植物如四齿芥、卷果涩芥、假狼紫草等，一年生营养期植物如弯苞对节刺、角果藜等	10～20
Ⅱ	5	小半乔木梭梭、白梭梭灌木柽柳、沙拐枣、琵琶柴	15～25
Ⅲ	2	小半乔木梭梭、白梭梭	5～10

早春，冬天积雪融化，加上 3～5 月份降水较多，有利于一年生短营养期植物生存，种类繁多、中生性的短营养期植物大量生长，植被盖度可达 30%～40%。随着气温的升高，一年生短营养期植物为了逃避干旱，在 6～7 月份已陆续完成生活史。直到近秋，气温的下降，土壤湿度提高，一些一年生短营养期植物迅速生长，使得群落又呈现出一片新的景象，植被盖度可达 10%～20%。期间，一年生长营养期植物陆续生长，在秋季时期，一年生长营养期植物的角果藜植被盖度可达 15%。由此可见，梭梭群落不仅有明显的空间上的成层现象，而且也有鲜明的时间上的成层现象。

（二）梭梭群落的水平结构

群落水平结构是指群落在水平空间上的分化。通常包括群落的物种多样性、均匀度和生态优势度等。物种多样性指数是通过度量群落中的种数、个体总数以及各种多度的均匀程度来表征群落的组织结构水平（周厚诚等，2001；周厚诚等，1998）。群落中各个种多度的均匀度状况由群落均匀度定量表示，一般均匀度高的群落，优势种不明显或具多优种，而单优种、寡优势种群落的均匀度则较低；相对稳定的群落，其均匀度较高；而处于发育阶段的群落，其均匀度较低。生态优势度是表征群落状况的综合数值。它把群落作为一个整体，把各个种的重要性总结成为一个合适的度量值，从而反映群落组成的结构特征。梭梭群落春季、秋季的多样性比较见表 2-9。

表 2-9　梭梭群落春季、秋季植物的多样性比较

多样性指数	总物种数（S）	物种丰富指数（R）	多样性指数（H）	生态优势度（D）	均匀度（J）
春季植物总的多样性	38	2.638	3.036	0.9354	0.8072
小半乔木的多样性	2	0.109	0.0617	0.9060	0.0890
灌木的多样性	3	0.271	0.1724	0.8010	0.1569
草本植物的多样性	33	2.719	2.2094	0.7376	0.6074
短营养期植物的多样性	25	1.96	1.3966	0.4524	0.4339
秋季植物总的多样性	19	1.688	1.5823	0.5919	0.5282
小半乔木的多样性	2	0.109	0.0617	0.9060	0.0890
灌木的多样性	3	0.271	0.1724	0.8010	0.1569
草本植物的多样性	15	1.177	1.2851	0.5201	0.4746
短营养期植物的多样性	13	1.236	1.0607	0.3229	0.4135

从表 2-9 可以看出，梭梭群落早春时期植物的总物种数较多（*S*），约为秋季植物总物种数的 2 倍，其原因在于早春具有良好的水热条件，使得该时期一年生短营养期植物大量涌现。夏季降水量低，气温过高，蒸发量大，使得当年生的一年生长营养期植物夏季陆续枯萎，从而也造成秋季时期草本植物（一年生长营养期植物）种数的大大减少。按照春、秋两个季节分别统计的结果可以看出，早春时期的物种丰富指数（*R*）、多样性指数（*H*）、均匀度指数（*J*）以及生态优势度指数（*D*）都比秋季时期高，这从一个侧面说明，早春时期的植物群落比较稳定。

尽管季节不同，群落中物种丰富指数（*R*）、多样性指数（*H*）、均匀度（*J*）指数的总变化规律是：草本＞灌木＞小半乔木；而小半乔木生态优势度（*D*）在任何季节都高于群落中的灌木和草本植物，又一次表明，小半乔木植物是梭梭群落的优势种，其他植物均为该群落的伴生种。

第二节　梭梭种群的个体分布特征

群落中的种群特征是生物群落中各种内外因素相互作用最直接的反应，它是了解种群、种间关系以及种群与环境关系的重要手段，也是生态学研究的重点(周厚诚等，1998；上官铁梁和张峰，1988)。群落中种群个体水平分布特征不仅因种而异，而且同一种在不同发育阶段及生境条件下也有明显的差别。研究种群的水平分布格局不仅可以了解种群的空间分布特点，更重要的是可展示种群及群落的动态变化及其成因，以及展示群落中不同物种间的亲密程度等。

在群落中植物种群的个体分布格局一般有三种基本类型，即随机分布、均匀分布和集群分布。国内许多学者对一些优势种群的空间分布格局（上官铁梁和张峰，1988；李德志等，1992，李凌浩和史世斌，1994；李海涛，1994；丛者福，1995；孙学刚等，1998；周厚诚等，1998；陈中义和陈家宽，1999；刘金福等，1999；刘金福和洪伟，1999；李政海，2000；李先琨等，2000；李建贵等，2003；张继义和赵哈林，2004；张金屯，1995；张金屯，1998；张金屯和孟东平，2004；张金屯和焦容，2003）进行过研究，但对梭梭种群的空间分布格局研究报道较少。为此，采用方差均值比率法、Morisita 分散指标、聚集强度指数、点格局 4 种分析方法来研究莫索湾地区梭梭种群空间分布格局，并试图通过其不同年龄时期的格局变化来探讨其动态过程。

一、研究方法

（一）方差均值比率法

方差均值比可作为种群格局的一个量度，是种群总体格局的一个统计描述。这个方法建立在 Poisson 分布的预期假设上，一个 Poisson 分布的总体有方差 V 和均值 m 相等的性质，即 $V/m=1$。若 $V/m>1$，则偏离 Poisson 分布呈集群分布；反之，$V/m<1$，则呈均匀分布。V 和 m 的计算公式为

$$V=\sum_{I=1}^{N}(x_i-m)^2/(N-1) \tag{7}$$

式中，N 为样方数；x_i 为每个样方中的个体数；m 为均值。

为检验实测样本是否接受预期假设，需以 $\sqrt{2/(N-1)}$ 为标准差进行 t 检验。t 值的计算公式为

$$t=(v/m-1)/\sqrt{2/(N-1)} \tag{8}$$

然后通过查自由度为 $N-1$ 和置信度为 95%的 t 分布表，进行显著性检验。

（二）Morisita 分散指标

Morisita 分散指标（1959）由下式得出：

$$I_\delta = N\sum_{i=1}^{N}(x_i-1)x_i/n(n-1) \tag{9}$$

式中，n 为样方内梭梭的个体总数；N 为样方数；x_i 为第 i 个样方内梭梭的个体数。

$I_\delta=1$ 时，个体是随机分布；若 $I_\delta>1$，则为聚集分布；如果 $I_\delta<1$，个体趋于均匀分布。该方法可用 F 检验进行检验：

$$F=[I_\delta(n-1)+N-n]/(n-1) \tag{10}$$

查第一自由度为 $N-1$，第二自由度为∞的 F 表进行显著性检验，当 $F_{0.025}(n-1,\infty)\leqslant F\leqslant F_{0.975}(n-1,\infty)$时，为随机分布，否则为聚集或均匀分布。

（三）聚集强度指数

1. 负二项参数（*K*）

负二项参数（K）与种群密度无关，即在种群的大小由于随机死亡而减小时，它保持不变。其计算公式为

$$K=m^2/(V-m) \tag{11}$$

式中，m 为样本均值；V 为样本方差。

当 $K>0$ 时，K 值越小，表明聚集度越大，如果 K 值趋于无穷大（一般为 8 以上），则逼近为泊松分布，若 $K=0$，则种群呈均匀分布。

2. 丛生指标（*I*）

丛生指标的计算公式为

$$I=V/m-1 \tag{12}$$

式中，V 为样本方差；m 为样本均值。

$I=0$ 时，为随机分布；$I>0$ 时，为聚集分布；$I<0$ 时，为均匀分布。

3. 扩散系数（*C*）

扩散系数的计算公式为

$$C=\sum_{I=1}^{N}(x_1-m)^2/m(m-1)=V/m \tag{13}$$

扩散系数（C）是检验种群是否偏离随机型的一个系数，其统计基础是泊松分布中方差与均值相等。均匀分布时，抽样单位中出现的个体数大多或接近于均值，故方差小于均值；聚集分布时，抽样单位中出现的个体数大多大于或小于均值，方差大于均值。

因此，若 $C=1$，则种群的分布是随机的，且 C 遵从均值为 1，方差为$2n/(n$

$-1)^2$的正态分布；若 $C>1$，种群呈聚集分布型，但 C 值有时与种群密度有关，所以结果需做谨慎分析，或用负二项参数 K 值做补充。

4. 平均拥挤度和聚块性指数

平均拥挤度的计算公式为

$$m^* = m + (v/m - 1) \tag{14}$$

聚块性指数为 m^*/m，即平均拥挤与平均密度的比率，聚块性考虑了空间格局本身的性质，并不涉及密度，两个种群虽然密度不同，但有可能呈现出同样的聚块性。$m^*/m=1$，为随机分布；$m^*/m<1$时，为均匀分布；$m^*/m>1$ 时，为聚集分布。

（四）点格局分析

依靠单一尺度（固定大小）的若干样方研究植物种群的空间分布格局有很多不确定性，原因在于空间分布格局对空间尺度有很强的依赖性。在某些空间尺度上，植物种群可能服从集群分布，在其他尺度上很可能会改变为随机分布或均匀分布。点格局分析法（point pattern analysis）是以个体与个体之间的距离为原始数据，获取分析指标，用统计检验的方法考察实际值与理论期望值之间的差异显著性，进而判断种群的空间分布类型的一种方法。由于它是以由小到大一系列连续尺度分析点状物体的平面分布格局，进而克服了依靠单一尺度（固定大小）的若干样方研究植物种群的空间分布格局的缺点。

点格局取样要求样地的面积要足够大，以便使种群的各种格局均能出现；样地调查要求记录种群中每个个体的位置，以坐标值表示；点格局分析是把取得的每个个体看做二维空间上一个点，这样所有个体就可以组成种群空间分布的点图；把密度（λ）和协方差（K）看成是二维数集的一次或二次特征结构。其中 λ 是单位面积内的期望点数，K 是点间距离分布的测定指标，K 随着尺度的变化而变化，Diggle 证明该二次结构可以简化为一个函数方程 $K(t)$，其定义为：

$$K(t) = \lambda^{-1}\ （从任意点起距离\ t\ 以内的其余的期望点数） \tag{15}$$

式中，t 可以是>0 的任何值；λ 为单位面积上的平均点数，可以用 n/A 来估计；A 为样地面积；n 为总点数（植物个体数）。在实践中用下式估计（Diggle，1981）：

$$\hat{K}(t) = \frac{A}{n^2}\sum_{i=1}^{n}\sum_{j=1}^{n}\frac{1}{W_{ij}}I_t(u_{ij}) \qquad (i \neq j) \tag{16}$$

式中，A 为梭梭调查样地的面积；n 为样地中的总点数（梭梭个体总数）；u_{ij} 为两个点 i 和 j 之间（第 i 株梭梭与第 j 株梭梭之间）的距离，当 $u_{ij} \leqslant t$ 时，$I_t(u_{ij})=0$；W_{ij} 为以点 i 为圆心，以 u_{ij} 为半径的圆周长在面积 A 中的比例，其为一个点（植株）可被观察到的概率，这里为权重，是为了消除边界效应（edge effect)。实际上 $\hat{K}(t)/\pi$ 平方根在表现格局关系时更有用，因为在随机分布下，其可使方差保持稳定，同时它与 t 有线性关系，用 $H(t)$表示：

$$H(t) = \sqrt{\hat{K}(t)/\pi} \tag{17}$$

将 $H(t)$的值减去 t，得到：

$$\hat{H}(t) = \sqrt{\hat{K}(t)/\pi} - t \tag{18}$$

在随机分布下，$\hat{H}(t)$在所有的尺度下均应等于 0，若 $\hat{H}(t)>0$，则在尺度 t 下种群为集群分布，若 $\hat{H}(t)<0$，则为均匀分布。

用 Monte-Carlo 拟合检验计算上下包迹线（envelope），即置信区间。假定种群是随机分布，则用随机模型拟合一组点的坐标值，对每一 t 值，计算 $\hat{H}(t)$；同样用随机模型再拟合新一组点坐标值，分别计算不同尺度 t 的 $\hat{H}(t)$，这一过程重复进行，直到达到事先确定的次数，$\hat{H}(t)$的最大值和最小值分别为上下包迹线的坐标值。

用 t 作为横坐标，上下包迹线作为纵坐标绘图，置信区间一目了然。用种群实际分布数据（点图）计算得到的不同尺度下的 $\hat{H}(t)$值。若在包迹线以内，则符合随机分布；若在包迹线以上，则为集群分布；若在包迹线以下，则为均匀分布。对于随机模型，落在包迹线以外所对应的值是聚块大小的估计。

数据分析过程通过软件包 ADE-4 和 RIGIN7.0 完成。采用的空间尺度由 0 一直增加到 24 m，步长为 1 m，Monte-Carlo 拟合次数对 95%的置信水平为 20 次，99%的置信水平为 100 次。

二、梭梭种群水平分布格局

应用上述计算公式，对样地的调查数据进行统计分析，结果见表 2-10。

表 2-10　梭梭种群空间格局分析

高度级	均值(m)	方差(V)	方差比值率(V/m)	t 检验	分散指标(I_δ)	负二项参数(K)	丛生指标(I)	平均拥挤度(m^*)	聚块性指数(m^*/m)	扩散系数(c)
Ⅰ	20.8700	301.3000	14.8600	64.5670	1.6172	1.5531	13.4370	54.3070	1.6539	14.985
Ⅱ	5.6090	43.0700	7.6800	11.1150	1.4638	2.0658	2.3970	18.0050	1.4841	7.9760
Ⅲ	3.4780	1.8100	1.9215	8.6210	1.6288	1.5229	1.6100	2.0880	1.6412	1.4450
Ⅳ	0.6960	0.2040	0.2936	0.4360	0.8150	0.5260	0.9860	0.6810	1.0355	0.7410
Ⅴ	0.0304	0.0390	0.4652	≈0	0	−0.2150	−0.3910	0.5220	0.5862	0.0243
总体	28.5620	345.2190	19.4652	50.2630	2.1300	0.5625	10.3910	60.5220	2.5862	8.5600

由表 2-10 可以看出，$V/m=19.4625>1$，$t=50.263$，差异极显著；$K=0.5626$，集群程度较强；$I_\delta=2.13>1$，$I=10.391$，$m^*/m=2.5862>1$，且符合负二项分布模型，表明莫索湾地区梭梭种群总体为集群分布，且集聚程度较高。

按株高 0～50 cm、50～100 cm、100～150 cm、150～200 cm 和 200 cm 以上（上限排外）的划分标准将梭梭对应划分为Ⅰ级（幼树）、Ⅱ级（小树）、Ⅲ级（中龄树）、Ⅳ级和Ⅴ级（大树）进行空间格局动态分析的结果表明，Ⅰ级、Ⅱ级和Ⅲ级的梭梭个体的空间分布均为集群分布，且集群程度较高；Ⅳ级的个体虽然也是集群分布，但集群程度相对减弱；Ⅴ级个体为随机分布。

将梭梭种群Ⅰ级（幼树）、Ⅱ级（小树）、Ⅲ级（中龄树）、Ⅳ级和Ⅴ级（大树）5 个龄级结构的聚集强度指标做一比较，可看出Ⅰ级（幼树）的聚集强度最大，Ⅲ级（中龄树）的个体聚集强度次之，Ⅱ级（小树）个体的聚集强度略小，Ⅳ级个体仍为集群分布格局，但已开始有随机分布的趋势，Ⅴ级个体为随机分布。应用聚块性指数（m^*/m）分析种群中个体的聚集或扩散趋势的结果显示，梭梭种群各阶段的趋势为：Ⅰ级→Ⅱ级 m^*/m 减小，种群表现扩散的趋势；Ⅱ级→Ⅲ级 m^*/m 略为增大，种群转为聚集的趋势，但强度不大；Ⅲ级→Ⅳ级和Ⅴ级 m^*/m 减小，种群表现为扩散的趋势，且扩散趋势较强。由此可以认为，梭梭种群从幼苗到大树的分布格局存在从集群到随机的变化规律。

图 2-1 为 50 m×50 m 调查样方中梭梭个体的点分布图，可直观地看出梭梭种群有明显的聚集分布倾向，这与表 2-10 分析结果相一致。

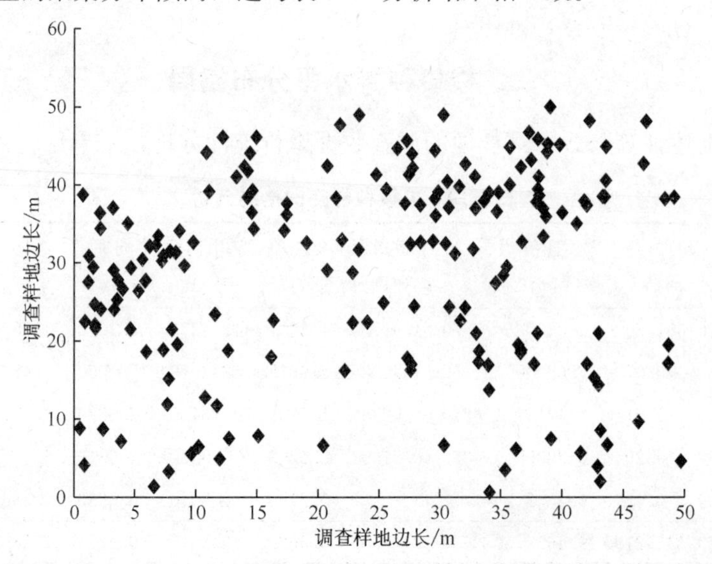

图 2-1　梭梭个体在样地中的分布点图

用图 2-1 中点分布图的实际数据，按照点格局分析方法的要求，计算不同尺度下的 $\hat{H}(t)$，用 Monte-Carlo 拟合检验计算上下包迹线，用 t 作为横坐标，上下包迹线作为纵坐标绘图，其结果见图 2-2。

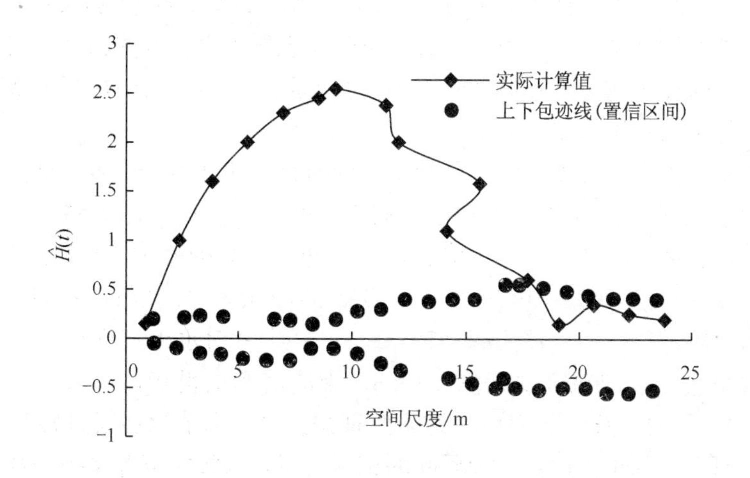

图 2-2 梭梭种群点格局分析结果图

由图 2-2 可以看出，在 0～15 m 空间尺度上，梭梭种群的 $\hat{H}(t)$值均在包迹线以上，说明梭梭种群在较小的空间尺度上显著地偏离随机分布，为集群分布；在 15～20 m 空间尺度上，梭梭种群的 $\hat{H}(t)$值由在包迹线以上转入包迹线以内，说明在这一空间尺度上梭梭种群由集群分布转向随机分布；在大于 20 m 的空间尺度上，梭梭种群的 $\hat{H}(t)$值均在上下包迹线内，说明梭梭种群在这一空间尺度上呈随机分布。

第三节 梭梭群落种间关联性分析

种间关联是指物种在空间分布上的相互关系，通常是由于群落生境的差异影响了物种的分布而引起的。正关联意味着一个种依赖于另一个种，或相互依赖，或者是它们对生境的适应和反应是相同的或相似的；负关联意味着一个种通过对另一种的影响而排斥，这可能是单纯的空间排斥、竞争或化学相互作用，或者是它们对生境的适应和反应不同，或者是具有不同的环境需求。在异质的环境内，正关联也可以由几个种对环境条件不同部分的适应与反应（孙中伟和赵士洞，1996）。植物种对的正关联体现了植物利用资源的相似性和生态位的重叠性，其高度的差别，体现了生态位空间分异，也是群落结构的一种标志（王伯荪和彭少麟，1985）；植物种对的负关联体现了物种间的排斥性，这是植物长期适应不同小环境，利用不同资源空间的结果，也是生态位分离的反映（王伯荪，1987）。所以，种间关联可以认为是各个物种在不同生境中相互影响、相互作用所形成的有机联系的反映（王伯孙和彭少麟，1983）。研究种间关联性对阐明群落结构与发展，反映生境类型和群落演替趋势，正确认识群落中种群的相互作用具有重要的意义，同时也可作为植被的经营管理、物种的配置、群落的恢复与重建以及生物多样性保护的理论依据。

近年来，国内外许多学者对种间关系的研究方法和不同植被类型优势种种间关联性做了大量工作（孙中伟和赵士洞，1996；王伯荪和彭少麟，1985；王伯荪，1987；王伯荪，1983；张金屯和焦容，2003；彭少麟等，1999；阳小成等，1994；刘金福等，2001；陈家宽，2001；王详荣和宋永昌，1994；李新荣，1999；彭少麟等，1999；郑元润，1998），一些学者对水生植物和荒漠植物群落种间关联也进行过研究（郑元润，1998；李凌浩和史世斌，1994；尹林克和李涛，2005），但对梭梭群落的种间关联性研究甚少。本节旨在通过梭梭群落种间关联性的研究，剖析梭梭群落种对间的相互关系，为梭梭资源保护和合理开发利用奠定科学基础。

一、研究方法

（一）种间复合关联性测定

将早春时期前15个种群在各级样方中出现与否（"有"与"无"）状况的记录整理成15×30列联表，然后应用Schluter（1984）提出的方差比值法测定种间的复合关联系数。

$$VR=\frac{S_{\mathrm{T}}^2}{\delta_{\mathrm{T}}^2} \tag{19}$$

$$S_{\mathrm{T}}^2=\frac{1}{N}\sum_{j=1}^{N}(T_j-t)^2 \tag{20}$$

$$\delta_{\mathrm{T}}^2=\sum_{j=1}^{N}P_i(1-P_i) \tag{21}$$

$$P_i=\frac{n_i}{N} \tag{22}$$

式中，VR为复合关联系数；S_{T}为样本标准差；δ_{T}为总体标准差；N为总样方数；T_j为样方内出现的物种总数；t为样方中物种的平均数，$t=(T_1+T_2+\cdots+T_N)/N$；P_i为频度；n_i为物种i出样的样方数。

在独立性零假设条件下VR期望值为1；当VR＝1时，多种间复合关联性是独立的；VR＞1时，多种间表现为正关联；当VR＜1时，多种间表现为负关联。

为检验关联的显著性，可检验 $W=(N)\cdot(VR)$，VR 值偏离 1 的显著程度。例如，种间呈不显著关联，则 W 落入χ^2 检验分布给出的界限内的概率有 90%，$\chi^2_{0.95}(N)<W<\chi^2_{0.05}(N)$，在本文中$\chi^2_{0.95}(30)=18.493$，$\chi^2_{0.05}(30)=43.773$。

（二）种间关联性测定

将成对物种的定性数据列入 2×2 列联表，计算出 a、b、c、d 值，利用χ^2 统计量和 Fisher 精确检验来测定种间的联结性。χ^2 值使用 Yates 的连续性校正公式（李新荣，1999；彭少麟等，1999；潘伟斌和黄培，1995；庄树宏等，1999,）计算

$$\chi^2=\frac{\left(|ad-bc|-\frac{N}{2}\right)^2\cdot N}{(a+b)(c+d)(a+c)(b+d)} \tag{23}$$

式中，N 为样方总数；a 为两物种均出现的样方数；b、c 分别为仅有 1 个物种出现的样方数；d 为两种均未出现的样方数。因χ^2 本身没有负值，由（$ad-bc$）的正负情况来判定正负联结性。2×2 列联表的自由度为 1，显著性判定采用如下标准：当$\chi^2<\chi^2_{0.05}=3.841$ 时，种间独立或关联不显著；当$\chi^2>\chi^2_{0.05}$时，种间有显著的关联性。

Fisher 精确检验表达式（尹林克和李涛，2005；卢纹岱，2001）为

$$P(1)=(a+b)!(c+b)!(a+c)!(b+d)!/N!a!b!c!d! \tag{24}$$

对于任一 2×2 列联表，精确检验的方法是首先按公式求出 $P(1)$，然后在保持行、列总数不变的前提下，将表中最小的值逐个降低直到为 0。每降低一次，按照公式求 $P(2)$、$P(3)$、…、$P(i)$，$P=\sum_{i=1}^{m}P(i)$ 即为其精确检验的结果。以上程序在 Spss10.0 软件包下完成（卢纹岱，2001）。

二、种间关联性分析

（一）多种群复合相关性

对梭梭群落早春时期前 15 种植物种群间的复合关联系数（VR）的计算结果见表 2-11。

表 2-11　梭梭群落种间复合关联性分析

样方尺度/(m×m)	1×2	2×2	2×4	4×4	4×8	8×8	8×16	16×16	16×32	32×32
关联系数(VR)	0.27	0.37	0.38	0.48	0.58	0.96	1.10	1.27	1.45	3.32
统计参量(W)	8.24	11.29	11.59	14.58	17.56	29.04	33.07	38.39	43.53	99.60
关联类型	—	—	—	—	—	0	0	0	0	+
χ^2检验	<0.1	<0.1	<0.1	<0.1	<0.1	>0.1	>0.1	>0.1	>0.1	<0.1

从表 2-11 中可以看出，早春时期前 15 个种群间的复合关联系数随着取样面积大小而有所不同。在 1 m×2m、2 m×2 m、2 m×4 m、4 m×4 m、4 m×8 m 5 个样方尺度上，种群间的复合关联系数 VR<1，呈显著的负关联。随着取样面积的增加，VR 值逐渐趋向于 1，种间表现为无关联，最后，当取样面积为 32 m×32 m 时，又表现为正关联趋势。

多种间复合关联性，反映了群落内各种对间相关性的总体趋势。Schluter（庄树宏等，1999）提出，如果群落内总体表现为不相关，这就意味着这些种是相互独立的和各种对间“正”的或“负”的相关正好相互抵消。因此，复合关联系数 VR 很难反映出各种对间的关系（张希林，1999；贾志清等，2004）

（二）种对间关联性

通过χ^2 检验（李银芳和杨戈，1996）表明，在早春时期，前 15 种植物［1. 梭梭（*Haloxylon ammodendron*）；2. 柽柳（*Tamaris* spp.）；3. 四齿芥（*Tetracme quadricornis*）；4. 弯角四齿芥（*Tetracme recurvata*）；5. 螺喙荠（*Spirorrhynchus sabulosus*）；6. 卷果涩芥（*Malcolmia scorpioides*）；7. 犁苞滨藜（*Atriplex dimorphostegia*）；8. 中亚滨藜（*Atriplex centralasiatica*）；9. 假狼紫草（*Nonea caspica*）；10. 狭果鹤虱（*Lappula semiglabra*）；11. 矮生大戟（*Euphrasia turezaninovil*）；12. 多茎厚翅芥（*Pachyterygium densiflorum*）；13. 早熟猪毛菜（*Salsola praecox*）；14. 角果藜（*Ceratocarpus arenarius*）；15. 猪毛菜（*Salsola collina*）］种间搭配成的 105 个种对中，共有 50 个种对分别在不同样方尺度中表现出显著或极显著的种间关联，约占总数的 46.7%；其中 27 个种对为正关联，20 个种对为负关联，另外 3 个种对在小样方时呈负关联，当样方扩大到一定面积时又开始呈现正关联。

物种种对的正关联体现了植物利用环境资源的相似性和部分生态位重叠，植物种对的负关联体现了物种间的排斥或对环境的不同要求，是生态位分离的反映（李新荣，1999；彭少鳞等，1999）。结果显示梭梭、四齿芥、弯果四齿芥、犁苞滨藜及角果藜两两种对关联系数较高，原因在于这些种对综合环境条件的要求相似，生态习性相近，存在一定程度的生态位重叠；螺喙荠、卷果涩芥和多茎厚翅芥这三种早春短营养期植物多生长在盐渍化弱的地方，相互之间紧密生长在一起，形成小斑块；喜好在覆沙多的环境中生长的狭果鹤虱和假狼紫草、矮生大戟这三种早春短营养期植物，在群落内形成小斑块；而柽柳和早熟猪毛菜、猪毛菜这三种植物都生长在盐渍化强的地方，相簇在群落中形成早春时期另一道风景线，这些植物种对间彼此都呈显著的正关联。柽柳与假狼紫草、狭果鹤虱呈现正关联，是因为柽柳生长在盐渍化强的地方，而假狼紫草和狭果鹤虱多生长在覆沙多的环境中，由于异质环境相邻，使其在一定样方尺度上出现正关联。梭梭与早熟猪毛菜、猪毛菜，柽柳与四齿芥、弯角四齿芥，四齿芥与假狼紫草、狭果鹤虱，弯角四齿芥与狭果鹤虱、假狼紫草、早熟猪毛菜，卷果涩芥与早熟猪毛菜、狭果鹤虱，犁苞滨藜与早熟猪毛菜，角果藜与猪毛菜，这些种对间可能是因它们对环境条件的要求不同而呈显著负关联。而螺喙荠与中亚滨藜，犁苞滨藜与假狼紫草、狭果鹤虱，假狼紫草与角果藜，狭果鹤虱与角果藜，这些种对间是因为对空间、水分、养分等资源的相互竞争而产生显著负关联。实际上，角果藜、卷果涩芥、猪毛菜和狭果鹤虱在早春时期对定居空间、光照、水分、养分等竞争是十分激烈的。因此两两在生境中呈高度的负相关，分离情况十分明显。而梭梭对空间的占据，使得角果藜、卷果涩芥、猪毛菜、狭果鹤虱只能分布在梭梭聚块以外的空地并分别占据不同的生境。另外，卷果涩芥和犁苞滨藜，卷果涩芥和角果藜，早熟猪毛菜和猪毛菜，这三种对在小样方级别内由于对资源的竞争而产生排斥现象；随着样方面积的增大，资源量的增加，它们由显著负关联转变为正关联。

随样方尺度的扩大，种间相关性将会发生一些变化，所研究的 105 个种对在 10 个样方尺度下的种间关联性变化趋势是：有 27 个种对从不关联到正关联，20 个种对从不关联到负关联，3 个种对从不关联到负关联，最后又变为正关联。

种间关联性的χ^2检验（表 2-12），较精确地刻划了各种对间关联的显著程度，提供了判断种间关联显著性的定量指标。但对于种间关联显著性的研究，仅用χ^2检验的方法是不够的，因为χ^2检验仅得出了关联性显著与否的结论，对那些在一定调查面积内经检验不显著的种对间，并不意味着它们之间不存在关联性。因此，χ^2检验只能说明在一定样方面积下的关联性，不能更清晰、准确表现种对间关联强度的大小，在一定程度上模糊了种间关联性的差异性。因此，在种对关联性做出χ^2检验后，尚需用关联系数和最小关联面积一起来检测种间关联程度。

表 2-12　梭梭群落种间关联的χ^2分析结果

种对名称代码	χ^2 值	最小关联面积/m^2	关联系数
1-3	5.43	11.32	0.15
1-4	4.12	14.90	0.18
1-7	5.32	11.55	−0.07
1-13	6.39	9.62	−0.10
1-14	5.43	7.56	0.96
1-15	7.71	31.87	−0.81
2-3	6.43	9.56	−0.02
2-4	8.49	7.24	−0.03
2-9	5.36	366.72	0.56
2-10	10.45	376.00	0.92
2-13	7.69	858.00	0.14

续表

种对名称代码	χ^2 值	最小关联面积/m^2	关联系数
2-14	4.12	476.00	−0.61
2-15	18.74	3.56	0.96
3-4	3.87	3.96	0.97
3-7	6.56	299.67	0.57
3-9	5.73	42.87	−0.55
3-10	7.83	31.38	−0.74
3-14	7.83	32.38	−0.74
4-7	6.56	74.92	0.57
4-9	6.04	15.73	−0.78
4-10	5.03	12.22	−0.74
4-14	11.07	43.22	0.73
4-13	5.18	11.78	−0.74
5-6	16.08	7.64	0.97
5-8	6.99	2.20	−0.53
5-11	6.99	27.2	0.10
5-12	5.25	11.71	0.02
6-10	6.99	2.20	−1.00
6-13	6.99	2.20	−1.00
6-12	5.25	23.41	0.023
7-9	7.66	11.71	−0.60
7-10	9.10	12.36	−0.63
7-14	9.38	13.1	0.23
7-13	4.14	366.7	−0.72
7-8	5.25	11.71	0.96
7-15	5.25	23.41	0.02
8-13	5.25	937.10	0.02
8-9	6.99	3.76	0.30
8-11	6.99	9.62	0.30
9-10	6.71	1.15	0.30
9-14	10.61	127.64	−0.56
9-11	8.67	3.54	0.65
10-14	8.15	60.34	−0.67
10-11	8.67	7.09	0.60
10-12	4.75	256.00	0.45
12-14	8.12	30.35	0.128
14-15	7.83	62.83	0.125

表 2-13 是通过 Fisher 精确检验测定早春时期前 15 种植物在 10 个样方尺度下的检验结果。

表 2-13　不同样方尺度下显著关联与极显著关联种对的精确检验显著性 *p* 值

物种对	样方尺度/（m×m）									
	1×2	2×2	2×4	4×4	4×8	8×8	8×16	16×16	16×32	32×32
1-3				0.007	0.024	0.007				
1-4				0.016	0.003	0.007				
1-7				−0.04	−0.04		−0.027			
1-13				−0.03	−0.035		−0.001			
1-14						0		0.014		
1-15						0.001	0.001	0.009		
2-3				−0.004	−0.004	−0.02	−0.03	−0.03	−0.001	−0.02
2-4				−0.004	−0.004	−0.02	−0.03	−0.03	−0.001	−0.02
2-9									0.04	0
2-10									0.04	0
2-13	0.011			0	0	0.005	0.005	0.014		
2-14								−0.016		
2-15	0.01	0.01	0			0.005	0.005	0.014		
3-4		0.007	0	0	0	0	0			
3-7							0.03			
3-9				−0.017	−0.032	−0.032	−0.04	−0.009	−0.0001	
3-10				−0.014	−0.014	−0.032			−0.02	
3-14					0	0	0	0		
4-7							0.03			
4-9				−0.017	−0.032	−0.032	−0.04	−0.009	−0.01	
4-10				−0.014	−0.014	−0.02	−0.04	−0.02	−0.01	
4-13										0.04
4-14						0	0	0	0	
5-6			0	0.011	0.002	0.002				
5-7		0.03	0			0.08	0		0.014	
5-8			−0.01	−0.011						
5-14				0.02	0	0	0	0	0	0
5-12				0.03						
6-7			−0.02	−0.02		0.04	0.04	0.02		

续表

物种对	样方尺度/（m×m）									
	1×2	2×2	2×4	4×4	4×8	8×8	8×16	16×16	16×32	32×32
6-12				0.03			0.001	0		
6-13	−0.04	0				0.023	0.023			
6-14	−0.01	−0.011			0.02	0.023	0.030			
7-8				0	0	0	0.034			
7-9						−0.037	−0.037		−0.02	−0.04
7-10						−0.037	−0.037		−0.02	−0.04
7-14									0.01	0
7-15					0.014	0	0			
8-9						−0.037	0.037		−0.02	0.04
9-10		0	0	0	0	0	0			
9-11		0	0	0	0	0	0			
10-11		0	0	0	0	0	0			
12-14				0	0	0	0			
13-15	−0.01	−0		0.02	0.02	0.04	0.023			

从表2-13可以看出，在调查的105个种对中，共有43个种对在不同的样方尺度中表现出显著或极显著的种间关联，约占总数的40%；其中26个种对为正关联，11个为负关联，3个种对从不关联到负关联，最后又变为正关联。

不同种对表现出种间关联的最小样方尺度不同，表明不同种群之间相互作用的空间范围是不同的。例如，柽柳-早熟猪毛菜和柽柳-猪毛菜这两个种对表现出种间正关联的最小样方尺度为1 m×2 m。梭梭-四齿芥和梭梭-弯角四齿芥在正关联的最小样方尺度为4 m×4 m。随着样方尺度的扩大，也在部分样方尺度下表现出显著的种间关联，如梭梭-犁苞冰藜在4 m×8 m、8 m×8 m和8 m×16 m样方尺度下表现显著或极显著的关联性。这些结果表明种间关联性与样方尺度有关。

种间出现正关联的原因主要有：①相同或相似的生境适应范围；②物种间存在依赖关系，一种依赖于另一种或两种相互依赖。种间出现负关联的原因主要是：①不相似的环境适应范围；②空间上的排斥或资源上的竞争；③化学互感的作用（尹林克和李涛，2005；张立运，1985）。而莫索湾地区梭梭群落中种间正关联的形成，主要是一些植物种具有相同或相似的生态适应性，彼此产生了一定的生态位重叠，或是相邻异质环境，随样方尺度的扩大，由无关联变为正关联；而对一定的土壤状况和在一定的时期内对水资源产生直接竞争的植物种，表现为负关联。

第四节 不同生境条件下梭梭群落的结构特征

一、研究地区自然概况和研究方法

（一）研究地区自然概况

研究地区位于新疆准噶尔盆地东南缘的吉木萨尔县北漠中心。地理位置为88°30′～90°00′E，44°46′～46°00′N，海拔高度500～700 m。属中温带大陆性干旱气候。年平均气温6.7℃，年降水量173 mm，年蒸发量2261 mm，全年日照2952 h，无霜期167 d（新疆维吾尔自治区测绘局，1998）。

研究工作在新疆准噶尔盆地东南缘广泛分布的平缓低洼地、平缓沙地、半流动沙丘三种不同的生境类型的天然梭梭群落内进行。不同生境类型的主要特征是：①平缓低洼地主要分布在丘间低地或地表径流的洼地以及古湖（河）相地带，基质为冲积物，地形起伏1～2 m。土壤为灰棕色荒漠土，土壤质地较细，整个土壤剖面颗粒大小基本一致，土壤表层有明显的腐殖质侵染特征；梭梭群落生存需要的水源来自降水或地表径流。土壤含水率4%左右，pH 8.8，含氮量0.23%～0.26%。②平缓沙地主要分布在沙漠的沙地上。地形起伏2～5 m。土壤为风沙土，质地以细沙为主，细沙所占比例约80%，干沙层厚度10～20 cm。距地表1.5 m左右分布着厚度不等的黏土层。土壤含水率3%左右，pH 8.6，含氮量0.15%～0.21%。③半流动沙丘间断分布在平缓低洼地和平缓沙地之间。地形起伏5～25 m，土壤为风沙土，质地以细沙为主，细沙所占比例在80%以上，干沙层厚度在20 cm以上。土壤含水率低于3%，pH 8.4，含氮量为0.14%～0.20%。

（二）研究方法

在三种不同生境类型的梭梭群落内设置调查样地。每种生境类型设置5块样地。样地设置要体现代表性和均质性以及能够表现该群落的种类成分、群落结构和影响群落的外界因子特征的原则和荒漠地区群落最小表现面积为128～256 m^2的基本要求。本研究的样地面积为144 m^2，样地形状为正方形。

在样地内设置调查样方。样方面积为2 m×2 m。采用相邻网格式样方调查法（Hubbel and Foster，1986）进行调查。调查内容包括梭梭林木的树高、地径、冠幅、植被种类、植被总盖度、分种盖度、植株高度、植株数量以及梭梭幼苗和幼树的个体数、树高、年龄和地径。在15块调查样地内，共设置540个调查样方。

用于林下植被生物量调查的样方面积因调查对象不同而异。灌木生物量调查的样方面积为 2 m×2 m，草本植物生物量调查的样方面积为 1 m×1 m。每块样地分别设置 4 个灌木生物量和 4 个草本植物生物量调查样方。样方在林地上按“梅花型”排列。在 15 块调查样地中共设置 150 个生物量调查样方。

林下植被生物量调查采用收获法（董鸣，1996）。具体调查时，首先记载样方中的植物种类，而后将整个植株从土壤中挖出，截取地上和地下部分，称其鲜质量，并带回实验室烘干称其干质量。梭梭林木生物量调查是在每木检尺的基础上，应用前人研制的估测模型（李钢铁等，1995）进行推算。调查工作于 2003 年 9 月中旬进行。群落结构测度方法包括以下几种。

（1）物种多样性指数。选用 Gleason 指数，该指数可以消除区域间植物群落调查面积的差异性，又能够定量描述各植物群落物种多样性的相对大小（蒋有绪等，1998）。

$$I_{\text{Gleason}} = S/\ln A \tag{25}$$

式中，S 为物种总数；A 为调查物种的面积；I_{Gleason} 为单位面积上的物种数。

（2）植物种群重要值（IV）（张金屯，1995；董鸣，1996；郝占庆等，1994）。

IV = 相对频度(RFE,%)+相对盖度(RCD,%)+相对高度(RHI,%)。

$$\text{其中}, \text{RFE} = F_i/\sum F_i, \text{RCD} = C_i/\sum C_i, \text{RHI} = H_i/\sum H_i \tag{26}$$

式中，F_i、C_i、H_i 分别为某种植物的频度、盖度和高度；$\sum F_i$、$\sum C_i$、$\sum H_i$ 为所有植物种的总频度、总盖度和总高度。

（3）种群分布格局应用方差（V）和均值（m）的比值进行判别，显著性采用 t 检验（彭少麟和王伯荪，1983）。

$$V = \sum_{i=1}^{A} \frac{(n_i - m)^2}{A-1}, \quad m = \frac{1}{A}\sum_{i=1}^{A} n_i \tag{27}$$

$$T = \frac{\dfrac{V}{m} - 1}{\sqrt{\dfrac{2}{A-1}}} \tag{28}$$

式中，V 为方差；n_i 为每个样方中 i 种的实际个体数；m 为所有取样中个体的平均数；T 为 t 检验值，A 为样方数。

梭梭林木生物量采用李钢铁等建立的回归模型（李钢铁等，1995）进行计算。该模型的复相关系数为 0.99，拟合率为 89.5%。具体计算公式如下：

$$\begin{aligned}\text{BW} =& 0.01 + 0.204H + 5.067E - 0.038HE - 0.738R \\ &+ 1.417HR - 0.992ER + 0.243HER\end{aligned} \tag{29}$$

$$\begin{aligned}\text{RW} =& -1.509 + 6.03H + 8.603E - 6.796HE - 1.349R \\ &+ 1.722HR - 0.821ER + 0.399HER\end{aligned} \tag{30}$$

式中，BW 和 RW 分别为梭梭单株林木地上和地下部分的生物量；H 为树高（m）；E 为冠幅面积（m^2）；R 为地径（cm）。

二、不同生境条件下梭梭群落的结构特征

（一）不同生境条件下的梭梭林分状况

对不同生境类型群落中梭梭林木的生长、林分密度、林分郁闭度和林下植被盖度等反映林分结构特征的调查资料汇总，结果见表 2-14。

表 2-14　不同生境条件下梭梭林分状况

生境类型	平均树高/m	平均地径/cm	平均冠幅/m^2	林分密度/（n/hm^2）	林分郁闭度	林下植被盖度/%
A	2.32	5.95	2.94	550	0.2	19.1
B	1.56	2.72	2.82	431	0.1	6.6
C	1.55	2.03	2.54	320	0.1	3.0

注：A 为平缓低洼地，B 为平缓沙地，C 为半流动沙丘，下同。

从表 2-14 可以看出，不同生境类型的梭梭群落林分结构上存在差异。在林木生长方面，平缓低洼地的梭梭林木的树高和地径都显著高于平缓沙地和半流动沙丘，林分密度、林分郁闭度和林下植被盖度等也表现出相同的变化趋势。

按照《中国森林》对梭梭灌丛群落类型划分的标准，平缓低洼地上的梭梭群落应属于土质梭梭灌丛类型，平缓沙地和半流动沙丘上的梭梭群落则属于沙质梭梭灌丛类型（中国森林编委会，2000）。从生境条件上比较，平缓低洼地的地表已固定，不存在严重风蚀现象；土层较厚，肥力较高，水分状况也相对较好，所以平缓低洼地林木生长和林地植被发育较好。

（二）不同生境条件下梭梭群落的物种结构

组成群落的植物种类的多少是由环境条件和群落的特点共同决定的。在大的地理区域范围内，植物种类组成与气候条件有关，反映出热量和水分条件的优劣，在相同的气候条件下，植物所处的生境条件的好坏，对植物种类的多寡起着主要作用。将梭梭群落调查样方中的植物种类按照不同生境类型进行汇总，并计算不同植物种类分布的频度、密度、平均高、分种盖度、重要值和物种多样性等反映群落物种结构的数量指标，结果见表 2-15。

表 2-15 不同生境条件下梭梭群落林下植被的物种组成及其数量特征

生境类型	植物种类	生活型	频度/%	密度/(株/hm²)	平均高/cm	分种盖度/%	重要值/%
A	戈壁藜 *Iljinia regelii*	Ⅰ	1.4	70	25.0	0.01	16.9
	准噶尔无叶豆 *Eremosparton songoricum*	Ⅱ	1.4	139	5.8	0.02	4.3
	精河补血草 *Limonium leptolobum*	Ⅲ	1.4	104	3.0	0.01	2.3
	散枝猪毛菜 *Salsola brachiata*	Ⅳ	1.4	35	3.7	0.01	2.3
	刺沙蓬 *Salsola ruthenica*	Ⅳ	26.4	2083	9.1	0.27	14.8
	粗枝猪毛菜 *Salsola subcrassa*	Ⅳ	33.3	225	9.2	0.48	17.8
	对节刺 *Horaninowia ulicina*	Ⅳ	12.5	2535	8.0	0.28	10.1
	碱蓬 *Suaeda glauca*	Ⅳ	9.7	1944	12.3	0.54	13.2
	角果藜 *Ceratocarpus arenarius*	Ⅳ	100	130 624	7.6	18. 9	107.7
	老鹳草 *Geranium wilfordii*	Ⅲ	1.4	35	8.0	0.01	5.7
	骆驼蓬 *Peganum harmala*	Ⅲ	2.8	243	11.2	0.09	8.5
	砂蓝刺头 *Echinops gmelinii*	Ⅳ	4.2	347	5.3	0.06	4.9
	西北绢蒿 *Seriphidium nitrosum*	Ⅲ	61.1	78 020	8.1	3.99	38.9
	羽毛三芒草 *Aristida pennata*	Ⅲ	5.6	347	7.5	0.06	6.9
	沙蓬 *Agriophyllum squarrosum*	Ⅳ	2.8	1909	9	0.02	6.8
	梭梭 *Haloxylon ammodendron*	Ⅴ	73.6	5799	19.5	1.12	38.9
	$I_{Gleason}$（Ⅰ+Ⅱ）	0.6996					
	$I_{Gleason}$（Ⅲ+Ⅳ）	4.5497					
B	准噶尔无叶豆 *Eremosparton songoricum*	Ⅱ	1.1	29	8.0	0.01	5.8
	精河补血草 *Limonium leptolobum*	Ⅲ	1.1	29	5.0	0.01	3.8
	刺沙蓬 *Salsola ruthenica*	Ⅳ	1.1	29	15.0	0.01	10.3
	粗枝猪毛菜 *Salsola subcrassa*	Ⅳ	44.8	4059	7.6	0.54	27.2
	对节刺 *Horaninowia ulicina*	Ⅳ	33.3	2807	6.7	0.37	20.3
	碱蓬 *Suaeda glauca*	Ⅳ	5.7	720	11.9	0.11	11.3
	角果藜 *Ceratocarpus arenarius*	Ⅳ	78.1	14 985	7.4	1.07	45.5
	老鹳草 *Geranium wilfordi*	Ⅲ	1.1	115	3.0	0.01	2.5
	骆驼蓬 *Peganum harmala*	Ⅲ	6.9	227	6.0	0.07	7.1
	砂蓝刺头 *Echinops gmelinii*	Ⅳ	21.8	1062	6.7	0.22	14.5
	西北绢蒿 *Seriphidium nitrosum*	Ⅲ	23.0	15 516	19.4	0.56	28.4
	羽毛三芒草 *Aristida pennata*	Ⅲ	20.7	7056	6.1	0.21	13.6
	苘麻 *Abutilon theophrasti*	Ⅳ	1.1	29	8.0	0.01	4.5
	驼绒藜 *Ceratoides latens*	Ⅱ	57.5	7056	28.3	3.10	83.6
	梭梭 *Haloxylon ammodendron*	Ⅴ	24.1	1837	16.1	0.24	21.6

续表

生境类型	植物种类	生活型	频度/%	密度/(株/hm²)	平均高/cm	分种盖度/%	重要值/%
	$I_{Gleason}$（Ⅰ＋Ⅱ）	0.6996					
	$I_{Gleason}$（Ⅲ＋Ⅳ）	4.1998					
C	戈壁藜 *Iljinia regelii*	Ⅰ	1.1	115	21.0	0.01	14.0
	刺沙蓬 *Salsola ruthenica*	Ⅳ	1.1	29	12.0	0.01	8.4
	粗枝猪毛菜 *Salsola subcrassa*	Ⅳ	3.4	746	8.7	0.11	10.6
	对节刺 *Horaninowia ulicina*	Ⅳ	12.6	718	6.2	0.13	14.7
	碱蓬 *Suaeda glauca*	Ⅳ	11.5	545	8.5	0.11	15.1
	角果藜 *Ceratocarpus arenarius*	Ⅳ	58.6	5023	7.3	0.69	57.9
	骆驼蓬 *Peganum harmala*	Ⅲ	1.1	29	3.0	0.01	2.9
	砂蓝刺头 *Echinops gmelinii*	Ⅳ	1.1	29	5.0	0.01	4.1
	西北绢蒿 *Seriphidium nitrosum*	Ⅲ	52.9	25 199	8.4	1.00	64.3
	羽毛三芒草 *Aristida pennata*	Ⅲ	6.9	1320	22.0	0.07	19.5
	多枝柽柳 *Tamarix ramosissima*	Ⅰ	2.3	1939	26.7	0.86	42.5
	梭梭 *Haloxylon ammodendron*	Ⅴ	21.8	6687	32.8	0.46	46.0
	$I_{Gleason}$（Ⅰ＋Ⅱ）	0.6996					
	$I_{Gleason}$（Ⅲ＋Ⅳ）	3.1498					

注：Ⅰ为灌木，Ⅱ为半灌木，Ⅲ为一年生草本植物，Ⅳ为多年生草本植物，Ⅴ为小半乔木。

从表2-15可以看出，在3种生境类型的梭梭群落中，以平缓低洼地上的梭梭群落种类最多，共记载有16种，其次是平缓沙地的梭梭群落，有15种，半流动沙丘的梭梭群落内植物种类最少，有12种。这一结果与不同生境类型上群落的林分结构特征反应是一致的，说明平缓低洼地的生境条件不仅适合梭梭林木生长，同时也适合于多种植物生存。

重要值是反映某种群在群落中相对重要性的一个综合指标，同时也反映某种群对所处群落的生境条件的适应程度。按照植物种群重要值的大小，平缓低洼地上取前5位进行排序的结果是：角果藜、西北绢蒿、梭梭幼苗幼树、粗枝猪毛菜和戈壁藜；平缓沙地上排在前5位的是驼绒藜、角果藜、西北绢蒿、粗枝猪毛菜和梭梭幼苗幼树；半流动沙丘上排在前5位的是西北绢蒿、角果藜、梭梭幼苗幼树、多枝柽柳和羽状三芒草。

三种不同生境类型的群落中存在的共有种是刺沙蓬、粗枝猪毛菜、对节刺、碱蓬、角果藜、骆驼蓬、砂蓝刺头、西北绢蒿和羽状三芒草。

梭梭群落内更新幼苗幼树的高度大多在2～40 cm，少数在50～60 cm。不同生境类型上幼苗幼树的数量不等，比较而言，以半流动沙丘上的数量最多，为6687株/hm²；平缓低洼地上次之，为5799株/hm²；平缓沙地上幼苗幼树最少，为 1837 株/ hm²。

对天然更新状况的评价，不仅要考虑幼苗幼树的数量，同时也要考虑幼苗幼树在群落内分布的均匀程度。半流动沙丘上虽然幼苗幼树最多，但在群落内分布极不均匀，更新频度仅为 21.8%；平缓低洼地上天然更新幼苗幼树虽然少于半流动沙丘，但在群落内分布均匀，更新频度超出半流动沙丘上的 3 倍，达到 73.6%。因此，从幼苗幼树数量和分布均匀程度两方面综合评价，应以平缓低洼地梭梭群落天然更新最好。

物种多样性是群落结构水平上可测定的生态学特征之一（祝宁和陈力，1994；赵志模和周新远，1984；刘世荣等，1998）。物种多样性指数的大小与群落中物种的丰富度和均匀度有关，主要体现群落的结构类型、组织水平、发展阶段、稳定程度和生境差异（彭少麟等，1989）。从表 2-15 还可以看出三种生境类型的物种多样性存在差异。按物种多样性指数大小进行排序的结果是：平缓低洼地＞平缓沙地＞半流动沙丘。其中一年生和多年生草本植物的物种多样性差异明显，灌木和半灌木的物种多样性差异较小。不同生境类型的物种多样性之间的差异，同样可以从不同生境类型的生态条件上得到解释。

（三）不同生境条件下梭梭群落的生物量

根据调查资料，利用前人研制的梭梭林木生物量预测模型，计算不同生境条件下梭梭林木的生物量，并将梭梭林木的生物量和群落内林下植被的生物量汇总，得出梭梭群落的总生物量（表 2-16）。

表 2-16 不同生境条件下梭梭群落的生物量 （单位：t/hm²）

生境类型	梭梭林木生物量			林下植被生物量			梭梭群落生物量		
	地上	地下	合计	地上	地下	合计	地上	地下	合计
A	12.54	6.61	19.15	0.18	0.06	0.24	12.72	6.67	19.39
B	5.93	3.18	9.11	0.15	0.06	0.21	6.08	3.24	9.32
C	4.11	2.42	6.53	0.11	0.05	0.16	4.22	2.47	6.69

对照表 2-16 可知，研究地区梭梭林木的生物量为 6.69～19.39 t/hm²。根据李西荣、宋朝枢等调查，内蒙古自治区乌兰布和沙漠梭梭林木的生物量为6.42～16.41 t/hm²，地上部分为 3.24 ～8.52 t/hm²，地下部分为 3.19～7.59 t/hm²，林下植被生物量为 0.27～ 0.33 t/hm²，梭梭群落生物总量为 6.51 ～16.75 t/hm²（宋朝枢和贾昆峰，2000）。对照比较可知，研究地区梭梭林的生物量略高于内蒙古自治区乌兰布和沙漠梭梭林木的生物量，但林下植被生物量较低，仅为 0.16～0.24 t/hm²。这种现象与研究地区梭梭群落内林下灌木较少，多年生与一年生草本植物也不占重要地位（中国科学院中国植被图编辑委员会，2001）

有关。

植物种群生物量是对群落生境适应性的表达（祝宁和陈力，1994），也是生境条件优劣的表现。按梭梭群落总生物量大小排列的结果是：平缓低洼地>平缓沙地>半流动沙丘。由此可见，具有地势平坦、土层较厚、地表固定等特征的平缓低洼地，其生境条件也有利于梭梭群落生物量的积累。

（四）不同生境条件下梭梭幼苗幼树种群空间分布格局

为了了解不同生境类型梭梭群落内幼苗幼树的空间分布情况，从平缓低洼地梭梭群落的调查样方资料中随机抽取 100 个样方，从平缓沙地和半流动沙丘梭梭群落的调查样内资料中各抽取 36 个调查样方，进行幼苗幼树种群空间分布格局分析，结果见表 2-17。

表 2-17　不同生境条件下梭梭更新幼苗幼树的分布格局

生境类型	样方数	V/m 值	T 值	分布格局
A	100	1.950	6.687**	集群分布
B	36	18.706	74.085**	集群分布
C	36	2.000	4.184**	集群分布

注：df=99 时，$T_{0.05}=1.989$，$T_{0.01}=2.638$；df=35 时，$T_{0.05}=2.042$，$T_{0.01}=2.750$。

** $p<0.01$。

从表 2-17 可知，研究地区不同生境类型上梭梭群落，无论其生境条件如何，天然更新幼苗幼树的空间分布格局是一致的，都属于集群分布。

空间分布格局是生态系统中生物和环境长期作用的结果（宋朝枢和贾昆峰，2000），种群分布格局通常反映的是一定的环境因子对个体行为、生存和生长的影响（何智斌和赵文智，2004）。梭梭幼苗幼树在群落内之所以呈聚集状态，这与梭梭的种子传播方式和种子发芽对生境条件的需求有很大关系。梭梭种子一般在 10 月份成熟，种子传播方式是以风传播为主，在地形变化较大的荒漠地区，就很容易导致种子在某些低洼地段出现堆积现象（王伯荪，1987）。另外，沙漠中气候干旱，不仅降水量小，而且地表水分散失的也快，能够满足梭梭种子发芽和幼苗生存的大多是一些小地形和微地形等水分条件较好的局部地段，这些均是造成梭梭幼苗幼树在梭梭群落内呈聚集分布的主要原因。

第五节　小结与讨论

（1）研究地区的梭梭群落中，早春调查到高等植物 38 种，隶属于 13 科 31 属，以藜科植物为主（11 种），其次为十字花科（7 种）、紫草科和豆科（各 3

种），其他各科分别为1或2种。秋季调查到高等植物19种，隶属于8科17属，以十字花科植物为主（6种），其次为藜科（5种）、紫草科（2种），其他各科1或2种，未见菊科、蒺藜科、大戟科、豆科及列当科植物。梭梭群落中的植物多为寡有种或单种属，一属一种的植物占全部种类的64.95%。大部分为旱生或超旱生小半乔木、灌木、半灌木、多年生长营养期植物和一年生短营养期植物。早春时期一年生短营养期植物占有显著地位，其次为一年生草本植物；秋季一年生短营养期植物比早春时期少；小半乔木和灌木比例上升。

（2）梭梭群落层次结构简单，其外貌与干旱少雨的气候特点相适应，主要是由少数鳞叶、小型叶和较多微型叶以及草质的全缘单叶一年生短营养期植物所组成；早春时期的物种丰富指数（R）、多样性指数（H）、均匀度指数（J）以及生态优势度指数（D）都比秋季时期高，表明早春时期的环境条件要比秋季的好；不同生活型植物的物种丰富指数（R）、多样性指数（H）、均匀度指数（J）不同，总的表现是：草本＞灌木＞小半乔木；小半乔木的生态优势度（D）高于灌木和草本植物。

（3）梭梭种群整体空间分布格局为集群分布，且集聚程度较高。在不同尺度上，种群的分布格局发生变化，说明种群的分布类型与空间尺度有重要关系；Ⅰ级、Ⅱ级、Ⅲ级和Ⅳ级的种群个体均为集群分布，Ⅰ级种群个体的集群程度较高；Ⅳ级种群的个体虽然也呈集群分布，但其集群程度明显减弱；Ⅴ级种群个体的分布格局为随机分布。

（4）对Ⅰ级、Ⅱ级、Ⅲ级和Ⅳ级种群的聚集强度指标比较的结果是：Ⅰ级→Ⅱ级，种群表现为扩散趋势；Ⅱ级→Ⅲ级，种群转向聚集的趋势，但强度不大；Ⅲ级→Ⅳ级和Ⅴ级，种群表现为扩散的趋势，且扩散趋势较强。

（5）早春时期的15种植物，随着样方面积的扩大，关联性发生变化；应用χ^2检验的结果表明，早春时期的植物在10种不同样方尺度中组成的105个种对中，有50个种对分别在不同的样方尺度中表现出显著或极显著的种间关联，约占总数的47.6%；其中有27个种对为正关联、20个种对为负关联，另外3个种对在小样方时负关联，当样方增大到一定程度后又开始呈现正关联。群落中种对间的关联性除与一定面积下的关联系数有关外，还与调查样方面积大小有关。

（6）应用Fisher精确检验早春时期的105个种对发现，有42个种对分别在不同的样方尺度中表现出显著或极显著的种间关联，约占总数的40%，其中有26个种对为正关联，11个种对为负关联，3个种对从无关联到负关联，最后又变为正关联。各种对的种间关联性随样方尺度的变化而发生变化。根据各种对的种间关联性变化规律，将各种对归纳为6种类型；种间关联性对样方尺度变化的现象是群落水平结构特征和不同种对对环境条件适应的一种间接反映。研究地区种间正关联的形成主要是一些植物种具有相同或相似的生态适应性，彼此产生了一定的生态位重叠，随样方尺度的扩大，由无关联变为正关联；而对一定的土壤状况和在一定的时期内对水资源产生直接竞争的植物种，表现为负关联。

（7）梭梭适应性强，其个体的生活周期基本上都是在极端干旱的生境中度过的，但梭梭对恶劣生境条件的适应性和对生境条件的需求是两个完全不同的概念。生境条件适宜，梭梭林木生长良好，梭梭群落发育正常；生境条件差，梭梭虽能适应，但在梭梭林木生长和群落发育方面都会做出相应的反应。通过对三种生境类型上梭梭群落结构特征比较发现，无论是梭梭林分密度、林木生长、林下植被盖度、群落总生物量、植物种类的丰富程度、物种多样性，还是梭梭群落的天然更新，均是以平缓低洼地最好。其原因在于平缓低洼地地表面固定，不存在平缓沙地和半流动沙丘地表面经常被风蚀，而严重影响植物生长发育的现象；另外，在降水量大时，平缓低洼地还可以蓄积一些水分。由于土壤性质不同，土壤中蓄积的水分，其蒸发比平缓沙地和半流动沙丘不仅少而且缓慢，从而可保证林下植被、幼苗幼树和林木对土壤水分的基本需求；由于林下植被相对较丰富，通过植物的腐烂分解，在一定程度上可缓解梭梭林木生长和梭梭群落的发育对土壤肥力的基本需求。平缓沙地和半流动沙丘生境条件较差，在该生境上生长的植被一旦遭到破坏则很难恢复。

Chapter 2　The synecological characteristics of *Haloxylon ammodendron* community

The ecological characteristics of *Haloxylon ammodendron* community, including the traits of the flora composition, the species elements, community structure, population distribution patters and interspecies association were studies by both population ecology and community ecology in the paper. The main results were as follows:

(1) According to the results from the investigation in early spring, the species category constituted to statistic totally had 38 species of higher plant belonging to 13 families and 31 genera. Among them, *Chenopodiaceae* are the most dominant families. However, when the investigation was conducted in autumn, the species category had 19 species of higher plant belonging to 8 families and 17 genera. *Cruciferae* are the most dominant families. Most species are small nanotrees, shrubs, nanoshrubs, therophytes and ephemeral plant that of xerophyte or super-xerophyte. Ephemeral plant is dominant in the life form.

(2) The community stratification structure is simple. Adapting to the drought and rainless climate, the leaf form of the physiognomy of the community including a little of scale-leaf and micro-leaf, most of the nano-leaf, orthophyll simply leaf, entire leaf therophytes plant. All in all, the order of species richness, diversity index, evenness index, ecological dominance of community is: herbage > shrub > small arbor. The ecological dominance of the small arbor are higher than the herbage and shrub community. The small arbor plant is dominant in the *Haloxylon ammodendron* community.

(3) The spatial patterns of *Haloxylon ammodendron* community varies at different scale. The spatial patterns are clump distribution at 0 to 15m scale, and trends to be random distribution at 15 to 20m scale, but are random distribution when the scale is higher than 20m. The age structure of the population is Ⅰ, Ⅱ, Ⅲ and Ⅳ grade, which is clump distribution. The clump of grade Ⅰ is higher than the other grades, while the clump of grade Ⅳ is obviously small. Grade Ⅴ is random distribution.

(4) The overall associations between the 15 dominated species were negative in the five primely designed quadrats scales in the early spring. With the area of quadrats increasing, the overall associations of all species trend to be no significant, but become to be positive if the area increased to 32m×32m. By means of χ^2-test, 50 species-pairs showed significant interspecific association, in which 27 species-pairs were the greatly positive association, 20 species-pairs were the significantly negative connection and the other 3 species-pairs were the significantly negative connection in small quadrats but it transformed to greatly positive association when the area extends to some scale. By means of Fisher exact test, 42 species-pairs showed significant interspecific association, among which 26 species-pairs were the greatly positive association among, 11 species-pairs were the significantly negative connection, 3 species-pairs turned from no significant to significantly negative connection and at last greatly positive association.

(5) Including the association coefficient under certain area in the community, the interspecific association was also connected with the quadrat area. The smaller the minimal association area is, the larger the association coefficient is, the greater positive association is, vice-versa. Generally, six types of species-pairs are summarized according to the interspecific association. Among the 42 interspecific species-pairs, 2 attributing to type Ⅰ, 21 to type Ⅱ, 5 to type Ⅲ, 5 to type Ⅳ, 6 to type Ⅴ and 3 to type Ⅵ.

Low-lying land, slow and gentle desert, and semi-mobile dune are the three different habitats of natural *Haloxylon ammodendron* community along the southeastern edge of Zhungeer Basin in Xinjiang Uigur Autonomous Region. This research studied the structural characters of *Haloxylon ammodendron* community from the aspects of species structure, species diversity, biomass and distribution patterns of natural regeneration sapling. The results showed that the species of *Haloxylon ammodendron* community was the richest on low-lying land, the second on slow and gentle desert, and the least on semi-mobile dune. The number of plant species in the three different habitats was 16, 15 and 12, respectively. The amount of *Haloxylon ammodendron* natural regeneration sapling was the largest (6687 trees/hm^2) on semi-mobile dune, but its distribution was not even. Low-lying land had a slightly smaller amount (5799 trees/hm^2) of *Haloxylon ammodendron* natural regeneration sapling than semi-mobile dune, but the distribution of the sapling was more even. With an overall evaluating, the natural regeneration of *Haloxylon ammodendron* community was the best on low-lying land. Its total biomass on low-lying land was 19. 39 t /hm^2, while that on slow and gentle desert and semi-mobile dune was 9. 32t/hm^2 and 6. 69t/hm^2, respectively. The distribution patterns of *Haloxylon ammodendron* natural regeneration sapling in different habitats were all aggregative. The ground of low-lying land was fixed, with fairly good soil moisture and fertility, which was appropriate for the growth of *Haloxylon ammodendron* and the development of *Haloxylon ammodendron* community, while that of slow and gentle desert and semi-mobile dune was easier to suffer from wind erosion, with poor soil moisture and fertility and fairly serious habitat conditions.

第三章　梭梭植冠构筑型及枝生长格局

第一节　梭梭植冠构筑型及枝生长格局研究的理论基础和意义

树木构筑型（architecture model）是一个植物形态学概念，主要指树木的形体建筑结构及动态特点。简言之，就是植物各个构件，如根、茎、枝、叶、芽等在空间排列的一种表现形式。包括树木总体外貌特征——树形、冠形、分枝结构及树体组成部分（芽、枝、叶等）的空间排布格局、内在生物量构造组成及其配比结构和树体组成单位——构件及组成部分（芽、枝、叶等）的数量动态变化等方面的内容。

叶和枝在树木的形态结构和生长发育中是起着重要作用的构件。叶是树木进行光合作用的主要器官，叶片的多少、叶面积的大小以及叶片配置的空间结构等，对叶片的受光量、光照强度和光照时间及树木的光能利用效率都会产生重要影响；枝作为叶片的支撑体，它不仅决定着叶片的空间分布，而且是连接叶片与树木整体两者之间水分和营养物质运输的重要构件。不同树种具有不同的遗传特性，从而导致不同树种的枝和叶等空间排列具有明显区别。

关于植物分枝格局的研究一般在构件尺度上进行，侧重于枝的长短、形状、分枝角度及位置等空间分布几何特征方面。决定分枝格局的主要参数有枝条长度、分枝角度、分枝率（分枝强度）等，这些参数的不同组合可形成不同形状的树冠，从而影响植株对空间、光等资源的利用和适应策略。由于不同的分枝格局会形成不同的树冠骨架结构，所以对植物体的能量捕获、水分收支、机械支持，甚至竞争能力都将产生影响。

人们很早就开始从事树木构筑型特征的研究，较早的论述可追溯到公元前三世纪古希腊时期的亚里士多德和他的学生所做的一些研究工作。19世纪后，研究工作不断深入。这个时期的研究主要集中在植物整体的观察、生长型的划分和植物体构造特征等方面的分析。20世纪40～50年代，有一些欧洲植物学家注意到了热带树木外貌和形态结构的多样性，并结合传统的形态学和分类学的知识，对树木外貌和形态结构进行了初步的描述和分析。

20世纪后期，关于树木构筑型建成机制的研究工作得到了迅速发展。这个时期发表的一些论著，不仅对前人工作进行了总结，而且还开创了许多新的研究领域。Oldeman（1990）的著作 *Tropical Trees and Forests——An Architechral*

Analysis 被普遍认为是现代树木构筑型研究的新起点。在这部著作中正式提出了构筑型的概念，并从遗传和动态的角度将树木构筑型（tree architecture）定义为“有机体生长发育过程中基因的外在形态表现”。这部著作还将全球的热带树木构筑模式划分出 23 个基本类型，编制了热带树木构筑型的检索表，对热带的一些重要树木进行了构筑型分析和描述，使热带树木构筑型分析成为了一门新型的学科——热带树木构筑学。其中，构筑型的分类系统是一个基于基因型和动态的系统，它所考虑的是树木整个生活周期的形体特征，而不是仅仅依据于成熟的构筑型特征。因此，这个系统不只是一个单纯的生长型分类系统，更重要的是强调了树木构造上的“构件”结构特点。

树木构筑型具有动态特性，静态的结构特点只是其动态生长发育的某个确定阶段，而形体结构本身是一个决定着连续形体结构阶段的生长程序（Oldeman，1990）。这个概念的优点在于既考虑到树木构筑型的遗传性，又将静态结构和动态过程有机结合起来，因此，得到了广泛认可和应用（Harper and Bell，1979；Zimmermann，1971；1984）。

高等植物是构件（module）生物，通过其组元——叶、芽、枝、花、根等构件的反复形成实现其生长。人们很早就认识到生物体的构件结构特征，并最早在动物种群统计学中得到了应用，但是直到 20 世纪 70 年代构件概念才引起植物学家的重视。Oldeman（1990）在首次表达“构件”的概念时采用了 Prevost 1967 年提出的法文“article”一词，并对这个概念做出了详细定义，指出“构件是一个形态学概念，并且是由一个单一顶端分生组织，有始有终的生长发育形成的。它是一个独立的，具有与其相连的节、叶片和腋生分生组织的，终止于一个顶生花序的轴”。这一思想很快得到了植物种群生态学家和植物形态学家的广泛关注和接受。英国著名生态学家 Harper 首先将“构件”的法文译成英文“module”，并且将这一思想应用于种群生态学的研究中，从而导致了融种群统计生活史和形态学概念于一体的生态形态学（ecological morphology）的诞生。

植物构件生态学是研究构件生物在生态环境作用下的相互关系和种群统计特征的学科。构件植物种群是指同类构件个体形成的集合，如叶（构件）种群、枝（构件）种群等。构件种群每个成员称为构件个体，每个构件个体均有其特定的生物学特征，有一定空间位置，执行着一定的功能。同一构件系统中各类构件间是相辅相成协调发展的，具有形态结构和空间分布格局的协同性以及功能上的整合性。构件具生死动态及年龄结构等种群统计特征，植物的生长发育首先表现为构件的生死动态。因此可把构件生物体本身看做是一个由构件单位组成的拟种群，或称亚种群和构件种群。构件生物种群具有由遗传单位，即基株形成的个体种群和由基株上的构件单位形成的构件种群两个结构水平。种群大小和密度调节是由这两个结构水平在环境作用下综合反映作用的结果。构件种群的年龄分布可反映出个体构件的活力，特定年龄的构件对基株生长发育的贡献大小以及基株对邻体干扰、竞争等环境条件的反应对策。持续的构件生长是植株在短期内“找”到新的资源和取得与其邻体竞争的最佳地位的唯一途径。因此，从构件水平深入研究植物与环境的相互作用，可望在对植物种群和群落动态发展演化机理的认识上有所突破。当前植物构件生态学的研究主要集中在两个方面：一是植物构件种群的动态研究。构件种群统计方法非常适用于不能或不便进行反复毁灭性收割的种群研究。Harper 提出了植物生长分析的构件途径，即通过标记和统计植株上的构件，同时进行部分构件收割，从而测得构件的出生、死亡及周转率，以获得关于基株内部生长发育的大量信息，根据这些信息进行植物生长分析。这种生长分析法是非毁灭性的，并且可测定单一植株的生长率，因而被许多学者所采用。二是植物形态结构与构件的关系。一个植株是一个拟种群。植株大小是构件出生数和死亡数的函数。因此，通过构件种群统计，掌握构件种群动态规律，结合分枝角度、节间长度等参数分析，便可确定植物形态结构及生长格局，甚至可对构筑型进行计算机模拟和预测。

1971 年 Zimmerman 和 Brown 在其著作 *Trees Structure and Function* 中，对前人工作进行了系统评述，他们不仅将树木生长和形状特点联系起来讨论，而且对树木生长和形状的固有格局及控制因素、形状的变异和影响因子、生长和形状等相关性等问题进行了深入探讨，其中有关树木的构筑型对生长影响的论述，对以后树木构筑型的功能研究起到了承上启下的作用。美国著名植物生理学家 Kramer 在其著作 *Physiology of Wood Plants* 一书中，将树木冠形作为影响树木生长的内在因子进行了论述，其中说明了树木冠形的变异特点，讨论了冠形的控制因素，指出“树形的分枝、分枝量、枝条生长量、生长期以及顶端优势程度等都是受遗传性控制的，同时也受环境的影响”。另外，他们在 Zimmerman 有关树木形体调控因子论述的基础上，还着重说明了衰老、竞争、分枝和落枝对树形的影响。这些论述对林业生产经营具有十分重要的意义。1979 年美国著名林学家 Daniel 在其久负盛名的 *Principles of Silviculture* 中，对树木枝条和树冠形状也进行了专门论述，并大量引用了生理学家 Zimmerman 和 Brown 的观点。20 世纪 90 年代后，美国著名林学家 Oliver 编写了 *Forest Stand Dynamics* 一书，仍将树木构筑型作为单独章节进行讨论，他不仅充分论述了枝条的生长发育格局和树冠形状特点，而且对树冠和树木发育以及在生产上的应用等方面也都进行了详细说明。更值得介绍的是荷兰著名林学家 Oldeman（1990）编写了 *Forests: Elements of Silvology* 一书，全书以树木构筑型分析为基础，系统全面地论述了它们在树木生长和森林经营中的重要作用。这是迄今为止最重要，也是最权威的一部以树木构筑型分析为基础的森林经营学专著。

植物的构筑型是由植物的内部基因和外部环境条件相互作用的产物，它和传统的系统分类既有密切的联系，也有其独立性，这主要表现在同科属的植物可能具有极不相同的构筑型，而不同科属的植物又可能具有同一构筑型。因此，构筑型的分类打破了科、属、种的界限。植物构筑型的变化与植物区系、生境的相关性很大，具有一定的规律可循。通过对这种规律的研究，不仅可以使我们获得对植物形态结构及其系统发生多样性的认识，而且还可以获得对遗传进化规律的进一步了解，对于植物优良类型的筛选和合理构筑型的培育也有一定参考价值。

构筑型的研究是通过对各构件的大量统计，对其规律加以综合，加以描述和模拟来完成。这种构筑型在不同环境下会有不同的变化，即植物的构筑型对其环境有一定适应性。随着对构筑型研究工作的深入开展，有关构筑型特点的描述和分析也由定性和简单定量研究逐步向准确定量和精确模拟方向发展。最初的构筑型研究仅注重树体形状的几何定性、结构类型（生长型）的划分和分枝结构的简单描述。但在 20 世纪 70 年代以后，由于构筑型的测量和分析技术，尤其是电子计算机技术的发展，才使得有关植物构筑型特点的定量分析和模拟描述工作蓬勃开展起来。80 年代后，学者们不仅研究树木的外部构筑形态，而且还研究多种构筑型的系统发生关系以及它们和生态环境的关系，对许多温带树木甚至草本和藤类植物也都进行了类似的分析和描述。随着数学模型和计算机模拟技术在植物学领域中的应用，近年已有一些学者开展了树木构筑型动态模拟技术的研究，使树木构筑型的研究逐渐向定量化和科学化发展。

分形（fractal）一词是用来描述一些非常不规则以至不适宜视为经典几何研究的对象，试图透过混乱现象和不规则构型揭示隐藏于现象背后的局部与整体的本质联系和运动规律。分形理论已广泛应用于自然科学、社会科学中，成为研究无特征尺度却有着自相似性质的体系强有力的理论工具。分形理论应用于生态学领域中，解释了很多现象，如吴承祯等研究了土壤团粒结构的分形特征，马克明、祖元刚等对植被格局进行了研究。总体上讲，用分形理论刻画景观格局方面的研究较多，一般是将分形维数作为指示景观斑块边界复杂程度和尺度变化的参数，但群落、种群、植冠和分枝格局的研究开展得较少。树冠是叶片空间分布的集合体，具有分形生长特性，因此，与树冠相关的研究如果能运用分形理论就很容易消除尺度依赖的影响。

分形几何的主要研究内容是分形体的维数及自相似性规律。对于分形体的自相似这一特性进行描述的主要工具是分形维数，它是对分形体的有效表征。分形维数包括关联维数、计盒维数、信息维数等。一般来说，如果设 $N(L)$ 为测度指标（如质量、重量、生物量等）；L 为度量所采用的尺度指标（如长度、面积、体积等）；D 为指数；C 为比例系数（常量），则存在如下关系：

$$N(L) = CLD \tag{1}$$

一般求算分形维数所采用的方法是在双对数坐标下进行线性回归，拟合的斜

率（或其转换结果）即为分形维数值，其计算公式为

$$\ln N(L) = \ln C + D\ln L \tag{2}$$

式中，$\ln N(L)$ 与 $\ln L$ 存在一种线性的关系；D 为二者形成的直线斜率（分形维数值）。可以用式（2）对所得实验数据进行最小二乘法拟合，求得每个事例的分数维 D 及相应的相关系数。

冠形能使人们对一个树木的整体形象有一个最直观最明显的印象，是构筑型分析中最常用到的一个要素。通过冠形的描述，可以认识一个树木的基本轮廓，通过对不同条件下冠形变化的分析，可以了解树木对不同生态条件适应与变异的程度。冠幅的分形维数是反映树冠的空间占据状态的参数，其分形维数越高，表明树木向不同方向伸展得越充分，利用空间能力越强，占据空间的能力越大。福建农林大学林学院毕晓丽等曾利用分形理论计算出黄山松种群冠幅的分形维数；洪伟和吴承祯将分形理论与统计学原理相结合，目的是把杉木种源生长空间变异性的复杂程度进行定量化，分析和讨论杉木种源胸径、树高生长在不同空间尺度上的分维的变化特征，为杉木种源的田间试验取样间距及选优评价指标选择提供了科学依据；倪红伟等应用分形理论的方法，探讨了三江平原典型草甸小叶章种群地上生物量与株高的关系，揭示其地上生物量的积累和空间分布规律及生长过程。

树木的侧枝及其空间变化特征是决定树体和树冠形状的主要因素，并在有关研究中得到广泛的关注和应用。树木的侧枝数量、长度、着枝角度及其空间配置状态，不仅直接决定了树冠大小和形状，同时侧枝本身的分枝特点又决定了树冠结构，影响着芽和叶片的空间分布。

20 世纪 70 年代以后，人们开始对树木的分枝结构进行广泛研究，分析和比较了树木的侧枝数量、长度、角度及其空间分布状态。另外，在新近兴起的综合反映树木生长过程和特性的树体形态结构生成模型的研究方面，树木的分枝结构作为最重要的树体形态生成和生长因子，其内容不仅涉及侧枝数量、长度和角度等静态指标，还充分考虑到这些指标的时、空动态过程。

对树冠构筑型动态的研究主要基于对树木侧枝生长的研究。对树木的枝条因子进行量化，了解枝条生长有助于理解树冠的动态变化，了解枝条和树冠的生长动态，可以使经营者和管理者对营林措施做出评估，更好地制定出合理的经营措施。但是，由于树种间的巨大差异及对树冠诸多因子的测量误差，目前对树冠动态还缺乏深入广泛的研究。

木本植物的枝系发育形式包括同步发育和异步发育两种，任何一个树木的枝系发育都可归结为两者之一，或两者的组合。同步发育是指侧生分生组织与产生侧生分生组织的顶端分生组织同时发育，同步发育枝不经过休眠而与其母轴是同时发育生长并形成并置生长格局，即顶端分生组织发育的枝生长缓慢或成为短枝而处于从属地位，而与它同时发育的侧枝（同步发育枝）生长迅速成为主枝，在

下一个生长季，其顶端分生又如此发育生长。这一类型广泛地存在于热带和亚热带地区，如樟科、桑科、无患子科、杜英科和紫金牛科中的一些植物。异步发育指侧生分生组织与产生侧生分生组织的顶端分生组织是在不同时期的发育，侧生分生组织一般要经过一段静止时间，然后发育生长形成侧枝，即异步发育枝，这种枝系常形成替代分枝格局，由顶端分生组织发育的枝生长成主枝，生长一定阶段后不再生长或它上面的顶芽变为花芽，而侧芽开始活动并继而形成主枝。这种类型的树种常见于温带地区，壳斗科植物的大多种具有合轴式生长的枝系属于这种分枝格局。在热带、亚热带地区，紫金牛科的一些种同时拥有这两种枝系结构，芽的后期发育阶段决定了枝条是进行同步发育还是异步发育，其中，异步发育的枝常具有重复性特性，在枝系生长动态过程中常会取代受损的枝，而同步发育的枝生存较为短暂。同步发育枝和异步发育枝是分析枝系形态和结构差异的基础，在进行枝系生长动态分析中，会涉及小枝之间以及与母枝间的年龄关系，这点常被忽略。

我国虽然很早就注意到树木的形体结构对生长产生的影响，并在树木形体结构的人为控制上取得了丰富的实践经验（如果树修剪），但对树木构筑型的研究我国起步较晚。直到 20 世纪 80 年代以后，有关构筑型研究的重要性才开始得到逐步重视。并且由于学科专业的不同，人们对这些问题的认识途径和理解程度也不完全相同。在树木构筑型特点对树木生长的影响、树木构筑型重要性的认识上，主要来源于 Kramer（1979）等有关树木生理学《森林经营原理》等著作，尤其是 1981 年以后，这几部著作分别被译成中文，更加推动了这些思想的传播，使一些有关树木生长的研究工作，注重和应用了树木的构筑型特点。

在构筑型的专项研究上，1990 年，赵大傍对望春玉兰幼树的枝条分布状态、侧枝数量、枝角大小和枝层间距离等一般结构特点进行了分析研究，并将其构筑型分为疏枝型、密枝型和自然开心型三个类型，为培养速生丰产林提出了具体的技术措施。韩兴吉（1985）探讨了油松树冠枝生长规律。祝宁和臧润国（1994）对药用植物刺五加的构件和基本构筑型进行了统计分析。臧润国和蒋有绪（1998）初步分析了热带树木的基本构筑型和热带树木构筑型的总体特点和基本规律。李俊清等臧润国（2001）研究了欧洲水青冈的构筑型与形态多样性关系。李凤日（1994）研究了落叶松林分的树冠形状、结构及林分动态。刘兆刚等（1996）预估了落叶松树冠形态。梁士楚等应用分形理论分析了红树林自然保护区木榄种群植冠层结构的分形特征。这些维数值揭示了分枝结构的复杂程度以及占据生态空间和利用生态空间的能力。分形维数为了解木榄的光能利用效率和掌握它的生长发育过程提供了一个有用的指标。在植物群落方面，倪红伟和陈继红（1998）给出的计算小叶章种群个体地上生物量（B）与株高（H）关系的分形维数（D）模型为

$$\ln B = \ln C + D\ln H \tag{3}$$

式中，B 为植物个体地上部分生物量；H 为植株高度；D 为分形维数；C 为比例系数（常量）。

马克明和祖元刚（2000）给出的计算兴安落叶松分枝格局的分形维数模型为

$$D = -\lim_{\varepsilon \to 0} \frac{\lg[N(\varepsilon)]}{\lg(\varepsilon)} \tag{4}$$

式中，D 为分形维数；$N(\varepsilon)$ 是边长为 ε 时的非空格子数；ε 为对应的格子边长。

通过计算得出的兴安落叶树分枝格局的分形维数介于 1.4～1.7。

祖元刚等（2000）给出的辽东栎种群空间分布分形维数计算模型为

$$D_b = -\lim_{m \to 0} \frac{\lg(N)}{\lg(m)} \tag{5}$$

式中，D_b为分形维数；m 为标度；N 为单个树体的冠幅占有空间的格子数。

梁士楚和王伯荪（2002）在这方面也从事过相关的研究。

在植物体从种子、幼苗到成熟、衰老的整个生活史中，无论是自身的形态、生理特征，还是外界环境都处在不断变化之中。由于植物体固着生长，对环境变化的反应主要表现在形态的可塑性表达上，可以说，树冠构型是树木与其生长环境相互作用的结果，即使是同一树种，也会因生长环境不同而表现出不同的构型特征，因此植物个体发育过程中的构型变化就显得非常重要。将构型变化同功能作用联系起来研究可进一步探究植物的生存对策，进而揭示其适应机制（祝宁和陈力，1994）。一般认为，在特定生境中，植物体可以通过性状的可塑性表达，形成与环境相适应的有利特征。例如，生活在强光下的个体活力旺盛，具有长的枝条、高的分枝率和较小的枝倾角，叶呈多层排列，叶面积指数较高，主要的生存对策是以最小的机械支持代价获得最大的叶面积指数。

本章旨在通过对梭梭种群内个体构件组分的大量统计和定量分析，对梭梭树冠构筑型特点及枝分布格局进行定量研究，结合不同生长发育阶段和不同生境中构筑型变化的测定分析，掌握梭梭枝条的生长和分布规律及其与环境的关系，根据构型特征、枝系特点及构型调整，在枝系构件尺度上，研究枝条生长特征及在树冠内分布的空间格局，并确定树冠和枝条的分形特征。探讨梭梭地上部分的系统发生多样性和生态适应策略。

第二节　梭梭植冠构筑型参数及其调查方法

一、野外调查和研究方法

样 株 选 择

野外调查工作在新疆石河子地区中国科学院新疆生态地理所莫索湾沙漠研究

站内进行，调查样本为人工梭梭幼苗、野生梭梭幼苗、野生梭梭成年植株三种类型。其中，人工梭梭幼苗选自治沙站苗圃，采用机械抽样方法，测量了 50 株；野生梭梭幼苗选自绿洲外围与研究站苗圃的天然梭梭林内，采用随机抽样方法，测量了 34 株；野生成年梭梭植株选自种群密度适中，植株生长正常，具有代表性的梭梭天然林内，在 40 000 m^2的调查样地上，采用样线法布设样点，测量了样本 50 株。

二、测定内容和方法

（1）植株高度和地径：植株高度用米尺测量，植株地径（精确到 0.1 cm）用游标卡尺测量。

（2）植株冠幅：测定植冠东西、南北方向两个值（精确到 0.1 cm）。

（3）枝的方位角：以北向为“0”，用手持罗盘测定每个枝条投影的方位角。

（4）分枝角度：将枝条与水平地面之间的夹角作为分枝角度，用圆规结合半圆仪测定。

（5）枝长、分枝数：采用全株取样法测定每个植株上所有的枝条数、当年生枝条长度。枝长用直尺和游标卡尺测定。

（6）分枝级数：指的是树木从主干开始分出不同发育阶段枝的级数。将下层的第一枝为第一级，两个第一级相遇即为第二级，两个第二级相遇即为第三级，以此类推。如有不同枝级相遇，仍取较高者作为枝级。

（7）图像采集：从不同年龄段和不同生境中选择从标准形到畸形的分枝若干类，每一类分枝代表一种正常的或异常的分枝结构。将摘得的分枝进行照相得到分枝格局图，或者选择常见的、有代表性的枝条作为样本照相，得到枝条纵向状态的二维投影图像。

三、数据整理和计算方法

（1）分枝角度和分枝方式：按照不同分枝级数统计每一样本的分枝角度，编制分枝角度统计表；根据梭梭各组成构件在空间上的组合方式确定分枝类型。

（2）分枝级数和分枝率：统计每个样本各分枝级别数占分枝总级别数的比例；依据各枝级分枝数量计算总体分枝率和逐级分枝率。总体分枝率计算公式为

$$\mathrm{OBR} = (N_\mathrm{t} - N_\mathrm{s})/(N_\mathrm{t} - N_1) \tag{6}$$

式中，N_t 为所有枝级中枝条总数；N_s 为最高级枝的枝条数；N_1 为第一级枝的枝条总数。

逐步分枝率为某一级枝条数与下一个高枝级的枝条数之比，即

$$\mathrm{SBRi}:i+1 = N_i/N_{i+1} \tag{7}$$

式中，SBRi:$i+1$ 为逐步分枝率；$N_i = N_t$，N_i 和 N_{i+1} 分别为第 i 和第 $i+1$ 级的

枝条总数。

(3) 分枝长度和数量：依据不同枝级分别统计所有样本在该枝级的枝条长度和分枝数量。

(4) 分形维数：采用网格覆盖法计算。在投影图上确定一个正方形边框，将整个分枝结构框在边框内，然后将正方形边框每边的边长 2 等分，这时得到 4 个小正方格子，记数此时覆盖到分枝结构的格子数，之后沿用此方法继续划分、覆盖下去（每一次都将上一次形成的格子边长 2 等分）。

在实际测算中，以梭梭正面照片作为植株正面投影图，在此图上进行计盒测量，由于照片扫描图的大小为 12 cm，为了便于操作，所以设定的正方形的边长也为 12 cm，但是每级格子边长数值要按照样本实际高度与图片高度的比例折算成实际数值。

分枝格局的分形维数的计算采用计盒维数（box-counting dimension）公式，即

$$D = -\lim_{\varepsilon \to 0} \log[N(\varepsilon)]/\log(\varepsilon) \tag{8}$$

式中，D 为分形维数；$N(\varepsilon)$为边长为 ε 时的非空格子数；ε 为对应的格子边长。

在实际操作中，一般不求算当 $\varepsilon \to 0$（格子边长趋于 0）时的极限值，而是在双对数坐标下，对上面获得的一系列成对的非空格子数（$N(\varepsilon)$）和格子边长（ε）值进行直线回归，将所获得的拟合直线斜率的绝对值作为分形维数的近似估计。

(5) 枝序确定：由于枝条处于不断生长的过程中，枝序也会随之发生变化。今年的一级枝明年就可能成为二级枝和三级枝，甚至四级枝、五级枝，这样就不利于长期连续的研究，其成果的可靠性也很难重复验证，为此我们采用从地面开始，把第一次分枝作为一级枝，两个第一级相遇即为第二级，两个第二级相遇即为第三级，以此类推。如有不同枝级相遇，则汇合后仍取较高者作为枝级，靠近枝条末端的枝级最大，从而避免上述不足之处。

(6) 植冠构筑型的确定：首先根据实地调查中得到的直观印象，初步确定其形态结构，然后根据所观测的大量统计数据进行量化分析，找出构筑型塑造过程及发生规律，确定梭梭不同发育阶段的构筑型。

(7) 梭梭年龄的计算：梭梭年龄很难直接观测，李钢铁等认为，梭梭的生长轮形态、数量虽不确定，但其生长轮数的年平均值却较为确定，平均为 5.3±0.6，梭梭的总生长轮数（Y）与梭梭的地径（R）、高度（H）间关系密切，可以用 $Y=7.58+5.83H+2.13R$ 表示。梭梭的年龄（n）可以通过 $n \approx Y/5.3 \pm 0.6$ 这一计算公式得出，本研究直接采用这种方法计算梭梭年龄（表 3-1）。

表 3-1　基于李刚铁等的计算方法计算梭梭的年龄

样本序号	地径/cm	树高/cm	年轮数/个	年龄/年
1	3.0	130	21.9	4.1
2	2.0	106	18.4	3.5
3	3.0	182	25.0	4.7
4	1.0	69	14.1	2.7
5	1.8	97	17.5	3.3
6	1.0	67	14.0	2.6
7	1.8	106	18.0	3.4
8	2.1	100	18.3	3.4
9	1.5	89	16.4	3.1
10	3.0	140	22.5	4.3
11	1.0	90	15.4	2.9
12	1.0	70	14.2	2.7
13	0.6	60	12.8	2.4
14	0.7	65	13.3	2.5
15	3.0	160	23.7	4.5
16	1.0	29	11.8	2.2
17	0.8	20	10.9	2.0
18	0.8	20	10.9	2.0
19	2.0	75	16.6	3.1
20	1.5	88	16.3	3.1
21	3.0	196	25.8	4.9
22	1.8	112	18.3	3.5
23	1.5	140	19.3	3.6
24	1.8	43	14.3	2.7
25	0.5	17	10.0	1.9
26	0.5	16	10.0	1.9
27	0.3	14	9.4	1.8
28	1.0	28	11.7	2.2
29	1.8	87	16.9	3.2
30	1.0	66	14.0	2.6
31	5.0	170	28.5	5.4
32	2.7	120	20.7	3.9

续表

样本序号	地径/cm	树高/cm	年轮数/个	年龄/年
33	1.5	97	16.8	3.2
34	1.9	88	17.2	3.2
35	2.0	90	17.5	3.3
36	3.0	145	22.8	4.3
37	3.0	115	21.1	4.0
38	1.3	89	15.9	3.0
39	1.9	66	15.9	3.0
40	5.0	167	28.4	5.4
41	2.0	73	16.5	3.1
42	1.6	77	15.9	3.0
43	2.5	110	19.7	3.7
44	5.7	178	30.5	5.8
45	3.4	130	22.8	4.3
46	2.5	82	18.1	3.4
47	1.7	143	19.9	3.8
48	3.3	168	24.8	4.7
49	1.3	68	14.7	2.8
50	1.7	143	19.9	3.8

（8）数据处理工具：观测参数的分析处理及图形图像生成，在 EXCEL 和 SPSS 统计分析软件下完成。

第三节　梭梭植冠构筑型及枝系构件特征

一、植冠构筑型及其动态变化

选择梭梭不同年龄时期的典型样株，拍摄梭梭植冠构筑型照片（彩图 4 和彩图 5）。

从彩图 4 和彩图 5 可以直观地看出，梭梭幼苗植株典型构筑型为近球形，成年期为不同宽窄的 V 形。这在各枝级枝条数量的变化规律中也得到了印证（图 3-1），梭梭植株上部的高枝级枝条数量最大，向下成倍数递减，形成了植株外轮廓由上向下逐步收拢的格局。

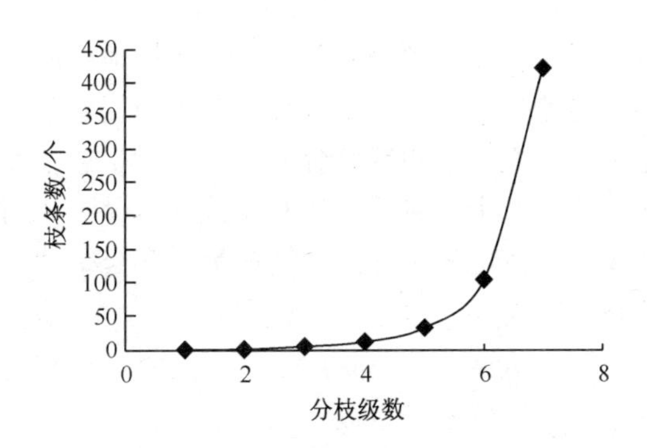

图 3-1　不同级别枝条数关系

梭梭植株整体构筑型在整个生长过程中是一个动态变化过程：幼年期的植株多以较大的枝条密度和基部近水平的分枝角度来争取最大的光照资源，以便在短期内迅速积累光合产物，促进根系的充分发育，为植株在极端干热环境中生存奠定基础。随着梭梭地上部分的生长，整体采光面积不断增加，进行光合作用的光照环境条件已足够充分，减少植株体内水分的损失则成为首要目标。此时，梭梭主要是通过不断淘汰下部侧枝、弱枝来减少蒸腾面积，梭梭植株在外貌形态上表现出由近球形向 V 形的演变趋势。梭梭植株整体构筑型的这种变化，实质上反映了梭梭植株地上部分在生长过程中对其生存环境的适应过程。

二、枝条分形维数

采用网格覆盖法，应用计盒维数公式计算幼年期梭梭（052#）和成年期梭梭（021#、024#）分枝格局的分形维数，结果见表 3-2。

表 3-2　梭梭各种类型分枝格局的分形维数

样株	052#	021#	024#	枝 a	枝 b
计盒维数	1.54	1.07	1.15	1.33	1.43
相关系数	0.998	0.992	0.991	0.994	0.995
显著水平	<0.01	<0.01	<0.01	<0.01	<0.01

由表 3-2 中可以看出，直线拟合的相关系数均在 0.99 以上，呈极显著相关（$p<0.01$）。由此可见，这些分枝结构虽然形状不一，大小不等，但都存在着自相似性特性。这与定性观察结果相一致。

梭梭分枝结构的空间维度在 1.07～1.54，典型的分枝结构具有最低的分形维数，随着分枝结构由复杂到简单，其分形维数呈降低趋势。

与其他树种比较，梭梭的分形维数明显偏小，如兴安落叶松的分形维数在1.414～1.683。这是梭梭与其他植物对各自生态环境适应的结果。梭梭所处的荒漠环境与森林群落环境差异很大，处于森林群落中的兴安落叶松为了个体生长繁衍，必须尽力占据可能的光照空间以充分取食，其对生态空间的利用率就相对较高。然而，处于强干旱环境中的梭梭由于种群密度小和生长季节的高温、强光、缺水，尽可能地减少植物体内的水分散失就成为生存繁衍的基本前提，其生存对策就是最大限度地减少对空间的占据。梭梭是以叶的鳞片状退化（同化枝）、分枝角度的锐化及植株冠构筑型的整体收拢来减少受光面积和受热面积。荒漠中的梭梭从成年起，其生长对策就是尽量减少对地上生态空间的占据，以最大化地减少植株的失水面积。

具体看来，分形维数值最大的是球形结构（052#样株，幼年期梭梭）为1.54。说明幼年期梭梭所占据的生态空间比例最大，但这种构筑型仅限于幼年梭梭的典型状态。这种典型状态只能存在于水肥条件较好、植株得以充分生长的情况，即出现于人工栽培的环境中。在野生状态下，则表现为球形结构的多处破损，严酷的荒漠环境（如沙尘、干热风的吹蚀等），很容易造成梭梭枝条的断折和缺损。

梭梭光合作用的同化枝主要集中在上部外围，下部则急剧减少，从而造成整体分形维数值最小的是V形结构（021#样株，成年梭梭）为1.07。梭梭典型的成年构筑型是一种较稳定的形态结构，是植株对过饱和光照和高热环境高度适应的结果，其分枝接近一维的线状结构，以此来避免植株水分的过度消耗。这种形态特征是否可以理解成环境因素对梭梭外部形态遗传特性的塑造作用及梭梭对特殊环境的自适应共同作用造就了梭梭在一定环境条件下的基本构筑型，值得进一步探讨。居于两者中间状态（024#样株，成年梭梭）的V形结构，其分形维数值为1.15，它是一种对环境适应过程中的过渡状态，其V形角度由大变小，逐步收拢过渡成典型的锐角类型。

三、分枝角度

树木的分枝角度是描述树木形态特征的重要参数，它对冠形的外貌和树木总体的构筑模式起着决定性的作用。不同的树木通过枝条与主干间不同的分枝角度，呈现出千姿百态的形象。分枝角度对构筑型的定量化分析，特别对计算机动态模拟研究来说是最重要的一个参数。通过对不同树木分枝角度的统计分析，在计算机上就可通过改变分枝角度来对树木形状进行模拟。对莫索湾地区梭梭分枝角度的统计的结果见表3-3、表3-4和图3-2。

表 3-3　梭梭植株分枝角度统计表　（单位：°）

样本序号	一级平均角度	二级平均角度	三级平均角度	四级平均角度	五级平均角度	六级平均角度	七级平均角度
1	45	45	70	70	70		
2	48	55	75	68	69	75	80
3	50	60	67	78	70	90	90
4	62	65	70	75	88		
5	46	47	67	75	65	77	82
6	43	72	60	88	89		
7	50	63	50	75	70	82	88
8	52	72	80	68	74		
9	47	65	76	77	83		
10	50	80	69	68	80	89	90
11	60	75	82	67	77		
12	55	60	70	90	89		
13	58	70	84	84	90		
14	49	80	87	82	83		
15	42	76	73	72	74	75	82
16	45	78	90	80	80		
17	53	70	90	90	90		
18	57	70	81	85	87		
19	50	72	75	72	90		
20	63	90	65	86	88	81	
21	67	80	62	70	80	80	81
22	48	78	30	90	75	85	77
23	41	50	80	65	70		
24	42	80	35	60	80	80	77
25	39	64	90	80	65		
26	39	63	65	63	60		
27	40	70	66	75	82		
28	53	68	67	78	70		
29	57	71	62	73	89		
30	48	50	66	80	90	76	
31	50	63	63	64	80	78	

续表

样本序号	一级 平均角度	二级 平均角度	三级 平均角度	四级 平均角度	五级 平均角度	六级 平均角度	七级 平均角度
32	55	70	55	70	66	85	87
33	47	75	70	87	82		
34	49	60	70	75	89	78	
35	52	79	60	82	69	76	
36	42	52	65	64	78	83	
37	43	70	64	69	73	79	
38	47	65	67	70	82		
39	44	75	70	77	81		
40	50	75	69	65	90		
41	52	73	70	76	66	88	89
42	49	65	85	89			
43	56	73	75	88			
44	47	60	88	90			
45	43	87	78	89			
46	60	83	80	88			
47	67	80	88				
48	62	83					
平均值	50.29	69.31	70.66	79.67	78.61	80.94	83.91

注：分枝角度是指树木枝条与地平线间的夹角。

表 3-4　分枝角度频数统计

分枝角度	35°～55°		55°～70°		70°～90°	
	频数	百分比/%	频数	百分比/%	频数	百分比/%
一级枝	37/48	77.1	11/48	22.9	0/48	0
二级枝	6/48	12.5	13/48	27.1	29/48	60.4
三级枝	4/47	8.5	16/47	34.0	26/47	55.3
四级枝	0/46	0	11/46	23.9	35/46	76.1
五级枝	0/41	0	7/41	17.1	34/41	82.9
六级枝	0/18	0	0	0	18/18	100
七级枝	0/11	0	0	0	11/11	100

由表 3-3、表 3-4 和图 3-2 可以看出，梭梭一级枝的分枝角度以 45°左右居

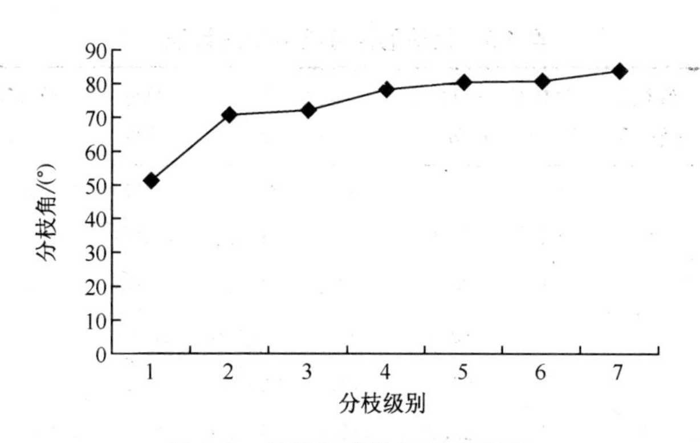

图 3-2　各枝级分枝角度变化图

多，占总数的 77.1%，分枝角度在 55°～70°的占 22.9%，分枝角度大于 70°的没有出现。这说明在植株底端大多数枝条的分枝角度是以近于 45°的方式伸张。上部枝条绝大多数（多于 80%）伸展角度大于 70°，主要集中在 80°以上，中部枝条的伸展角度处于两者之间。从统计分析结果可以看出，在莫索湾地区梭梭分枝角度中底端以 45°为基本分枝角度，中上部以 80°左右为基本分枝角度，顶部一般接近垂直。在一株树木上通常也可以看到几种分枝角度的混合。仔细观察发现，这些树木一般在越靠近顶端，即越年轻的枝条的分枝角度越近于 90°，而在越靠近基部的老枝干之间则常多以近于 45°或更小的分枝角度来呈现。这在植株的整体外观上就表现为典型的 V 形渐收拢结构，这与前述植株构筑型类型中的典型结构相一致。这又一次表明树木的分枝表现型，既有遗传基因的作用，又受到环境的影响。一般说来，树木的分枝角度基本上是不变的，是可遗传的，但梭梭作为荒漠区的适生树种，其分枝角度对环境条件却有较强的适应性。

四、分枝级数及分枝数量

分枝级数是指树木从主干开始分出不同发育阶段枝的级数。一般规定主干为 0 级分枝，从主干上直接分出来的枝条为一级分枝，从一级枝上分出来的枝条为二级分枝，从二级枝上分出来的枝条为三级分枝，以此类推。分枝级数的多少对树冠形状及树木的总体构型也会产生一定的影响。由于梭梭没有明显主干，本研究将从地面观测到的第一次分枝作为一级枝，从一级枝上分出来的枝条为二级分枝，从二级枝上分出来的枝条为三级分枝，以此类推。一般高大通直的树木分枝级数较少，树冠在树体中的比例较小；而对相对矮小、主干不明显的梭梭来说，一般分枝级数较多，树冠在树体中所占比例较大。分枝数量是指每级枝上的分枝数。梭梭的分枝级数、分枝数量及逐步分枝率见表 3-5 至表 3-8。

表 3-5　梭梭幼苗分枝数量统计表

样本序号	一级枝数/个	二级枝平均数/个	二级枝总数/个	三级枝平均数/个	三级枝总数/个	枝条总数/个	总分枝率	逐步分枝率* $R_{1:2}$	逐步分枝率 $R_{2:3}$
1	5	12	60	36.1	2167.5	2232.5	0.029	0.083	0.028
2	1	8	8	21.9	175.0	184.0	0.049	0.125	0.046
3	1	4	4	26.5	106.0	111.0	0.045	0.250	0.038
4	1	3	3	19.0	57.0	61.0	0.067	0.333	0.053
5	1	5	5	54.8	274.0	280.0	0.022	0.200	0.018
6	1	6	6	23.2	139.0	146.0	0.048	0.167	0.043
7	1	4	4	26.3	105.0	110.0	0.046	0.250	0.038
8	1	6	6	38.0	228.0	235.0	0.030	0.167	0.026
9	1	4	4	30.7	122.7	127.7	0.039	0.250	0.033
10	1	4	4	33.5	134.0	139.0	0.036	0.250	0.030
11	1	4	4	44.0	176.0	181.0	0.028	0.250	0.023
12	1	7	7	29.0	203.0	211.0	0.038	0.143	0.034
13	1	4	4	29.5	118.0	123.0	0.041	0.250	0.034
14	1	4	4	35.0	140.0	145.0	0.035	0.250	0.029
15	1	4	4	30.5	122.0	127.0	0.040	0.250	0.033
16	1	1	1	44.0	44.0	46.0	0.044	1.000	0.023
17	1	1	1	36.2	36.2	38.2	0.054	1.000	0.028
18	1	8	8	33.4	267.0	276.0	0.033	0.125	0.030
19	1	1	1	28.1	28.1	30.1	0.069	1.000	0.036
20	1	2	2	23.2	46.3	49.3	0.062	0.500	0.043
21	1	18	18	20.0	360.0	379.0	0.050	0.056	0.050
22	1	10	10	26.3	262.5	273.5	0.040	0.100	0.038
23	1	11	11	27.5	302.5	314.5	0.038	0.091	0.036
24	1	10	10	21.0	210.0	221.0	0.050	0.100	0.048
25	1	10	10	32.9	328.8	339.8	0.032	0.100	0.030
26	1	4	4	45.3	181.0	186.0	0.027	0.250	0.022
27	1	3	3	41.3	124.0	128.0	0.031	0.333	0.024
28	1	16	16	22.0	352.0	369.0	0.046	0.063	0.045
29	1	17	17	42.3	718.3	736.3	0.024	0.059	0.024
30	1	16	16	45.9	734.0	751.0	0.023	0.063	0.022
31	1	3	3	25.0	75.0	79.0	0.051	0.333	0.040

续表

样本序号	一级枝数/个	二级枝平均数/个	二级枝总数/个	三级枝平均数/个	三级枝总数/个	枝条总数/个	总分枝率	逐步分枝率* $R_{1:2}$	逐步分枝率 $R_{2:3}$
32	1	5	5	22.0	110.0	116.0	0.052	0.200	0.045
33	1	5	5	54.0	270.0	276.0	0.022	0.200	0.019
34	1	12	12	37.0	444.0	457.0	0.029	0.083	0.027
35	1	2	2	31.0	62.0	65.0	0.047	0.500	0.032
36	1	5	5	33.8	169.0	175.0	0.034	0.200	0.030
37	1	11	11	33.3	366.7	378.7	0.032	0.091	0.030
38	1	3	3	43.0	129.0	133.0	0.030	0.333	0.023
39	1	6	6	42.0	252.0	259.0	0.027	0.167	0.024
40	1	2	2	26.7	53.4	56.4	0.054	0.500	0.037
41	1	9	9	34.9	313.7	33.7	0.031	0.111	0.029
42	1	5	5	39.9	199.4	205.4	0.029	0.200	0.025
43	1	6	6	39.4	236.4	243.4	0.029	0.167	0.025
44	1	9	9	44.2	397.5	407.5	0.025	0.111	0.023
45	1	8	10	38.2	321.6	332.6	0.033	0.100	0.031
46	1	5	5	28.3	186.8	192.8	0.031	0.200	0.027
47	2	9	9	41.2	227.8	238.8	0.046	0.220	0.040
48	1	7	6	23.3	288.3	295.3	0.024	0.170	0.021
49	1	6	8	35.6	178.6	187.6	0.048	0.125	0.045
50	1	4	7	31.4	326.4	334.4	0.024	0.143	0.021
平均	1.1	6.6	7.7	33.4	257.4	265.0	0.038	0.244	0.032

* 逐步分枝率为某一级枝条数与下一个高枝级的枝条数之比。

表 3-6　梭梭幼苗各枝级枝条数分布表

起源	分枝数量占总枝数的百分比/%			枝条总数
	一级枝	二级枝	三级枝	
野生	1/5.08	6/30.46	17.6/89.34	19.7
人工	1.1/0.41	7.7/2.89	257.7/96.69	266.5

表 3-7　成年梭梭分枝数量统计表

样本序号	总枝数/个	一级枝数/个	二级枝数/个	三级枝数/个	四级枝数/个	五级枝数/个	六级枝数/个	七级枝数/个	八级枝数/个
1	584	1	2	6	13	34	106	422	
2	645	1	1	2	5	15	76	545	
3	257	2	2	2	5	9	41	196	
4	456	2	3	7	20	40	56	328	
5	613	1	2	4	11	36	72	487	
6	221	1	1	4	5	11	41	158	
7	609	1	3	7	14	32	184	368	
8	293	1	3	7	21	36	62	163	
9	192	1	2	5	7	12	22	143	
10	145	1	2	4	7	13	24	45	49
11	10	1	3	6					
12	11	1	3	7					
13	13	1	3	9					
14	78	2	3	6	6	8	11	13	29
15	178	4	8	25	141				
16	78	1	2	10	65				
17	15	1	1	4	9				
18	77	2	7	14	54				
19	200	2	4	10	31	38	115		
20	232	2	5	16	76	63	70		
21	274	2	6	17	44	41	164		
22	222	2	4	8	19	33	156		
23	1075	3	8	16	31	142	875		
24	420	1	2	5	19	59	334		
25	276	2	5	10	17	38	204		
26	260	2	7	12	20	33	186		
27	208	1	2	8	23	69	105		
28	226	1	2	7	26	37	153		
29	274	2	4	8	20	48	192		
30	286	1	2	6	17	28	34	56	142
31	1115	1	1	2	10	19	38	108	936

续表

样本序号	总枝数/个	一级枝数/个	二级枝数/个	三级枝数/个	四级枝数/个	五级枝数/个	六级枝数/个	七级枝数/个	八级枝数/个
32	381	5	8	12	45	311			
33	219	3	8	10	36	162			
34	275	5	6	23	90	151			
35	254	2	5	19	68	160			
36	895	5	9	21	86	774			
37	277	4	8	17	66	182			
38	145	1	3	6	20	115			
39	117	1	3	7	11	95			
40	453	2	10	69	169	203			
41	357	2	4	14	57	280			
42	470	4	8	27	53	71	89	218	
43	163	3	5	14	31	110			
44	1294	4	7	22	199	1062			
45	268	2	5	13	38	210			
46	174	2	6	10	37	119			
47	318	3	6	7	65	237			
48	209	1	3	16	17	68	104		
49	190	2	5	8	72	103			
50	364	1	4	16	35	82	226		
平均值	327.32	2	4.3	12	41	125	139	232	289

表 3-8　成年植株分枝级数表

枝级	株数	百分比/%
九级枝	2/50	4
八级枝	4/50	8
七级枝	13/50	26
六级枝	23/50	46
五级枝	39/50	78
四级枝	43/50	86
三级枝	50/50	100

对照表 3-5 至表 3-8 可以发现，梭梭的分枝级数较多，树冠在树体中所占的

比例很大。就各枝级上的枝条数量而言，梭梭表现出与一般植物不同的特点。一般植物的枝条顶端分生组织多处于不断生长的状态之中，同一枝级上，特别是上端枝条每年会产生新枝条，其各枝级的枝条数量是不断增加的。而梭梭由于枝条顶端分生组织只活动一年以后不再发育，因此，在同一枝级上的枝条数不再增长，多数情况下还会因环境影响而折损减少。

一般植物不同枝级的枝条数量多是由下向上呈几何倍数递增，对没有环境干扰的人工梭梭幼苗来说也存在这种变化趋势，但对梭梭成林观测的结果表明，没有呈现如此大幅度的递增现象。这说明梭梭的遗传分枝特征在荒漠环境中未能得到充分体现，从一个侧面也反映出梭梭所处环境的严酷性。梭梭末端枝级均为当年发生的同化枝，随着枝条的生长发育，同化枝主要集中在植冠的最外侧，即最高枝级上，说明梭梭的光合作用主要集中在最高枝级上进行，下部较低枝级上的同化枝数量逐渐减少，这些枝的主要作用是为最高枝级提供支撑和输导作用。

成年梭梭最低的有三级分枝，最高的有九级分枝，并以五级分枝最多。枝级越高分枝数量越多，树龄大的比树龄小的分枝级数多，相同年龄的人工培育的梭梭幼苗比野生苗同枝级枝条数量多。

五、分 枝 率

总体分枝率的大小可以反映植株分枝能力的强弱或枝条保存率的高低。不同年龄的梭梭的分枝率存在差异，统计结果见表 3-9 和图 3-3。

表 3-9　不同年龄的梭梭分枝率

样本序号	年龄/年	总分枝率
1	5.8	0.180
2	5.4	0.161
3	4.5	0.213
4	4.3	0.136
5	4.3	0.218
6	4.3	0.221
7	3.9	0.186
8	3.8	0.320
9	3.7	0.331
10	3.4	0.445
11	3.4	0.396
12	3.4	0.320
13	3.3	0.373

续表

样本序号	年龄/年	总分枝率
14	3.2	0.459
15	3.2	0.301
16	3.2	0.264
17	3.1	0.257
18	2.9	0.545
19	2.7	0.400
20	2.6	0.286
21	2.6	0.505
22	2.5	0.437
23	2.4	0.333
24	2.2	0.324
25	1.9	0.263
26	1.9	0.287
27	1.8	0.498

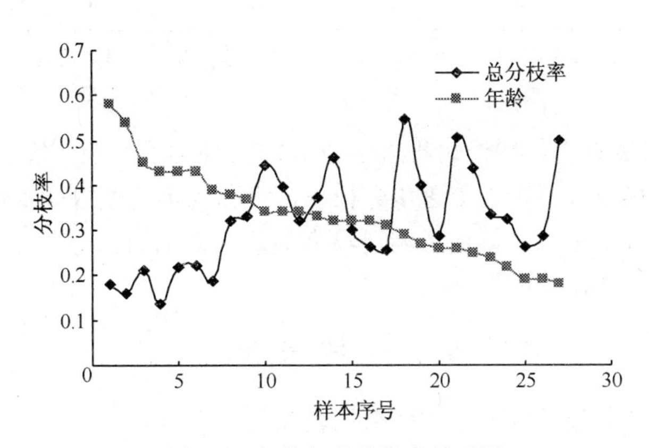

图 3-3　年龄与总分枝率关系图

总体分枝率数值小，说明当年新生枝的数量多，同时也说明非当年生枝条的保存率低，损耗量大；数值越大，说明当年生枝条总数与过去枝条保存量越接近，枝条的累积保存率越高；当总分枝率等于 1 时，说明每年的折损枝条数量与新生枝条的数量相等，保存率为 100%，但这种极端状态是少见的。由于外界环境对枝条造成的损失以及枝条自疏作用，每年发出的枝条不可避免地都会发生缺损。总分枝率的大小除了反映植株总体发枝能力的大小外，同时也反映了植株所处环境的恶劣程度及其环境对植株的影响。

从表 3-9 和图 3-3 可知，梭梭年龄的大小与总分枝率呈反比关系，即随着梭梭年龄的递增，枝条的累积保存率不断下降。在其他文献中尚未发现有类似的研究结果。

将梭梭人工幼苗、野生幼苗和野生成年梭梭的分枝率做一比较（表 3-10）发现，梭梭人工幼苗当年分枝能力比野生状态的梭梭分枝能力高，但这只是一种表面现象，结合实际观测分析，野生梭梭幼苗的实际分枝能力比人工培育的梭梭幼苗并不低。之所以出现如此显著的数值差异，是因为野生梭梭幼苗的当年分生枝的折损率很高，观测到的野生梭梭幼苗的枝条实际上是当年存留下来的枝条，并不是它实际萌发的枝条总量。野生梭梭幼苗的当年分生枝的折损率高的原因与当地的气候条件有一定的关系，梭梭萌芽期（4～5 月间）正是沙尘天气较频繁的时期，这对梭梭的萌芽存留可能具有一定的影响。

表 3-10 分枝率统计表

调查对象	总分枝率	逐步分枝率 $R_{1:2}$	逐步分枝率 $R_{2:3}$	逐步分枝率 $R_{3:4}$	逐步分枝率 $R_{4:5}$	逐步分枝率 $R_{5:6}$	逐步分枝率 $R_{6:7}$
人工幼苗	0.039	0.256	0.032				
野生幼苗	0.214	0.366	0.220				
野生成年植株	0.320	0.514	0.422	0.388	0.466	0.402	0.350

注：$R_{1:2}$表示第 1 和第 2 级枝枝条总数的比值，$R_{2:3}$表示第 2 和第 3 级枝枝条总数的比值，$R_{3:4}$，$R_{4:5}$……以此类推。

从表 3-10 可以看出，梭梭幼苗当年分级数只有 2 或 3 级，没有超过 3 级的样本，所以其总体分枝率接近于逐步分枝率，它和成年植株的总体分枝率不具有可比性。前者环境对植株的累加影响还没有显现，而后者已经过了数年的累积，反映的是环境连续作用的结果。

六、分 枝 长 度

对调查样本的分枝长度测定的结果见表 3-11。

表 3-11 梭梭分枝长度统计表 （单位：cm）

样本序号	一级枝长	二级枝长	三级枝长	四级枝长	五级枝长	六级枝长	七级枝长
1	11.4	14.0	26.8	33.0	33.0	13.5	7.0
2	17.0	5.9	22.8	18.5	14.6	24.5	49.0
3	7.2	11.5	14.0	27.5	43.0	5.0	3.0
4	9.3	6.2	19.2	15.8	5.0	13.0	6.5

续表

样本序号	一级枝长	二级枝长	三级枝长	四级枝长	五级枝长	六级枝长	七级枝长
5	4.9	11.5	19.7	20.7	13.0	11.0	4.0
6	8.3	12.3	9.8	13.6	17.0	19.0	13.0
7	12.8	15.1	15.4	25.2	31.0	21.0	10.0
8	13.2	18.6	18.0	12.3	18.3	10.5	10.0
9	15.0	14.7	19.2	10.8	23.5	23.0	17.0
10	9.6	21.2	20.2	22.2	23.6	2.0	21.8
11	13.8	7.1	16.1	11.4	18.0	7.0	5.5
12	6.8	32.5	32.5	1.0	12.0	25.6	15.0
13	5.7	19.5	10.0	10.7	7.0	14.3	18.0
14	13.9	27.3	18.7	11.0	23.6	26.0	3.0
15	5.2	14.8	19.4	20.8	11.7	20.0	27.0
16	3.0	6.0	20.0	21.8	15.7	8.5	
17	4.2	8.0	8.0	17.8	28.4	5.5	
18	7.6	8.7	9.0	23.4	23.5	19.0	
19	12.1	13.6	9.6	20.0	20.5	50.8	
20	6.6	9.4	22.9	23.0	8.8	4.0	
21	10.5	11.0	20.8	18.8	14.4	49.5	
22	9.5	14.1	14.3	3.5	5.0	14.7	
23	3.4	9.5	31.0	5.0	37.0	14.2	
24	5.0	3.1	15.3	12.0	15.0	24.5	
25	3.3	3.6	3.6	10.6	19.0		
26	4.3	3.2	13.0	12.0	15.0		
27	4.6	4.1	2.3	28.0	34.1		
28	11.4	4.1	8.0	27.2	21.7		
29	6.6	9.4	10.5	30.2	9.8		
30	9.3	17.0	11.7	20.7	9.7		
31	9.8	9.4	11.7	21.6	38.2		
32	9.9	28.8	44.0	26.7	14.7		
33	11.2	22.1	22.7	18.3	8.0		
34	7.0	20.0	12.6	23.3	11.0		
35	15.0	13.4	15.0	13.1	42.3		
36	10.9	15.3	13.0	27.9	12.3		

续表

样本序号	一级枝长	二级枝长	三级枝长	四级枝长	五级枝长	六级枝长	七级枝长
37	9.2	9.5	18.0	18.3	13.6		
38	9.8	14.9	12.5	22.6	34.7		
39	5.3	14.2	14.6	42.5	36.0		
40	13.9	9.0	12.4	32.9	3.0		
41	10.8	10.4	14.8	29.0	21.9		
42	11.1	7.6	16.6	13.9			
43	11.1	18.5	10.5	9.7			
44	7.9	24.0	15.5	35.6			
45	8.5	26.1	20.6	8.2			
46	7.6	12.5	17.3	10.5			
47	14.4	15.5	19.8				
48	8.9	20.1	20.4				
49		21.2	10.7				
50		19.2	23.2				
平均	9.1	13.8	16.6	19.2	19.7	17.8	14.0

梭梭的枝条生长与其他树种有较大区别，它依赖于同化枝的生长。当未木质化的同化枝脱落后，枝条长度即已定型，不再生长，而其他大多数树种枝条的顶端分生组织在次年还可以继续发育，梭梭的枝条长度可以确切反映其生长年份当年的发枝能力，而其他大多数树种的枝条长度是多年生长的累积结果。正因为如此，我们可以认为不同年份的枝条长度的不同，实质上反映了不同年份水肥等营养条件的差异。梭梭枝条长度的变化主要取决于当年降水量的高低和其他不利环境对枝条的折损程度。事实上，我们所观测的枝条长度是减去环境折损量后的剩余长度，即存留长度。体现在每一级的具体观测长度上，就表现为同一级别的枝条长短差异很大，没有一个集中分布的长度范围。每一样点上下分布不均衡，这主要是由于每一枝条的受损长度不同所致。

七、分枝方式

不同的植物有不同的分枝方式。最常见的分枝方式有总状分枝、合轴分枝和二叉分枝三种。梭梭的同化枝对生，顶端部分脱落或死亡，由下面的一对枝条同时生长形成两个分枝。每个分枝的顶端部分活到一定时期后又脱落或死亡……。如此反复，形成许多二叉状的分枝，但它不是由顶端分生组织形成的，因此，可以把它的分枝方式看做是类似二叉分枝的一种，即假二叉分枝。可以认为梭梭的植冠就是由这些不同枝级的构件所组成的。

八、生态环境对梭梭植冠构筑型的影响

构筑型是植物的表型特征，受生态环境影响很大。通过对野生和人工培育的梭梭幼苗的比较可以看出两者之间的差异（表 3-12）。

表 3-12　梭梭幼苗比较表

起源	平均高/cm	平均冠幅/cm	冠高比	平均枝条数量			枝条总数	总分枝数率
				一级枝	二级枝	三级枝		
野生	17.9	10.8	1∶1.66	1	6	17.6	19.7	0.214
人工	37.2	35.7	1∶1.04	1.1	7.7	257.7	275.8	0.039

由表 3-12 可知，在人工营造的环境中，梭梭幼苗得以充分生长，其平均株高、平均冠幅、总枝条数都远远高于野生苗（分别为野生苗的 2.08 倍、3.31 倍、14 倍）；而且冠形饱满，冠高比 1∶1.04，几乎近似于球形；而野生梭梭冠高比 1∶1.66，为近卵圆形，且整体外观不规则。人工幼苗分枝稠密，总枝条数为 275.8，且枝条完整；野生幼苗枝条稀疏，且断损严重。各级分枝数量亦有差异，特别是野生幼苗的三级枝条大量缺失。人工幼苗总分枝率（0.039）明显小于野生幼苗（0.214）。由此可见，生态环境对梭梭构筑型的塑造起着非常重要的作用。

第四节　小结与讨论

（1）梭梭的生长对策和森林群落中的绝大多数植物的生长对策不同，为了逃避强光高热缺水造成的过饱和光照和极高干燥度环境，尽可能少占空间，以减少体内水分损耗，这种适应对策是生活在强干旱环境中的植物为了生存繁衍所采取的一种适应方式。森林中的植物则不同，其生长对策就是对生长空间和资源寻求最大的占有。

（2）梭梭的植株构筑型是动态变化的，在没有环境干扰的情况下，植株生长前期是由遗传因素决定的近球形结构，随着植株的持续生长，其构筑型则逐步趋向于较稳定的锐角 V 形结构，这是梭梭的典型构筑型。

（3）梭梭的分枝格局是一种分形结构，存在着自相似性。基本分形单元是没有分枝的单一枝条，这使得我们寻找到其结构复杂性背后的共性特征，摆脱了尺度的束缚。梭梭分枝格局的分形维数为 1.07～1.54，表明不同分枝结构利用生态空间的能力存在差别。分形维数揭示出分枝结构的复杂性程度和占据生态空间、利用生态空间的能力，梭梭的低分形维数值反映了它成功适应强光高热环境

的能力。

(4) 梭梭幼苗期基部枝条的分枝角度接近水平，上部枝条趋于垂直，植株构筑型为近球形。幼苗期之后，基部枝条的分枝角度一般在 45°左右，中、上部枝条分枝角度逐步趋向于 90°，这就逐步形成了典型的 V 形植株构筑型。随着树龄的增加，下部枝条不断枯死，使其 V 形植冠愈趋明显。

(5) 梭梭是当年分枝能力很强的树种，幼苗期总体分枝率明显小于成年期，这说明幼苗的当年发枝能力明显高于成年梭梭。从逐级分枝率的数值变化也可以明显看出，越靠近植株顶部，其发枝能力越强。

(6) 梭梭的枝条长度只是环境作用后的存留长度，与原初生长长度不一致，这一指标在本项研究中不能反映梭梭枝条生长能力，但是它可以表明环境对梭梭构筑型影响是很大的。

(7) 在分枝方式方面，梭梭具有明显的组成构件，它是一种构件组装式的构筑型。

(8) 梭梭植冠构筑型是遗传因素与环境因素共同作用的结果，其中环境因素在构筑型的塑造上发挥了决定性的作用，典型的 V 形构筑型是梭梭对环境高度适应的结果。

(9) 梭梭枝条长度不能作为分析构筑型的主要参数，原因在于环境对它作用造成的枝条缺损现象比较普遍，且具有随机性，因此不宜把它作为衡量梭梭分枝能力的指标。

Chapter 3 The crown architecture and branch pattern of *Haloxylon ammodendron*

Using Fractal Geometry Growth, we analyzed grown architecture and branch growth pattern of *Haloxylon ammodendron* in Mosuowan desert area in Xinjiang. This research expressed some reasons about *Haloxylon ammodendron*'s grown architecture, its ecological meaning and special strategy. The results showed that there was a very close relationship between grown architecture and environment. It also indicted that *Haloxylon ammodendron's* grown architecture was a kind of fractal structure, satisfying self-similarity law and dynamic changing process. Annual *Haloxylon ammodendron* could grow fully under artificial environment, the typical architecture was near spherical, while the grown architecture of wild annual *Haloxylon ammodendron* was irregular and the grown architecture of the adult Haloxylon ammodendron was like "V" with varies width, the typical architecture was "V" at about the angle 45°. The grown architecture of *Haloxylon ammodendron* was a kind of component composition of the same grown architecture.

Haloxylon ammodendron's grown architecture is described by three main indicators: branch angle, bifurcation ratio and branch length. There are other subsidiary indicators like branch pattern, branch order and azimuths of branch can also prove these results at the same time. The grown architecture is decided by hereditary and environment elements. In this research, the grown architecture is influence by environment elements of desert very much like strong light, high temperature, aridity and sand storm. The typical grown architecture is the result of *Haloxylon ammodendron* is suited with tough environment, and it is the most stable and successful grown architecture. Fractal dimension is a description of the anomaly modality in quantitatively, its level reflects the object structure of complications degree and the occupation of space degree. It's fractal dimension was between 1.07-1.54, That means the branches of *Haloxylon ammodendron* is in a low level in the occupation of space degree, which is the special growth countermeasure to suit the bad environment. In the hungriness, the *Haloxylon ammodendron* with little area of dispersing hotness to decrease the loss of plant body's internal water, which is the basic premise for plant to be survived in extreme dry environment.

第四章　肉苁蓉生物学和生态学特性及繁殖技术

第一节　肉苁蓉形态学及生物学特性

一、肉苁蓉分类

肉苁蓉属（*Cistanche*）为列当科（Orobanchaceae）多年生寄生草本植物。全世界共有20种。在我国，关于肉苁蓉属种的分类尚未统一，许多学者往往是依据不同产地、不同生长环境条件下肉苁蓉形态上的差异对肉苁蓉进行种和变种的划分。罗廷彬等（2002）将肉苁蓉属中的种区分为：盐生肉苁蓉［*Citsanche salsa*（C. A. Mey.）G. Beck］、肉苁蓉（*C. deserticola* Y. C. Ma）、管花肉苁蓉［*C. tubulalosa*（Schenk）Winht］、兰州肉苁蓉（*C. lanzhouensis* Z. Y. Zhang）、沙苁蓉（*C. sinensis* G. Beck）、迷肉苁蓉［*C. ambigua*（Bge.）G. Beck］6个种及1个变种白花盐苁蓉（*C. salsal* var. *albiflora* P. F. Tu et Z. C. Lou）；屠鹏飞和向燕萍（1994）、李福香等（2006）和盛晋华等（2004），将肉苁蓉属植物分为5种：荒漠肉苁蓉（肉苁蓉）、盐生肉苁蓉、白花盐苁蓉、沙苁蓉和管花肉苁蓉；1960年马毓泉教授研究了内蒙古肉苁蓉属的标本，发表了“内蒙古肉苁蓉属植物的研究”，正式启用了肉苁蓉作为 *Cistanche* 的中文属名，初步确定内蒙古有该属植物4种，盐生肉苁蓉、沙苁蓉、迷肉苁蓉和肉苁蓉；1977年马毓泉教授又对肉苁蓉属进行了订正，认为迷肉苁蓉是肉苁蓉的错误鉴定，补充了肉苁蓉的形态特征描述；张志耘（1990）教授在《中国植物志》第69卷中，将我国肉苁蓉属植物确定为5种和一个存疑种，即肉苁蓉、沙苁蓉、盐生肉苁蓉、管花肉苁蓉和兰州肉苁蓉，存疑种为蒙古肉苁蓉（*C. monglica*）；马德滋等（1993）发表了一个新种——宁夏肉苁蓉（*C. ningxiaensis*），张志耘教授在2000年对国产肉苁蓉属的分类学进行研究之后，提出应将宁夏肉苁蓉并入兰州肉苁蓉。刘国钧2003年在《肉苁蓉及其人工种植》一书中把国产肉苁蓉属植物分为8种，即荒漠肉苁蓉、沙生肉苁蓉、盐生肉苁蓉、管花肉苁蓉、兰州肉苁蓉、迷肉苁蓉、宁夏肉苁蓉和深裂肉苁蓉（*C. fissa*）；截至目前，有关肉苁蓉属植物种和变种的分类仍在探讨之中。

肉苁蓉专性寄生于梭梭［*Haloxylon ammodendron*（C. A. Mey）Bunge］和白梭梭（*H. persicum* Bunge ex Boiss）的根部。主产于我国内蒙古、新疆、甘肃、宁夏、青海等省（自治区）以及伊朗、蒙古、印度等国。肉苁蓉是我国中医用途最广的珍贵中草药之一，其味甘咸微辛酸、微温。在《神农本草经》中将其列为上品，中国药典规定正品为干燥带鳞叶的肉质茎。长期以来，由于不合理地大量采挖，肉苁蓉资源已遭到严重破坏，其寄主梭梭也同样被列为渐危物种（国家环境保护局自然保护司保护区与物种管理处，1991)。在2000年4月召开的第11届《濒危野生动植物种国际贸易公约》缔约国大会上提交的肉苁蓉议案获大会接纳，并将肉苁蓉列于附录Ⅱ。中华人民共和国濒危物种管理办公室为了认真执行这一公约，修订了《进出口野生动植物种商品目录》，并下发了对肉苁蓉（无论野生的还是人工培植的）实行允许进出口证书管理；对肉苁蓉属的其他国产种（野生来源的)，2000年中华人民共和国濒危物种进出口管理办公室（海关总署、濒办字［2001］1号文发布）关于修订《进出口野生动植物种商品目录》通知中规定实行允许出口证书管理；2002年11月在智利举行了第12届缔约国大会，大会讨论了60项关于公约附录变动的提案，该修订目录仍将肉苁蓉列在附录Ⅱ，但删除了注释。该修订目录已于2003年2月13日开始执行。由于肉苁蓉以及寄主梭梭或白梭梭都属国家重点保护植物，因此受到了国际和国内同行的高度关注。

二、肉苁蓉形态学特征

肉苁蓉的植株高度可达80～100 cm，地下茎黄色，肉质肥厚，扁圆形，宽5～10 cm，厚2～5 cm，单一，不分枝，肉质鳞片叶密集，黄色，互生，无叶柄，螺旋状排列于茎的基部，向上渐疏散，基部为三角状卵形，长1～1.5 cm，宽4～8 mm，上部叶披针形，长1.5～3 cm，宽4～8 mm，先端渐尖，叶的背部有白色短毛。顶生圆锥花序粗壮，扁圆形，直径3～7 cm，花茎之叶稀疏，三角状狭披针形，背部及叶缘均被毛，花多数而密集，黄色；每朵花的基部有一枚大苞片和对称的两枚小苞片，大苞片线状披针形，长2.5～3 cm，近于光滑，小苞片披针形或线状披针形，先端渐尖，背面被白毛，与花萼基部和生，并稍长于花萼，花萼钟形，长1～1.5 cm，先端5浅裂，裂片近于圆形，边缘有细圆齿；花冠管钟形，淡黄色，上部5分裂，裂片蓝紫色；雄蕊4枚，着生在花冠管下部1/4处，花药椭圆形，长3～4 mm，先端具锐短尖的药隔，基部深箭形，被皱曲的长柔毛，花丝基部亦被同样的柔毛，上部光滑无毛；子房上位，长卵圆形，白色，基部具黄色蜜腺，花柱细长光滑，长部弯曲，柱头倒三角形，蒴果卵形，2裂，褐色，种子多数，极细小，椭圆状卵形，具网纹与光泽，胚后熟，花期5～6月，果期6～7月。

对不同标本及新鲜材料的研究发现，肉苁蓉有许多的变异式样，茎、鳞片叶、花萼、花冠、花的颜色等无论营养器官还是繁殖器官在自然界中都存在变异。变异是指由遗传差异或环境因素引起的细胞间、个体间或同种生物居群间的任何不同（曹瑞等，2003)。

三、肉苁蓉生态学和生物学特性

肉苁蓉的寄主多生长在干旱，降水量少，蒸发量大，日照时数多，昼夜温差大的沙漠环境中。这种生境条件不适宜大多数植物生存。适宜肉苁蓉和寄主植物生长的土壤为中细沙，呈中性或偏碱性，土壤水溶性盐分中钾、钠、钙、镁和硅含量高，氮、磷和有机质含量低。

肉苁蓉的花为两性花，花药中花粉量大；柱头粗壮、明显；花冠较大，颜色多样；蜜腺较发达，开花时有香味。从结构、形态上看，应属于虫媒花或异花授粉植物（陈君等，2003）。肉苁蓉异株异花授粉结实率及结实质量优于同柱异花授粉。

肉苁蓉种子属于球形原胚类型，胚发育简单，由数十个细胞组成，无胚根、胚轴、胚芽的分化。在整个胚胎发育过程中可见胚珠的珠孔端有胚乳吸器存在。胚乳细胞沿着珠孔向外延伸，细胞膨大并伸长而形成吸器，吸器细胞的细胞核比其周围细胞的细胞核大 3～4 倍，核仁明显，细胞内具大液泡。吸器细胞从珠孔伸出后与寄主相连，有利于从寄主体内吸取营养物质以供给胚的发育（马红和屠骊珠，1994）。

在自然环境下，肉苁蓉的胚要经过两个冬季才能完成后熟过程。种子休眠主要包括胚发育不完全需要生理后熟而引起的胚休眠和因种皮具蜡质透性差导致的种皮强迫休眠。肉苁蓉属于两种休眠同时存在的综合休眠类型。野生肉苁蓉这种休眠特性是在长期系统发育过程中，适应荒漠与半荒漠地区冬季严寒气候特点的结果（盛晋华，2004）。

肉苁蓉的种子撒播方式有两种：一是风力撒播，二是洪水携带。肉苁蓉种子散落在沙漠中，其活力可保存 3 年，在冰箱低温干燥条件下寿命更长，在 25℃湿沙储藏会导致存活力下降。肉苁蓉种皮上有果胶质，可保持种仁水分，种子吸水力强，可以诱导寄主植物毛细根向种子延伸并接触形成寄生关系。

通过实验观察（马东明等，2005）发现，在没有寄主根存在的情况下，肉苁蓉种子形成初生吸器后便停止发育，这可能是由于缺乏寄主的某种刺激吸器进一步发育的刺激因子所致。在有寄主根系分泌物情况下，有瘤状物出现。这与李天然等（1989）在田间试验研究荒漠肉苁蓉种子的萌发与寄主梭梭的关系时发现的现象相似，也有人将其称为附着器。

附着器固定到寄主植物上以后，通过与寄主根的某种作用机制来促使功能性吸器的发育，从而建立起寄生植物与寄主间的桥梁。寄生植物通过吸器从寄主植物体内吸收水分、营养来维持其自身的生存。许多寄生植物种子萌发需要有来自寄主植物的萌发刺激物质，即在萌发前寄主植物给一化学信号，激活休眠种子内部酶的活性，从而打破休眠、促进萌发。Kadry 的研究认为，在列当科植物中，种子的球形胚不经分化可直接形成幼苗，种子萌发时胚的胚根形成一个“胚根柱”，能穿入寄主的根。留在寄主根外的部分胚根柱进行增殖，形成一团不规则的组织，称作“小块茎”或“芽管”，茎就是从这些“小块茎”或“芽管”中分化出来的。肉苁蓉的胚为球形胚，靠近珠孔的一端称为“胚根极”，背离珠孔的一端称为“胚芽极”。盛晋华等（2004）将经过低温层积处理的荒漠肉苁蓉种子进行发芽实验的结果表明，在培养一般种子的条件下，荒漠肉苁蓉不能发芽；去掉果皮后，加入细胞分裂素进行液体培养时，3～4 个月后就有种子萌发，但萌发率极低；去掉果皮后，在无寄主提取物、萌发刺激物质和激素类的培养基上，种子萌发率可达到 30％以上。

在自然条件下，肉苁蓉种子需要接受寄主植物根系分泌物的刺激才能萌发，起初是从种子的珠孔端（即形态学的胚根端）生长出一个管状突起，称之为“芽管状器官”，与寄主的根接触、穿刺和连接。其前端在与寄主植物根的接触处膨大，最后产生一个“瘤状物”。随着寄主植物根的生长和分化，“瘤状物”逐步长大，2～4 周后直径达 0.1～ 0.3 cm，其前端伸入寄主的皮层内，此时“芽管状器官”逐渐萎缩脱落，而在“瘤状物”上远离寄主根部一端分化产生芽原基，发育为肉苁蓉植株。

地骨皮原水提液对肉苁蓉种子有促萌作用。锁阳的寄主白刺根的甲醇提取液对于肉苁蓉种子的萌发作用较明显。种子进行层积处理，可溶性蛋白和糖含量提高；赤霉素（GA）和细胞分裂素（CTK）含量均提高，而脱落酸（ABA）变化不明显，层积前后含量均很低。赤霉素和细胞分裂素含量提高。一般认为赤霉素的生理作用是诱导 α-淀粉酶的产生。细胞分裂素含量与胚的生长速度相一致，有利于细胞的分裂与增加，加快胚后熟的进程。

对肉苁蓉种子脱离寄主萌发的大量实验及文献表明，在自然状态下刺激种子萌发的物质主要来自寄主的根部；肉苁蓉种子需要经过长期的低温来完成胚后熟的过程；可以通过物理和化学方法，如层积、浸泡或激素等促进种子的萌发，提高萌发率。

四、肉苁蓉的分布

肉苁蓉属植物主要分布在北半球温暖的干燥地区。在欧洲的伊比利亚半岛，经非洲北部、亚洲的阿拉伯半岛、伊朗、阿富汗、巴基斯坦、印度北部、哈萨克斯坦、蒙古以及我国的西北部都有分布。肉苁蓉在我国主要分布于 36°～37°N 范围内的乌兰布和沙漠、腾格里沙漠、巴丹吉沙漠、河西走廊沙地、塔克拉玛干沙漠和古尔班通古沙漠。东西横跨内蒙古、陕西、甘肃、宁夏及新疆 5 省（自治区）（盛晋华等，2004），国产肉苁蓉属植物的资源与分布见表 4-1。

表 4-1　国产肉苁蓉属植物的资源与分布

种名	分布地区	寄主	生境
肉苁蓉	内蒙古西部、宁夏、甘肃西部、新疆（布尔津、福海、富蕴、哈巴河、察布查尔、霍城、博乐、精河、沙湾、和布克赛尔、托里、克拉玛依、玛纳斯、乌恰、乌鲁木齐、吉木萨尔、奇台、阜康、呼图壁等县）、青海等地	梭梭、白梭梭	喜生于荒漠地带的湖边、沙地或沙丘，洪积扇冲地的梭梭林中，海拔 225～1150 m
管花肉苁蓉	新疆（民丰、于田、且末、皮山、巴楚、麦盖提、沙车、喀什、阿图什、阿瓦提、阿克苏等地）	多枝柽柳、沙生柽柳、多花柽柳、蜜花柽柳、塔里木柽柳	生于水分较充足的柽柳丛中及沙丘地，海拔约 1200 m
沙苁蓉	内蒙古西部、宁夏、甘肃	四合木、霸王、珍珠柴、红砂、棉刺、藏锦鸡儿、沙冬青等	海拔 1000～2240 m，常生于荒漠草原带及荒漠的沙质地、砾石地或丘陵坡地
兰州肉苁蓉	甘肃（兰州）		生于山坡
盐生肉苁蓉	内蒙古西部、陕西、宁夏、甘肃、青海、新疆	白刺、细枝盐爪爪、着叶盐爪爪、尖叶盐爪爪、珍珠柴、猪毛菜、碱蓬、优若梨、红沙、芨芨草等	生于荒漠草原带，荒漠区的湖盆低地及盐碱较重的地方、干河沟、沙丘、沙地。植株较小。海拔 700～2650 m
白花盐苁蓉	宁夏（盐池）、新疆（柴窝堡）	珍珠柴	

肉苁蓉分布的地貌类型多种多样。在盆地中心的风积沙丘、沙地、湖盆洼地、河流三角洲以及洪积-冲积倾斜平原到山前洪积砾质戈壁、洪积堆冲积乃至前山，干山谷和剥蚀干燥石质山坡上都有分布。

新疆是我国梭梭灌木林分布最为广阔的地区，也是我国肉苁蓉的主要产区。据新疆中药普查办公室 1986～1988 年的调查结果显示：从新疆西部艾比湖洼地西麓，至东部新疆行政边界，从额尔齐斯河北岸，向南抵天山北麓广阔区域的荒漠生境上都有肉苁蓉生长，并形成一个肉苁蓉连续分布区。

其他盆地为间断分布区，如伊犁河及其支流下游两岸的霍城、察布查尔、巩留等县以及哈密盆地内的砾质、沙砾质戈壁内都有肉苁蓉分布，但卓毛湖一带肉苁蓉分布较少。塔里盆地的北缘阿克苏-库车-库尔勒一线的沙漠、沙砾质、土质盐化荒漠内，由于水分、盐碱等其他原因，几乎没有梭梭生长，因此，肉苁蓉也很少分布。在奇台、木垒一带，梭梭分布于山前洪积扇及冲积平原，土壤为沙砾质碱化棕钙土和砾质石膏灰棕荒漠土。盆地南部广阔的冲积平原的荒漠灰钙土上，梭梭分布的面积较大。在龟裂土上，梭梭生长较差，多伴生一些耐盐的小灌木和猪毛菜等植物，龟裂状荒漠灰钙土覆沙后，逐渐脱盐碱化，变为普通荒漠灰钙土，土壤有机质含量增高，生物学过程加强，梭梭的生长情况得到改善；在盆地南部的中西段，古河流阶地或古湖盆地中，分布有荒漠化吐加依土，土壤中含有腐殖质形成的斑痕，这里的梭梭树木高大，单株野生肉苁蓉也比较粗壮。以前发现的一株重 29 kg 的肉苁蓉就产于此地。

肉苁蓉的长势、直径、重量和质量与梭梭的生长状况成正比。除此之外，与寄主生长地区的土壤质地与土壤剖面结构有关。在沙质土壤生长的肉苁蓉，具有生长快、植株直立、茎的大小较为均一等特点，在壤土或黏土中生长的肉苁蓉，其形状一般不规则。不同植株之间的形状有差别，同一植株各年份生长的形状也有差别。不同的土壤质地，寄生点的深度也不同，据黄培祐（1988）对肉苁蓉寄生环境的研究调查发现，沙地偏深而盐地偏浅。坚实黏土和砾石坡不利于梭梭根系生长，对肉苁蓉的寄生也起到了一定的限制作用。

关于不同土质与肉苁蓉的长势和形状关系的研究较少。罗廷彬和任崴（2003）在克拉玛依调查的结果表明：在土壤质地较黏重的土层中生长出肉苁蓉的茎，大多数为扁柱体形状，而且，各年份生长的茎，在形状上差别极大，如上一年生长的为南北向的扁柱体形、下一年生长的则为东南-西北向或东西向的扁柱体形状，肉苁蓉“体形”的这种变化是一种罕见的现象。引起这种变化的原因，主要是由于肉苁蓉的地下茎，一般是在 4 月底左右停止生长，此时正是冬雪融化、天气温和、土壤潮湿的季节，所以肉苁蓉生长形状为一个锁定结；之后，进入天气炎热少雨的季节，土壤变得非常板结，8 月或 9 月肉苁蓉重新生长时，肉苁蓉的形状则因土壤裂缝或土壤的疏松程度而变换，并固定自己的形状，从而年份间的形状差异就形成了。克拉玛依生长的肉苁蓉非常缓慢，在寄主生长旺盛时肉苁蓉多分枝，且在植株中高位多分枝，主要是因为当地特殊的土壤与气候环境条件所致。

第二节　肉苁蓉化学成分及药理作用

一、肉苁蓉的化学成分

肉苁蓉是用途非常广泛的珍贵中草药植物，自古以来一直被用作强壮滋补中草药。肉苁蓉作为药用在我国约有 1800 多年的历史，享有“沙漠人参”之美誉。

在2000年出版的《中华人民共和国药典》中记载，肉苁蓉的医药作用主要是“补肾阳、益精血、润肠通便，用于阳痿，不孕，腰膝酸软，筋骨无力，肠燥便秘”（徐道义和易善锋，1994）。对肉苁蓉属的化学成分研究是从20世纪80年代初开始的，其中日本学者做了大量工作。20世纪80年代后期，国内学者开始关注我国产的肉苁蓉的化学成分研究。研究表明，肉苁蓉属植物含的药物成分主要是苯乙醇苷类、环烯醚萜及其苷类、木脂素及其苷类物质等。

苯乙醇苷类的糖链部分仅由葡萄糖和鼠李糖组成，与苷元直接相连的中心糖为葡萄糖。由于苯乙醇苷类对紫外吸收很强，尤其适用于高效液相色谱法（HPLC）分析，已有多位学者对本属各植物中的苯乙醇苷类成分进行了比较。守屋明等（Moriya，1995）采用HPLC详细研究了肉苁蓉属植物的苯乙醇苷类物质，发现所研究的7个植物样品中都含有大量的苯乙醇苷类物质，其中土耳其产盐生肉苁蓉的苯乙醇苷类总量最高，国产盐生肉苁蓉、卡塔尔产鳔苁蓉，巴基斯坦产和巴林产管花肉苁蓉的苯乙醇苷类总量较多，而国产荒漠肉苁蓉和管花肉苁蓉的苯乙醇苷类物质总量较少；此外，他们还对国产荒漠肉苁蓉、巴基斯坦产管花肉苁蓉和卡塔尔产鳔苁蓉的愈伤组织进行了化学成分分析，在国产荒漠肉苁蓉的愈伤组织中7个苯乙醇苷类化合物都存在；在巴基斯坦产管花肉苁蓉和卡塔尔产鳔苁蓉的愈伤组织中除原有成分外，还含有肉苁蓉苷A。屠鹏飞和何燕萍（1997）运用HPLC对国产4种及1变种肉苁蓉类生药所含的苯乙醇苷类进行了定性和定量分析，结果表明国产4种及1变种肉苁蓉类生药皆含有多种苯乙醇苷类成分，其中野生荒漠肉苁蓉、栽培的荒漠肉苁蓉、盐生肉苁蓉、盐生油肉苁蓉、白花盐苁蓉和管花肉苁蓉所含苯乙醇苷类成分相似，而沙苁蓉与其他种差别较大。

从肉苁蓉属植物中已分离得到2个环烯醚萜，10个环烯醚萜苷。肉苁蓉属植物的环烯醚萜苷具有以下特征：1位连有葡萄糖；5，9位为β-H；4位有些存在羧基；6，7，8或10位常常含有羟基，或失去羟基形成双键或环氧醚键。

另外，从肉苁蓉属植物中已分离得到1个木脂素和5个木脂素苷，其中2个为新木脂素苷。还有一些其他成分，如酚苷、单萜苷、生物碱、糖类、糖醇、甾醇等。

1988年，堵年生、曲淑慧等从新疆产盐生肉苁蓉中用水蒸气蒸馏法提取精油，然后用GC/MS/DC技术分析了精油中的成分和相对含量，共鉴定出38种化学成分。马熙中等利用超临界流体萃取技术测定了*C. tubulosa*中挥发性组分中的30多种化合物，并将其分为三类：①正构烷烃C_{16}～C_{28}；②酯类化合物，其中有三个主要成分是邻苯二甲酸二丁酯、癸二酸二丁酯和邻苯二甲酸二异辛酯；③含氧含氮化合物，以丁子香酚为主，其次为香草醛和异丁子香酚等。陈妙华等（1993）从肉苁蓉中分离得到的7种化合物分别为β谷甾醇、胡萝卜苷、丁二酸、三十烷醇、咖啡酸糖脂、甜菜碱及多糖。陈晓东等还分析了其中所含的Ca、Mg、Zn、Cu、Mo、Po和P，其中Fe、Cu、Zn、Mn的含量比一般中药高。热娜等（Xue，1991）研究了新疆产荒漠肉苁蓉、盐生肉苁蓉、迷肉苁蓉和管花肉苁蓉的氨基酸成分，分别检出15种、17种、14种和11种氨基酸，其中盐生肉苁蓉的氨基酸含量最高，管花肉苁蓉含量最低。

薛德钧和章明（1994）等还对不同产地的肉苁蓉中所含多糖进行了比较。研究结果表明，产地不同的肉苁蓉所含的游离单糖的种类不尽相同，多糖的含量也不同，且组成多糖的单糖成分也不同。内蒙古阿盟产的肉苁蓉游离单糖为阿糖和葡萄糖，其多糖中单糖组分为鼠李糖、阿糖、半乳糖，多糖含量为13%；新疆天山以南产的肉苁蓉中的游离单糖为果糖、半乳糖，组成多糖的单糖为鼠李糖、阿拉伯糖、果糖和葡萄糖，多糖含量为8.5%。

曹振杰等对新疆博林科技发展有限公司人工种植的荒漠肉苁蓉与野生肉苁蓉化学成分进行了研究，从栽培品种中分离得到了7种化合物，分别为甘露醇、β-谷甾醇、甜菜碱、海胆苷、肉苁蓉苷A、麦角甾苷和2′-乙酰基麦角甾苷。人工栽培肉苁蓉与野生肉苁蓉主要有效成分一致。

二、肉苁蓉药理作用

肉苁蓉的药用部分为带鳞叶的肉质茎。近年来，许多学者对肉苁蓉的药理活性进行了研究，可初步归纳为以下几个方面。

1. 调节神经内分泌系统的作用

何伟等（1996）研究发现荒漠肉苁蓉和管花肉苁蓉具有雄性激素的作用，能显著增加去势大鼠精囊前列腺的重量，荒漠肉苁蓉还可减轻肾上腺的质量；此外，荒漠肉苁蓉对正常大鼠和小鼠有同样的作用。其中苯乙醇苷类化合物类叶升麻苷是两种肉苁蓉的主要活性成分。

2. 免疫调节作用

荒漠肉苁蓉和管花肉苁蓉的水提物可显著提高小鼠腹腔巨噬细胞的吞噬能力。荒漠肉苁蓉中的D-甘露醇和肉苁蓉中的多糖可显著增加小鼠脾脏质量，增强细胞免疫功能；此外，肉苁蓉多糖对小鼠T细胞有调节作用，可增加小鼠脾和胸腺淋巴细胞的增殖反应，且与刀豆球蛋白、植物血凝集素有协同刺激小鼠胸腺淋巴细胞增殖的作用，并能显著提高小鼠脾脏T淋巴细胞分泌IL-2（Zeng，1998）。

3. 抗氧化作用

荒漠肉苁蓉提取物可显著降低人体脂质过氧化物（LPO）含量（Xue，1997）。荒漠肉苁蓉、盐生肉苁蓉、管花肉苁蓉和沙苁蓉均对兔血和小鼠肝脏的LPO生成有明显抑制作用，其中盐生肉苁蓉作用最强，管花肉苁蓉次之（Shi，

1995）。李琳琳等（1997）研究了盐生肉苁蓉苯乙醇总苷的抗氧化作用，结果发现其可以显著提高小鼠心、肝、脑组织中硒谷胱甘肽过氧化物酶和 SOD 活性，提高肾组织中 SOD 活性，并降低各组织中 LPO 及脂褐质含量。熊泉波等（1996）报道从荒漠肉苁蓉中分离得到的 9 个苯乙醇苷类化合物均具有显著清除自由基活性和抗脂质过氧化的作用，并发现分子中酚羟基越多活性越强，推测苯乙醇苷类化合物是荒漠肉苁蓉抗氧化的主要活性成分。

4. 增强体力和抗疲劳作用

荒漠肉苁蓉可使小鼠游泳时间延长，降低负荷运动后血清肌酸激酶的升高幅度，使运动后小鼠骨骼肌超微结构保持正常，表明肉苁蓉具有增强体力和抗疲劳的作用（Xiong，1996）。薛德钧和胡福泉（1997）报道以荒漠肉苁蓉提取物制成的冲剂能显著改善人体的衰老症状，恢复肾虚中老年人的精力和体力，具有较好的延缓衰老作用。

5. 抗肝炎作用

张洪泉等（1996）研究了荒漠肉苁蓉多糖对 CCl_4 所致肝郁脾虚模型小鼠的作用，结果表明荒漠肉苁蓉多糖能明显改善小鼠食欲减退和体重下降现象，降低过高的 GOT 和 GPT，明显对抗 CCl_4 造成的肝损伤。熊泉波等（1998）研究发现从荒漠肉苁蓉中得到的 4 个苯乙醇苷类化合物具有保肝活性：体外实验，4 个化合物均显著抑制 NADPH-CCl_4 诱导的肝细胞微粒体中的脂质过氧化，抑制细胞中天冬氨酸转氨酶的释放并减轻 CCl_4 和 D-半乳糖胺诱导的肝细胞毒性；体内实验表明，类叶升麻苷能有效地抑制丙氨酸转氨酶的释放，从而阻止 CCl_4 对肝脏的损害，并认为化合物结构中的苯乙基部分和咖啡酰基部分是活性基团，这与它们具有的清除自由基和抗脂质过氧化作用有一定关系。

6. 抗肿瘤作用

施大文等（1995）比较了荒漠肉苁蓉、盐生肉苁蓉、管花肉苁蓉和沙苁蓉的乙酸乙酯提取物或水提物，发现在一定浓度下，均具有激活人外周血淋巴细胞杀伤人白血病 K_{562} 细胞的作用，其中管花肉苁蓉作用最强，荒漠肉苁蓉次之。

7. 通便作用

徐文豪等（1995）研究表明荒漠肉苁蓉和盐生肉苁蓉能引起大鼠胃底条和豚鼠回肠的收缩，并能被阿托品抑制，说明二者有拟胆碱活性，与通便作用有关。屠鹏飞和李顺成（1999）研究发现荒漠肉苁蓉、盐生肉苁蓉和管花肉苁蓉均可明显地促进小鼠大肠蠕动、抑制大肠水分吸收、缩短排便时间，三者作用强度相似。

8. 其他作用

（1）镇静作用：吕明进使用运动量测定仪观察了荒漠肉苁蓉提取物对大鼠自发运动的影响，结果显示可减少大鼠自发运动，包括水平运动、走动时间及移动距离，其中以水提部分作用最强，进一步研究表明荒漠肉苁蓉水提物所产生的运动量降低，可能是由于降低多巴胺能活性，增强 5-羟色胺能和 γ-氨基丁酸能活性所致。

（2）抗衰老作用：荒漠肉苁蓉多糖和甘露醇可以使小鼠皮肤羟脯氨酸含量增加，延缓皮肤衰老。孙云等（1997）通过透射电镜观察了荒漠肉苁蓉对衰老模型小鼠肝和大脑皮质的影响，发现它对小鼠肝细胞超微粒体积和大脑皮质的超微粒有明显改善作用。

（3）促进创伤愈合作用：高慧等（1998）研究了荒漠肉苁蓉多糖对人成纤维细胞的作用，发现它能明显促进体外成纤维细胞的生长；其促生长作用与剂量有相关性，浓度过低或过高都会影响其作用发挥，这说明适当浓度的荒漠肉苁蓉多糖可促进创伤愈合。

（4）保护缺血心肌作用：毛新民等（1999）研究发现盐生肉苁蓉苯乙醇总苷能提高小鼠缺血再灌注心肌 SOD 和硒谷胱甘肽过氧化酶的活性，降低 LPO 含量，减轻心肌超微粒结构损伤；明显改善心肌缺血大鼠的心电图，减少心肌梗死面积，提高心肌组织中磷酸肌酸激酶活力，具有保护缺血心肌作用。

关于肉苁蓉的毒性方面也有研究，每日 2 次对小鼠灌服肉苁蓉乙醇提取物的实验表明，小鼠最大耐受量为 90.0 g/kg。灌服肉苁蓉水煎物，认为 40 g（生药）/kg 可作为小鼠口服最大耐受量，这一结果表明肉苁蓉药用的毒性较低。

临床上还应用含肉苁蓉的药物治疗老年多尿症、糖尿病、耳聋、主动脉赫依症及延缓衰老等。其蒙药名查干-高要，蒙医用来治泛酸、胃胀痛、头痛、阳痿、遗精、早泄、白带多、腰腿痛等症（蒙根和魏开华，2004）。

肉苁蓉在临床上已被应用到妇科（曾菊香，2006）及其他病症中，并且取得较好的医效。主要包括以下方面：

（1）治疗子宫肌瘤效果显著。子宫肌瘤属中医学症瘕范畴，应用肉苁蓉治疗症瘕在《本经》中已有记载。

（2）治疗功能性子宫出血和妇女更年期综合征疗效满意。现代医学认为，这些病症的发生多因内分泌功能失调所致。而肉苁蓉具有促进代谢及强壮作用，可增强下丘脑-垂体-卵巢的促黄体功能。中医学认为，功能性子宫出血、妇女更年期综合征等以肝肾精血亏虚证多见，久病深者，阴损累及阳气化生不足，可致机体阴阳二气低水平的不平衡，脏腑气血不相协调，单纯滋补阴精收敛欠佳。而选用温性平和的肉苁蓉，可使阳生阴充，阴阳平衡，脏腑之气自和，疾病因此而愈。

（3）治疗乳腺增质症。该病是由于内分泌失调，雌性激素相对或绝对值含量过高或由于患者对激素的反应特别敏感所致，它属中医乳癖范畴。肉苁蓉能有效地抵抗雌激素对乳腺的影响。

(4) 治疗老年尿血。本类老年尿血，类似现代医学特发性血尿，诊断要点为患者全身状况良好，无泌尿生殖系病的其他症状，各项检查均未发现血尿的病因。西药治疗多不理想，而应用以肉苁蓉为主温阳摄血法治之而获佳效。

(5) 治疗慢性咽炎。慢性咽炎为咽部黏膜及淋巴组织的慢性炎症。肉苁蓉味甘咸，咸能软坚，而有利于咽部滤泡增生得以消散，同时本品有温阳填精，引火归原，平衡阴阳之功，故慢性咽炎属阴虚阳损者，疗效显著。

第三节 肉苁蓉繁殖技术和管理

一、肉苁蓉繁殖技术

（一）肉苁蓉人工接种技术

近年来，在我国西部各省凡是有肉苁蓉和寄主分布的地区都相继开展了肉苁蓉的人工种植工作。内蒙古和新疆在 20 世纪 80 年代和 90 年代就开展了对肉苁蓉的人工栽植研究，并取得了显著成效。新疆对肉苁蓉的人工栽植研究虽晚于内蒙古，但试验推广的势头十分强劲，目前已具备一定的规模化栽植，为肉苁蓉的产业化生产奠定了基础。在新疆，肉苁蓉人工栽植主要是在北疆的昌吉州吉木萨尔县，该县新疆博林科技开发有限责任公司采取公司＋农户形式＋科研单位的途径，在人工栽植肉苁蓉方面探索出了一整套的较为成熟的技术，走在了全国肉苁蓉人工栽植研究的前列，特别是他们发明的打破种子休眠、提高接种率的种子诱导剂配方和纸质种子膜技术，使肉苁蓉种子的利用率提高 20 倍，当年最高接种成功率达到 78％以上。可实现一次种植收获 10 年以上，并且接种第二年即进入生产期，亩产鲜肉苁蓉在 80～120 kg 以上（孙永强，2003），最高可达 270 kg 以上，亩产值在 480～1620 元（按鲜品收购价 6 元/kg 计算）。其种植方法简便，成本低廉，具有自主知识产权，可作为新疆肉苁蓉种植的主导技术予以大面积推广。

目前，人工接种肉苁蓉的方式有两种：一种是利用天然寄主接种，另一种是先人工种植寄主后接种。利用天然寄主接种的优点是，不用培育寄主，省去了耕地、开沟、浇水等生产工序，缩短寄主生长培育的过程，节约了时间，减少了管理生产工序，投入少，降低了生产成本；缺点是，单位面积寄主株数不如人工种植寄主多，且不均匀，而且由于天然寄主已经生长几十年，根系老化，萌发力弱。接种肉苁蓉后出土时间比人工种植寄主接种肉苁蓉出土时间迟 1～2 年（郑兴国等，2001），依靠天然寄主接种产生的肉苁蓉个体较小，产量低而不稳。在自然条件恶劣的西部省区，除降水补给之外无水灌溉，条件好的地方也只能靠春秋漫灌，因此大面积接种会在浇灌与管理上难以控制。人工种植寄主后接种是通过植苗造林或直播造林的方式营建人工林，待寄主成活后的当年或第二年接种肉苁蓉。在人工林寄主根系上接种肉苁蓉，称多年制生产技术。接种后第三年肉苁蓉开始出土，以后还会连续有收获（巴彦磊和王学先，2002）。此种方法的优点是人工种植寄主生长快而旺盛，根系萌发力强，肉苁蓉当年接种率可达50%以上（郑兴国等，2001），投入少，且可培养出规格大而均匀质优的出口苁蓉药材，产量稳定，适宜建立规模化生产基地。

1. 利用天然寄主接种肉苁蓉

选地：选择交通便利，最好每年有灌溉或短期洪水淹没的地段。通过人为的间伐措施对天然林或灌木丛的寄主密度进行调整，株行距为2～3 m，辟出接种沟或诱导沟（穴）的空间。清理伐除的灌木丛，挖掉根系，同时清除病株、衰老、机械损伤植株，以减轻田间抚育管理工作量与病虫害隐患。

开挖接种沟、诱导沟。接种沟应选在寄主积雪和土壤湿度较大的背阴面，即寄主灌木丛的北侧和东南侧，以利冬雪积累和天然降雨的收集，补充土壤水分。接种沟大小根据寄主灌丛大小和密度设定。一般沟长1～1.5 m，沟宽0.3～0.5 m，沟深0.4～0.5 m。也可按照地形沿寄主灌木丛呈半圆形或圆形挖接种沟，其长度视灌木丛大小而定，沟宽和沟深同上。接种沟与寄主距离0.4～0.6 m，不宜太远和太近。

诱导沟在距寄主0.6～0.7 cm，接种沟后0.2～0.3 m处开挖。沟长、沟宽、沟深与接种沟相同。只是埋土至沟口时留下5～8 cm深度，以便形成积水空间，增加土壤湿度，诱导寄主根系向诱导沟的土壤湿润方向发展。这样寄主根系生长时必然穿过其前边0.2～0.3 cm处的接种沟，从而起到诱导寄主根系与接种纸接触提高接种率的作用。

接种：在开挖的接种沟内进行接种。如果使用吉木萨尔苗木站研制的肉苁蓉接种纸，使用接种纸的数量可根据接种沟的长度计算。接种纸一般宽10 cm，长30 cm，每米接种沟可接种3.3张。

2. 人工种植寄主接种肉苁蓉

1）寄主梭梭苗的培育

播种育苗　5月上旬在选好的育苗地上开沟播种，沟深约3 cm，沟宽10～15 cm，沟间距40 cm，播种前先将沟内灌入少量水，待水渗入后将用高锰酸钾处理过的种子撒入沟内，上覆松散干沙土1 cm或种子与沙子按比例撒入沟后覆以薄土即可。

容器育苗　营养土配制比例为6∶2∶2（即田间土∶盐碱土∶锯末和河沙混合物），每杯播种子10粒左右，出土后保留健壮苗木4～6株/杯；种子播后覆盖1 m宽塑膜小拱棚培养。待苗高长出3～4轮叶时，即可移栽。该法成苗率高，移栽季节长，从4月中旬至6月底前均可进行。

2）梭梭人工栽培

选地：梭梭对土壤条件要求不高，以疏松的沙质土、轻盐土为宜，可利用弃耕地或退耕地、沙荒地、盐碱地种植。选择区域要求地势平坦，有灌溉水源或地下水开发资源。尽量靠近居民点，以便管理。

整地：经过犁、耱、耙等整地工序整平，犁成沟状待用。沟长根据选地面积而定，沟与沟的距离为 1.8～2 m，尽量保持沟水平。开沟规格为沟底宽 0.2 m，沟深 0.3 m，沟口宽 0.3～0.4 m。种植沟开好之后，先灌水一次，水深为沟深 2/3 处。然后在种植沟背阴一侧的水线上方按穴距（株距）0.5～1 m，平行地面用铁铣锨出直径 0.2～0.3 cm 的栽植穴。

移栽：将梭梭苗移植于深 30 cm 的定植穴，株距为 1～1.5 m，栽植时保持根系的舒展，基茎要低于定植穴平面 5 cm，踏实后灌足定苗水。容器育苗移植应提前 10～15 天断水练苗，以避免在移苗过程中土壤撒落和露根。

3）肉苁蓉接种技术

接种时间：肉苁蓉适宜接种时间是在寄主播种或栽植的当年 7～10 月或 5 月中旬前（巴彦磊和王学先，2002）进行。

寄主选择：以生长旺盛的梭梭为最佳。

接种方法：沿寄主栽植的苗行方向，使用专用的种子纸。种子纸距寄主30～50 cm，埋深 30～40 cm，回填时不宜填满，应留有 5～10 cm，以利存储雨雪。

3. 肉苁蓉采收

肉苁蓉采收时间一般在 4～5 月上旬肉苁蓉开花前。采挖刚出土的肉苁蓉作药材质量最佳。采挖时以挖小留大为原则。肉苁蓉出土后则开花结实，此时的肉苁蓉中空且木质化，不宜作药材，但可以生产种子。采挖肉苁蓉时注意不要连寄主根一起挖出，要在肉苁蓉的茎下部切断，留下基部，这样次年还会长出许多不定芽，保证肉苁蓉的再生能力。

肉苁蓉采收后，要将花序或苁蓉头去掉，晾晒在干净地方，待苁蓉由黄白色变成肉质棕褐色即可。也可以将采回的肉苁蓉放入 60℃温水中浸泡 10～15 min，捞起晾晒（巴彦磊和王学先，2002）。

（二）肉苁蓉组织培养

目前已从荒漠肉苁蓉的茎、幼芽、鳞片、花瓣、子房、雄蕊和种子等多种组织和器官中诱导得到愈伤组织。目前的研究主要集中在以下几个方面。

1. 愈伤组织的诱导

影响愈伤组织诱导率的主要因素有外植体的种类和培养基、激素配比、温度、光照、pH 等培养条件。通过荒漠肉苁蓉茎、幼芽、鳞片、花瓣、子房、雄蕊和种子等多种组织和器官的比较发现，子房、茎无论在脱分化的时间，还是在愈伤组织的诱导率及生长状况上都比鳞片、幼芽好（Zhu et al., 2001）。而用种子进行愈伤组织的诱导较难，诱导率非常低（Wu et al., 1998）。

自然条件下肉苁蓉种子具有一个近球形胚，只有在寄主梭梭根穿入之后才能够萌发（Li et al., 1988）。欧阳杰等研究了用荒漠肉苁蓉种子诱导愈伤组织的条件，发现在接种前剥去种皮并进行热处理可以明显提高诱导率，最佳的处理方法是50℃处理1 h，此时愈伤组织的诱导率可达25%（Ouyang et al., 2002）。培养条件对愈伤组织的诱导率和生长状况也非常重要。通常高盐离子浓度的MS培养基和B_5培养基诱导愈伤组织的效果比较好。目前的研究大都在25℃暗培养的条件下进行（Zhu et al., 2001；Wu et al., 1998）。对荒漠肉苁蓉幼芽、种子和鳞片的研究发现，B_5+CH 500mg/L为基本培养基，添加IAA 0.58 mg/L+KT 2 mg/L，pH为6.0诱导效果最好（Wu et al., 1998）；若采用MS+2,4-D 2 mg/L+NAA 1 mg/L，配方简单，同时对各种愈伤组织也都能达到较好的诱导效果（Zhu et al., 2001）。采用正交设计研究其种子的诱导发现，最佳诱导条件为去除种皮，添加2,4-D 2 mg/L、KT 0.5 mg/L和GA_3 3 mg/L，pH为6.0（Ouyang et al., 2002）

2. 适宜愈伤组织快速生长的培养条件

对温度、基本培养基、植物激素的浓度、蔗糖浓度、水解酪蛋白的浓度以及光照进行多梯度比较发现，温度在25℃，固体B_5培养基，pH 5.5～6.5，添加6-BA 0.5mg/L、赤霉素10 mg/L、蔗糖20 g/L、水解酪蛋白800 mg/L，每天光照16 h，光照强度为24 μmol/(m^2 · s)，最有利于苯乙醇苷类物质的合成，其量比外植体中高了42%～127%（Ouyang et al., 2003）。方差分析表明，光照对苯乙醇苷类物质合成和积累的影响非常显著，这可能是由于愈伤组织的生长和苯乙醇苷类（phenylethanoid glycosides, PhGs）的合成与光形态发生作用有关。通过研究光照强度和光谱特定性对于愈伤组织生长和苯乙醇苷类物质产生和积累的影响，发现435 nm蓝光强度为24 μmol/（m^2 · s）时，愈伤组织干重和苯乙醇苷类物质达到最高值，分别比白光照射下提高了19%和41%（Ouyang et al., 2003）。测定PhGs合成途径中的限速酶——苯丙氨酸解氨酶（PAL）的活性在蓝光和白光照射下随时间的变化后发现，蓝光照射下PAL的活性明显高于白光照射，推测光照对苯乙醇苷类物质合成的影响可能是由于光受体被蓝光激活后提高了植物体内PAL的活性，促进了苯乙醇苷类物质合成和积累。

3. 添加诱导子提高愈伤组织中的药用成分

诱导子是一类能引起植物细胞代谢强度改变或代谢途径改变的物质，包括生物诱导子和非生物诱导子两类。生物诱导子又分内源性和外源性两类，内源诱导子来源于植物本身，如降解细胞壁的酶类、细胞壁碎片和寡聚糖等；外源诱导子多来源于微生物，包括经处理的菌丝、微生物机体浸提物及产物等。非生物诱导子常用辐射、金属离子等。李森等用从梭梭根系及肉苁蓉株内分离出的真菌镰刀菌属茄病菌菌丝作为诱导子，研究其对荒漠肉苁蓉愈伤组织中氨基酸量的影响。结果证明，7 种人体必需氨基酸（除苏氨酸略低外）均高于野生植株，其中苯丙氨酸的量是野生植株 10 倍以上（Li et al.，1998）。鲁翠涛等采用同样的真菌诱导子茄病菌研究其对荒漠肉苁蓉 PhGs 量的影响。用不同剂量（碳水化合物当量）的诱导子诱导液体培养的愈伤组织，经过 27 天后测得剂量为 20 mg/L 时 PhGs 的总产量最高，比不加诱导子时提高了近 100%（Lu and Mei，2003）。这可能与植物遇到微生物侵袭时的防御机制有关。当植物遭到有害物质威胁的情况下，倾向于合成抗病的次生代谢产物。欧阳杰等用稀土元素作为诱导子研究其对荒漠肉苁蓉愈伤组织生长和苯乙醇苷类物质合成的影响，发现稀土元素钕（Nd）、镧（La）、铈（Ce）都可在适当的浓度范围对愈伤组织生长和苯乙醇苷类物质合成产生促进作用，稀土元素的混合物（MER，La_2O_3：CeO_2：Pr_6O_{11}：Sm_2O_3＝225：175：3：1，mol/mol）表现出最强烈的促进作用。经过 30 天的培养，加入 0.02 mol/L MER 的愈伤组织中 PhGs 的量和总产量最多，分别为 20.8%和 1.6 g/L，比对照（没有加入稀土元素）提高 104%和 167%（Xu et al.，1995）。原因可能与稀土元素的化学结构类似于 Ca 有关。低浓度的稀土元素与 Ca^{2+}、Fe^{3+}竞争细胞膜上的受体，从而影响了营养物质的吸收、利用和转化。根据实验研究组织培养不同时间的苯丙氨酸解氨酶（PAL）的活性变化，推测可能是 Ce^{4+}影响了 PAL 的活性，从而影响苯乙醇苷类物质的合成（Ouyang et al.，2003）。

通过愈伤组织培养和植株再生进行肉苁蓉的快速无性繁殖，可以为肉苁蓉的人工栽培提供充足的种苗。组织培养肉苁蓉愈伤组织具有药用成分量高、培养成本低等优点，可以全年不间断的大量生产高质量的肉苁蓉药用成分（杨坤和焦智浩，2006）。大规模肉苁蓉组织培养技术的产业化推广，能够有效缓解肉苁蓉市场供不应求的状况。通过组织培养方法生产肉苁蓉细胞，替代天然肉苁蓉，作为药品或保健品的原料，成为保护野生肉苁蓉资源及其寄主梭梭的重要途径，通过组织培养的方法大规模生产肉苁蓉愈伤组织，提取药用成分具有广阔的应用前景。

二、梭梭接种肉苁蓉后期管理

（一）病虫害及防治

1. 危害肉苁蓉与寄主的病虫害种类

近几年，新疆、内蒙古、宁夏等西北边远地区人工种植肉苁蓉规模不断增大，田间管理与病虫害防治也日益引起重视。据陈君和刘同宁（2004）调查，危害肉苁蓉属及其寄主植物的病虫害种类达17种之多，其中有病害4种，虫害13种。在宁夏危害肉苁蓉与寄主植物的病虫害有11种，包括黄褐丽金龟、草地螟、灰条夜蛾、横带红长蝽、白星花金龟、梭梭锈病、梭梭根腐病、肉苁蓉茎腐病、斑须蝽、棉铃虫等，并以草地螟（*Loxostege stieticatis* Linnaeus）和黄褐丽金龟（*Anomala exoleta*）危害最为严重，危害期长；在内蒙古有6种，包括梭梭锈病、梭梭根腐病、短鞘步甲、琵琶甲、瘿蚊、肉苁蓉茎腐病；新疆有3种，为梭梭根腐病、梭梭白粉病、瘿蚊；甘肃有1种，即梭梭白粉病。内蒙古、新疆、甘肃等地危害肉苁蓉与寄主的病虫害种类较少，危害程度较轻。

2. 几种主要病虫害对肉苁蓉与寄主的危害部位与防治措施

1）黄褐丽金龟的危害与防治

黄褐丽金龟幼虫蛴螬啃食小苁蓉，同时取食梭梭幼根，严重时造成小苁蓉残损或死亡，影响接种成功率；黄褐丽金龟的发生与有机肥的施用和土壤湿度密切相关。在施用有机肥多的地块此虫发生数量大。田间调查发现，土壤湿度大的区域，蛴螬发生量大，危害严重，而干燥地块蛴螬极少。4、5月是幼虫危害盛期，5月底至6月初幼虫老熟，入土作土室化蛹，6、7月间成虫羽化，7、8月出现新一代幼虫，危害秋作物后以3龄幼虫越冬。幼虫在20～50 cm深沙土中危害肉苁蓉及梭梭根。被蛴螬咬的肉苁蓉的肉质茎多出现缺刻，严重影响到肉苁蓉的外观质量（陈君和刘同宁，2004）。具体防治办法：

首先，在梭梭种植及肉苁蓉接种过程中对所使用的有机肥，如羊粪、骆驼粪、牛粪等必须充分腐熟后再施用。因为有机肥容易诱集地下害虫产卵危害，黄褐丽金龟幼虫危害持续时间很长，很可能是由于有机肥没有充分腐熟。因此从开始种植时，就要采取有效的控制办法。

对肉苁蓉危害严重的黄褐丽金龟可采用低毒、高效、广谱有机磷杀虫剂——辛硫磷，对地下害虫进行防治（张友军等，2003）；配40%辛硫磷乳油1000倍或2000倍、3%辛硫磷颗粒剂（8 kg/667 m^2）对黄褐丽金龟的防治效果可达100%，3%辛硫磷颗粒剂（4 kg/667 m^2），对棕色鳃金龟幼虫的田间防治效果达88.23%，防止效果显著。

地下害虫的防治最好在成虫阶段，黄褐丽金龟成虫昼伏夜出，趋光性强，因此，利用黑光灯诱杀或频振式杀虫灯诱杀效果好，在种植基地安装黑光灯或频振式杀虫灯可取得较好的防治效果。

2）草地螟的危害与防治

草地螟又名黄绿条螟，为螟蛾科（Pyralididae）一种迁飞性暴发成灾的害虫，分布于我国北方广大地区，可危害近200种作物，对梭梭的危害也非常严重。2002～2003年，陈君等发现，受害最严重地块1～2天之内大面积梭梭同化枝绿色部分全部被吃光，仅剩下纤维状黄白色茎秆。草地螟发生危害的时间及程度在不同的种植基地和年份之间差异很大，这为预防和防治增加了难度。具体防治措施如下：

首先定期检查，及时发现、掌握发生动向，做好预测、预报工作，及时发现，及时采取防控措施。陈君等在“肉苁蓉寄主梭梭寄主草地螟的发生与防治”(2007)一文中提到，草地螟喜在灰菜等杂草上产卵（尹姣和曹雅忠，2005)，卵期及初孵幼虫期活动性差，为杜绝虫源，应及时中耕除草，予以灭杀，创造不利于产卵的环境。清除杂草是切实可行又无环境污染的方法。另外要保护天敌。康爱国和张莉萍（2005）等调查发现，伞裙追寄蝇［*Exorista civilis*（Rondani)］、双斑截尾寄蝇［*Nemorill maculosa*（Meigen)］、代尔夫弓鬓寄蝇（*Ceratochaelops dellphinensis* Villenuve)、草地螟帕寄蝇（*Palesisa aureola* Richter)、草地螟追寄蝇（*Exorista pralensis* Robineau-Desvoidy）是草地螟幼虫发生期一类重要寄生性天敌，其种群数量大、种类多、寄生率高，对草地螟种群数量有较好的控制作用。因此，应加强草地螟天敌种类及发生规律调查，研究有效保护和利用天敌资源的技术，尽量不用或少用化学农药，降低生产成本，保护生态环境。物理诱杀也有一定的效果。根据成虫昼伏夜出趋光的特性，采用黑光灯或频振式杀虫灯诱杀成虫，可降低虫口基数。实验表明，在梭梭种植基地安装频振式杀虫灯，每灯一夜可诱杀草地螟成虫 200 余头，取得较好的诱杀效果。化学防治方法可选用敌杀死、阿维菌素、灭幼脲、赛德 4 种药。实验表明，在用药 7 天后检查其防治效果均可达到 100%，其中敌杀死作用迅速，用药 1 天防治效果达 100%；2.0%阿维菌素-BT 可湿性粉剂作用速度稍慢于敌杀死，用药 3 天后防治效果也达 100%；昆虫生长抑制剂 25%灭幼脲和植物源农药 0.5%赛德的防治作用缓慢一些，但这两种农药对环境友好，应优先考虑应用。草地螟的幼虫 3 龄以上且虫口密度大，应选择低毒农药如 0.5%藜芦碱水剂 1500 倍液或 2.5%敌杀死乳油 3000 倍液喷施，还可选择 BT、灭幼脲等生物杀虫剂，做到适时科学用药，尽量将害虫消灭在危害梭梭之前。

3）肉苁蓉茎腐病的危害与防治

荒漠肉苁蓉茎腐病是 2001 年在宁夏肉苁蓉基地首次发现的一种病害，感染茎腐病的荒漠肉苁蓉地下茎出现腐烂症状。肉苁蓉肉质茎腐烂病多发生在土壤湿度较大的地块中（程齐来，2005)。肉苁蓉茎腐病主要的病原菌为接骨木镰刀菌。

室内抑菌试验表明，多菌灵、菌线威、绿享二号抑菌效果最好。为减少对土壤的危害和降低肉苁蓉体内残留物，提倡用生物防治，但常见的生防制剂如各种木霉菌（绿色木霉、哈茨木霉等）是否对该病害的防治有效果，还需进一步试验研究（程齐来，2005)。

4）肉苁蓉种蝇

肉苁蓉是虫媒花传粉。虫媒为苍蝇、蚂蚁和叶蜂等。在肉苁蓉开花传粉时，不能喷洒农药杀灭传粉昆虫。肉苁蓉开花季节，种蝇幼虫危害嫩茎，钻隧道，蛀食地下茎部，影响植株生长、开花及药材质量。

防治办法：可用40%～50%的乐果乳油1000倍液或敌百虫800倍液喷洒地上部分和浇灌根部（巴彦磊和王学先，2002）。

5）梭梭白粉病

梭梭白粉病多在7～8月发生，危害嫩枝，在嫩枝上形成一层白粉，严重时可导致整株死亡。

防治方法：可用石硫合剂、3%的波尔多液及食盐水喷洒（吴素芳等，2004）；也可用B0-10生物制剂300倍液或25%粉锈宁4000倍液喷雾防治（宋加录和张玉芹，2002）。

6）梭梭根腐病

该种病多发生在苗期，因土壤板结，通气不良引起。加强松土、减少灌水量和次数，发病期用50%多菌灵1000倍液灌根（巴彦磊和王学先，2002）。

7）大沙鼠、蟋蟀、象鼻虫和夜蛾

大沙鼠主要危害梭梭茎尖、枝条和根系，危及梭梭与肉苁蓉的生长，可用磷化锌喷洒梭梭嫩枝或涂抹大隆毒饵（宋加录和张玉芹，2002）、安装鼠夹在洞口处进行诱杀。或利用天敌防治。蟋蟀、象鼻虫和夜蛾等危害囊果碱蓬子叶和嫩茎，可使用马拉硫磷1000倍液，敌杀死等农药喷雾防治（巴彦磊和王学先，2002）。

对于梭梭、肉苁蓉病虫害的危害与其他零星发生的病虫害应注意病虫险情的预测预报，发现隐患及早采取措施进行防控，将损失减少到最低。应以生物防治、物理防治为主，化学防治为辅，做到科学合理用药，以保证肉苁蓉药材质量，减少和降低对土壤和环境的不利影响。

（二）梭梭接种肉苁蓉后的田间管理

肉苁蓉种子寄生后，主要靠吸收寄主体内养分进行营养生长，直到生殖生长时才露出土壤表面，而寄主梭梭的生长状况直接影响到肉苁蓉的生长量和药材的质量。为提高肉苁蓉产量，接种后，应加强对肉苁蓉与寄主的抚育管理，提高寄主的生长量，以保证肉苁蓉生长所需的水分和养分。可采取以下田间管理措施。

（1）在夏季炎热、干旱季节，根据当地降水量及梭梭的生长情况可增加灌水1或2次，以保持寄主生存环境的土壤湿度。也可以引洪或用农耕水灌溉。肉苁蓉5～6月初出土后的生长发育阶段也需灌水1次。由于肉苁蓉与寄主生长在极为干旱的荒漠环境中，灌水时一定要适量，避免造成灌水过多烂根的死亡的现象。灌溉方法可采用沟灌或喷灌。

（2）根据寄主的生长势的强弱，可以施入适量的有机肥，主要以发酵的骆驼粪和牛羊粪浇灌寄主根部，也可以在寄主播种前，以底肥方式施入，切忌使用化肥，以保证寄主梭梭生长健壮、根系发达，为肉苁蓉生长创造良好的生长条件。

（3）5月中旬对生产种子的肉苁蓉进行人工辅助授粉。开花季节，当肉苁蓉雄蕊散粉时，用软质毛笔，在不同单株间的雄花和柱头上相互蘸抖，即可达到人工辅助授粉的作用。肉苁蓉花期较长，人工授粉可分多次完成。肉苁蓉属于虫媒（苍蝇、蚂蚁、叶蜂）花传粉。在肉苁蓉开花传粉季节，为了吸引和保护虫媒，不能喷洒农药，以避免杀死传粉昆虫。

（4）对于集约经营的肉苁蓉种植基地，要防止接种沟、诱导沟附近杂草对梭梭生长的影响，开荒整地时要做好杂草的清理工作。

（5）注意病虫鼠害的预防，以免影响梭梭与肉苁蓉的生长和质量。在防治时要尽量减少和降低对土壤的污染和对梭梭生境的破坏。

（6）采取围栏封育保护措施，防止人畜啃食、破坏。

第四节　肉苁蓉资源量及市场需求

一、肉苁蓉资源调查和数据采集

采用实地调查和资料查询相结合的办法。自2002年以来，重点调查了肉苁蓉原产地内蒙古、新疆、宁夏、甘肃等省（自治区）的林业局以及其下属地区、县林业局和当地药材收购和销售部门。青海省肉苁蓉资源及开发利用状况主要是通过查询已发表的有关资料获得。对于各省肉苁蓉的重点产出县，采用典型抽样方法，选取典型地段对肉苁蓉的资源状况进行实地勘察。同时对肉苁蓉加工企业的资源需求以及发展潜力、人工培育肉苁蓉的农户和各省的肉苁蓉培养基地进行了实地调查。在调查过程中对过去已发表的肉苁蓉资源数据，直接到相关地区进行了重新核实。

二、肉苁蓉资源量

（一）野生肉苁蓉资源采挖量

据近10年的资料和实地考察结果统计，全国各省（自治区）历年采挖量见表4-2。

表4-2　全国各省（自治区）历年肉苁蓉产量

产地	种类	1989年产量/t	1994年产量/t	2002年产量/t
内蒙古	肉苁蓉	253±64	70	105～150
新疆	肉苁蓉		50	150
宁夏	肉苁蓉	自产自销	自产自销	自产自销
甘肃	肉苁蓉	自产自销	自产自销	自产自销
合计		253±64	120	255±45

（二）人工培育的肉苁蓉产量

在肉苁蓉经济价值的驱动下，从20世纪80年代开始，内蒙古阿拉善盟的科技人员就开始了人工培育肉苁蓉的技术研究，曾被列入星火计划（朱国胜和李埃新，1992），1989年该技术已获得鉴定，并获国家科技进步“三等奖”。到1993年，推广面积达到1334 hm^2，但产量不甚理想（罗廷彬等，2002）。最近几年阿拉善盟新发展了1166.67 hm^2，并规划了20 000 hm^2肉苁蓉培育基地。在内蒙古的巴彦淖尔盟的一些旗（县）也在大规模地种植，如磴口县、杭锦后旗、乌拉特后旗等，其种植面积在2120 hm^2左右。新疆吉木萨尔林木良种试验站，从1990年开始研究人工肉苁蓉种植技术，通过10余年努力也获得了成功，并且实现了多寄主种植，现已进入推广阶段（郑兴国等，2001）。根据调查资料统计，新疆肉苁蓉种植面积已超过了700 hm^2，并涉及十多个县市。甘肃安西也从吉木萨尔林木良种试验站引进了该技术，并在柽柳（*Tamarix chinensis*. L）上进行小面积试验。目前人工培育肉苁蓉处于起步阶段，人工栽培的肉苁蓉产量还很低，各省（自治区）人工培育的面积和产量预测见表4-3。

表4-3　全国人工培育肉苁蓉面积和产量预测

省（自治区）	培育面积/hm^2	培育年代	单位面积产量		总产量	
			鲜重/(t/hm^2)	干重/(t/hm^2)	鲜重/t	干重/t
内蒙古阿拉善盟	1166.67	2001～2002	2.03	0.253 75	2368.34	296.04
巴彦淖尔盟	2120.00	2001～2002	2.03	0.253 75	4303.60	537.95
新疆北疆	700.00	2001～2002	2.70	0.337 50	1890.00	236.25
合计	3986.67				8561.94	1070.24

注：按8 t鲜肉苁蓉折合1 t干肉苁蓉计算。由于宁夏和甘肃只有少量栽培，所以未做统计。

三、肉苁蓉的市场需求

近几十年来，随着我国的改革开放与对外交流的加强以及人们生活水平的提高和保健意识的增强，国内市场和国际市场对肉苁蓉的需求量迅速增加。2000年，韩国和日本两地汉药商协会组织的进口资料表明，中国向这两个国家出口肉苁蓉原料分别为120 t和20 t。自20世纪80年代开始，国内的年需求量保持在400～500 t，国际市场需求量已达到了120 t，随着国内外市场需求量增加，肉苁蓉资源已急剧下降。目前，国内市场对肉苁蓉的年需求量大约在3500 t，国际市场每年对肉苁蓉的需求量约为1000 t（表4-4）。

表 4-4 国内外对肉苁蓉需求量统计表

所在地区	公司或产品	需求量/t
新疆	红芸口服液、杞芸口服液、乐乐血口服液、大芸滋补液、苁蓉养生酒	500
北京	达因保健品有限公司研制的御苁蓉口服液	600
广东	汇仁肾宝	1000
甘肃	肉苁蓉通便口服液、佳蓉片	100
内蒙古	阿拉善苁蓉集团生产各种酒及其他产品	100
全国各地	中成药或药房储备药材，保健性产品、饮料、滋补品	1200
东亚和东南亚	各种产品	1000
合计		4500

1989 年调查资料表明，全国肉苁蓉的蕴藏量为 2000 t（张勇等，1993），但 1989～2002 年实际采挖量年均约 209 t，再加上预测的人工培育肉苁蓉产量 1070 t，总计才 1279 t，而其中人工培育肉苁蓉的产量并不是实际产量。因此，目前肉苁蓉产量与国内外市场需求还存在很大差距。

肉苁蓉作为中草药在中国应用已有 1800 年的历史。目前，其主要产品有苁蓉酒、苁蓉口服液、苁蓉胶囊、苁蓉保健饮料以及各种含有肉苁蓉的药丸、药膏、片剂、粉剂等产品。但目前产品形式较为单一，技术含量低，多为一般加工制剂。可以预见，随着中医药事业的发展和对肉苁蓉药用成分及其药理分析和药用活性物质的深入研究，肉苁蓉的利用空间将会越来越宽，今后的贸易量仍会继续增长，肉苁蓉资源的供需矛盾将会日趋突出。

四、肉苁蓉资源开发利用应注意的问题

近年来，在肉苁蓉资源开发过程中，存在着以下几方面的问题：一是缺乏对寄主植物梭梭的合理利用与保护。有资料表明：在 20 世纪 60 年代初，我国的梭梭群落面积为 112.7 万 hm^2，到 80 年代则下降为 55.6 万 hm^2，与此相对应，肉苁蓉产量也由 60 年代的 80 万 kg 下降到了 80 年代的 30 万 kg（屠鹏飞和何燕萍，1994；樊文颖，2001；包金英等，2001）。二是受经济利益的驱动，对肉苁蓉进行掠夺式的采挖日益严重，由于能够卖出高价的是开花之前的肉苁蓉，无计划的掠夺式采挖，实际上就等于断绝了用于肉苁蓉繁殖的种子来源。三是过度采挖和过度放牧会引起梭梭（或白梭梭）和肉苁蓉生存环境的进一步恶化。缺少梭梭和其他植被覆盖的固定沙丘和半固定沙丘，会很快转变为流动沙丘。众所周知，开始于流动沙丘上的植物演替为原生演替，开始于原生演替的植被恢复将是一个漫长的过程。长期破坏肉苁蓉寄主梭梭的后果将导致生态环境的进一步恶

化，而生态环境的变化，反过来对梭梭林的恢复产生抑制作用，久而久之，梭梭资源会越来越少，肉苁蓉资源也会随之下降。这些问题如果不能得到很好的解决，对未来肉苁蓉资源的可持续利用必将产生严重影响。

第五节　小结与讨论

(1) 肉苁蓉在我国的分布地区不断减少，已由过去的7个省（自治区）变为5个省（自治区）；肉苁蓉的主产区主要是内蒙古和新疆，其他各省（自治区）基本是自产自销；人工培育肉苁蓉工作主要在内蒙古和新疆，现处于起步阶段，但有推广和扩大栽培的趋势；国内外市场对肉苁蓉资源需求不断加大，供需矛盾将日趋突出。

(2) 导致肉苁蓉资源减少的主要原因是长期无节制地乱砍滥伐和林地过度放牧，使得寄主大面积的衰退或消失；同时，无计划的掠夺式采挖肉苁蓉，减少了肉苁蓉种子繁殖的概率；寄主生存环境的严重破坏，将延缓寄主的恢复进程，进而影响到肉苁蓉资源的扩繁。

(3) 为了保护和合理开发利用肉苁蓉资源，当前应采取的主要措施是：①保护肉苁蓉资源，首先要加强梭梭林的保护。因为梭梭是肉苁蓉的寄主，寄主的大量衰退或灭绝，必将导致肉苁蓉产量的下降。当前特别应加强梭梭林自然保护区管理，扩大自然保护区规模，对保护区外的梭梭林可通过围栏封育，进而达到保护寄主，促进梭梭复壮更新之目的。②继续加大梭梭人工林培植力度，扩大人工培育肉苁蓉基地规模。③在中药材中，应加强对其他几个种在医药中的运用。近年来，研究表明，盐生肉苁蓉可以代替肉苁蓉正品使用或两者混用，而且管花肉苁蓉中的活性成分的含量甚至高于正品肉苁蓉（徐文豪和邱声祥 1995）。因此，加强其他种的开发利用，则可减轻对肉苁蓉的采挖强度，以阻止对野生肉苁蓉资源的过量消耗。

(4) 近年来，从肉苁蓉不同部位（如种子、幼芽等）诱导愈伤组织的技术和诱导愈伤组织的最适条件已基本掌握（欧阳杰等，2002；朱咏华等，2001）；利用生物工程技术，进行肉苁蓉离体细胞和组织的液体或固体培养，诱导其直接的生物活性代谢物，强化肉苁蓉离体培养材料合成活性物质代谢过程，并促进其分泌排泄，从而直接从培养基质分离、提取、纯化肉苁蓉生物活性物质。采用基因工程技术，将合成肉苁蓉生物活性物质的相关基因，拼接到转基因微生物的遗传DNA链上，并促进其有效表达，生产出肉苁蓉生物活性物质。通过以上这些生物技术手段，生产肉苁蓉生物活性物质并加以利用，也可减少对野生肉苁蓉的过量采挖。今后应继续加强这方面的研究工作。

Chapter 4　The *Cistanche deserticola's* biology and ecology characteristics and the technique of propagation

The latest research achievements on morphological characteristics, biological characteristics, chemical constituents, pharmacological action, reproduction techniques and field management of *Cistanche deserticola* are reviewed in this chapter. The results could be used as references for cultivation, exploitation and utilization of *Cistanche deserticola*.

第五章 肉苁蓉对梭梭天然林和植株个体生长的影响

第一节 接种肉苁蓉对梭梭天然林的影响

在天然梭梭林内接种肉苁蓉需要挖接种穴，放入肉苁蓉种子后，还要回填，这对林下植被、梭梭幼苗幼树以及土壤都将产生一定的影响。近年来，国内外许多学者对放牧、火烧、开荒、刈割、樵采等人为活动对植被的影响进行过较为深入的研究（马海波等，2000；王仁忠，1996；宋朝枢和贾昆峰，2000；宝音陶格涛和刘美玲，2003；胡式之，1963；韩德儒等，1995；谭德远等，2004a，b；樊文颖，2001；Anderson and Bailey，1980；Bakker et al.，1984；Collins and Barber，1985；Hassan and West，1986；Sala et al.，1986），但关于接种肉苁蓉对梭梭天然林的影响尚未见过报道。

本节以新疆准噶尔盆地东南缘不同生境条件下的天然梭梭林为接种肉苁蓉的对象，以接种前后梭梭林的物种多样性、天然更新幼苗幼树数量和林下植被的生物量为评价指标，通过试验研究来揭示接种肉苁蓉对梭梭天然林的影响。

一、研究地区自然概况与研究方法

（一）研究地区自然概况

研究工作在新疆准噶尔盆地东南部的吉木萨尔县北漠中心进行。地理位置88°30′～90°00′E，44°46′～46°00′N，海拔高度500 m左右。属中温带大陆性干旱气候。年平均气温6.7℃，年降水量173 mm，年蒸发量2261 mm，全年日照2952 h，无霜期167天（新疆维吾尔自治区测绘局，1998）。试验地选在平缓低洼地、平缓沙地、半流动沙丘三种不同生境类型的天然梭梭林内。不同生境类型的生态条件和梭梭天然林林分状况各异，平缓低洼地主要分布在丘间低地或洼地以及古湖（河）相地带，基质为冲积物。地形起伏1～2 m。土壤为灰棕色荒漠土，壤质。整个土壤剖面土壤颗粒大小基本一致，土壤表层有明显的腐殖质侵染特征；林木生存需要的水源主要来自降水或地表径流；地下水位3～5 m，土壤含水率4%左右，pH 8.8，含N量0.23%～0.26%。现实林分中的梭梭林木为550株/hm^2。林下植被生物量240 kg/hm^2，植物个体数2.23×10^5株/hm^2，更新幼苗幼树5799株/hm^2；林下植被的优势植物为角果藜（*Ceratocarpus arenar-*

ius)，植被总盖度 19.1%。平缓沙地地形起伏 2 ～ 5 m。土壤为风沙土，细沙所占比例为 80%左右，干沙层厚度 10～20 cm。距地表 1.5 m 左右分布着厚度不等的黏土层。地下水位 5 m 以下，pH8.6，土壤含水率在 3%左右，含 N 量 0.15%～0.21%。梭梭林木 431 株/hm^2，林下植被生物量 210 kg/hm^2，植物个体数 5.3×10^4 株/hm^2，梭梭幼苗幼树 1837 株/hm^2；林下植被的优势植物为驼绒藜（*Ceratoides latens*），植被总盖度 6.6%。半流动沙丘间断分布在平缓低洼地和平缓沙地之间。地形起伏为 5～25 m，土壤为风沙土，质地以细沙为主，占 80%以上，干沙层厚度 20～40 cm。地下水位低于平缓沙地。土壤 pH 8.4，土壤含水率 3%以下，含 N 量 0.14%～0.20%。梭梭林木 320 株/hm^2，林下植被生物量 160 kg/hm^2，植物个体数 3.6×10^4 株/hm^2，梭梭幼苗幼树 6687 株/hm^2；林下植被的优势植物为西北绢蒿（*Seriphidium nitrosum*），植被总盖度 3.0%。

（二）研 究 方 法

1. 样地设置

样地设置在不同生境类型梭梭林的典型地段。在地势较平坦的平缓低洼地，试验地面积为 20 m×20 m，在地势较复杂的平缓沙地和半固定沙丘上，试验样地面积为 12 m×12 m。在每种生境类型的梭梭天然林内重复设置 4 个相同的试验样地。

2. 接种方法

在每块样地内，根据梭梭林木的胸径、树高、冠幅等指标，选出两株标准木，作为接种肉苁蓉的寄主，并按当地生产部门的接种方式接种肉苁蓉。具体操作过程包括：首先在距梭梭干基约 0.5 m 处，确定挖接种穴的位置。接种穴的大小为 60 cm×60 cm×60 cm。挖好穴以后，在穴的底部贴近梭梭根系的一侧放置一张肉苁蓉种子纸，而后对接种穴进行回填至距离地表 10 cm 处。每株梭梭标准木接种两穴，两穴的设置方向相反。本试验在每种生境类型的梭梭林内，累计确定接种标准木 8 株，共挖接种穴 16 个。

3. 接种过程对地表影响范围的界定

接种对梭梭林的影响主要包括两个方面：一是挖穴，二是回填。挖穴时，穴表面植物的地上和地下部分都会遭到破坏；回填时，穴周边的植物也会在回填过程中受到伤害。对试验地周边生产部门接种肉苁蓉的现场观察表明，从接种穴中挖出的土壤的堆积形状大致可视为以梭梭干基为圆心的不十分规则的半圆形，其半径大多为 1.5～1.7 m。为了便于对不同试验处理方式之间进行比较，把以梭梭干基为圆心，半径为 1.6 m 的半圆形区域界定为接种对地表影响的范围。在对资料整理时，将每个半圆形区域视为一个接种调查样方。

4. 接种前后的植被调查和生物量计算方法

在挖接种穴之前，先在地表面划出以梭梭干基为中心，半径为 1.6 m 的半圆形的样方边界，然后对调查样方的植被总盖度、植物种类、植株个体数量和分种盖度进行调查；对挖穴过程挖出的植物分种收集，并截取地上和地下部分，用 1%天平分别称其鲜质量。放入种子纸回填时，对被穴土覆盖并被铲除的植物，也采用同样的方法进行收集和称重。回填穴以后，重新对半径为 1.6 m 的半圆形区域内的植被进行调查。调查内容与挖穴前一致，同时对未被挖穴和回填破坏的植物再次进行分种统计。截取地上部分并挖掘地下部分后称其鲜质量。调查结束后，将收集到的植物一并带回实验室烘干处理。

5. 生物量计算方法

生物量计算内容包括接种样方内损失的生物量和接种样方内原有的生物量。其中，接种样方内损失的生物量＝挖穴时损失的生物量＋回填时损失的生物量；

接种样方内原有的生物量＝接种样方内损失的生物量＋挖穴和回填后剩余的生物量。

6. 物种多样性的测度

（1）Shannon-Wiener 指数（H'）（尤春林和裴盛基，1995；考克斯，1979）

$$H' = -\sum_{i=1}^{S}(p_i \lg p_i) \quad (1)$$

式中，H'为物种多样性指数；S 为物种数；p_i 为第 i 种的个体数占所有种总个体数的比例（$p_i=n_i/n$），$i=1,2,3,\cdots,S$，n_i 为第 i 种的个体数，n 为所有种的总个体数；lg 为以 10 为底的对数。

（2）Simpson 指数（D）（张金屯，1995）

$$D = 1 - \sum_{i=1}^{S}[n_i(n_i-1)/n(n-1)] \quad (2)$$

式中，D 为物种多样性指数；n_i 为第 i 种的个体数；n 为所有种的总个体数；S 为物种数；$i=1$，2，3，…，S。

（3）生态优势度（C）（考克斯，1979）

$$C = \sum_{i=1}^{S}[n_i(n_i-1)/n(n-1)] \quad (3)$$

式中符号的意义与 Simpson 指数计算公式中的相同。

二、接种前后梭梭天然林林下植被物种组成和数量特征变化

对挖接种穴前后不同生境类型上梭梭天然林的植物种类组成、各种植物在接种样方中出现的频度、个体数量以及分种盖度等调查资料分别汇总，结果见表

5-1。

表 5-1　接种前后梭梭林林下植物种类组成和数量特征变化

生境类型	种名	接种前			接种后		
		频度/%	株数/株	分种盖度/%	频度/%	株数/株	分种盖度/%
A	刺沙蓬 *Salsola ruthenica*	31	14	2	19	6	1
	粗枝猪毛菜 *Salsola subcrassa*	6	1	1	0	0	0
	对节刺 *Horaninowia ulicina*	6	6	2	6	1	1
	戈壁藜 *Iljinia regelii*	6	1	1	0	0	0
	碱蓬 *Suaeda glauca*	44	24	2	31	12	1
	角果藜 *Ceratocarpus arenarius*	94	956	20	94	498	11
	老鹳草 *Geranium wilfordii*	6	1	1	0	0	0
	西北绢蒿 *Seriphidium nitrosum*	63	194	5	50	92	3
	羽毛三芒草 *Aristida pennata*	6	1	1	0	0	0
	准噶尔无叶豆* *Eremosparton songoricum*	6	1	1	0	0	0
B	驼绒藜 *Ceratoides latens*	69	350	6	50	179	3
	对节刺 *Horaninowia ulicina*	19	11	2	19	8	1
	碱蓬 *Suaeda glauca*	38	27	2	31	9	1
	角果藜 *Ceratocarpus arenarius*	69	62	2	44	18	1
	砂蓝刺头 *Echinops gmelinii*	13	16	2	13	8	1
	西北绢蒿 *Seriphidium nitrosum*	88	419	7	69	196	3
	羽毛三芒草 *Aristida pennata*	19	40	1	13	18	1
C	刺沙蓬 *Salsola ruthenica*	13	2	1	6	1	1
	对节刺 *Horaninowia ulicina*	13	2	1	6	1	1
	多枝柽柳 *Tamarix ramosissima*	6	40	8	6	35	8
	碱蓬 *Suaeda glauca*	13	5	2	13	4	1
	角果藜 *Ceratocarpus arenarius*	50	38	3	25	13	1
	砂蓝刺头* *Echinops gmelinii*	6	1	1	6	1	1
	西北绢蒿 *Seriphidium nitrosum*	50	51	5	50	42	2
	羽毛三芒草 *Aristida pennata*	13	40	4	6	30	2

注：A 为平缓低洼地，B 为平缓沙地，C 为半流动沙丘，下同。

由表 5-1 可知，在平缓低洼地的接种样方内，因挖接种穴和回填，林下植物种类和分种盖度约减少 50%，植物个体数约减少 51%，大多数植物种类的频度降低；在平缓沙地和半流动沙丘上，虽然接种前后植物种类数量未发生变化，但分种盖度减少了约 50%，植物个体数约减少了 53%和 26%。按照试验结果进行推算，在 1 株梭梭林木周围挖 2 个接种穴，平缓低洼地梭梭天然林的林下植物将损失 74 株，平缓沙地上约损失 61 株，半流动沙丘上约损失 7 株。

如果对梭梭林分中的所有林木全部接种，按现实林分密度计算，平缓低洼地上的梭梭林，将损失林下植物 4.1×10^4 株/hm^2，平缓沙地上将损失 2.6×10^4 株/hm^2，半流动沙丘上将损失 2000 株/hm^2。不同生境类型梭梭林内的林下植物，因接种肉苁蓉而损失的个体数分别为接种前的 18%、49%和 5%。

三、接种前后物种多样性和植被盖度的变化

根据调查资料，对挖接种穴前后调查样方内林下植被物种多样性、生态优势度和植被盖度进行统计分析（表 5-2）。

表 5-2　挖接种穴前后调查样方内物种多样性和植被盖度的变化

生境类型	接种前后	植被总盖度/%	Shannon-Wiener 指数	Simpson 指数	优势度
A	前	24.6	0.780	1.607	0.783
	后	13.3	0.706	1.539	0.798
B	前	13.5	1.315	2.863	0.577
	后	6.7	1.252	2.702	0.589
C	前	5.8	1.736	5.015	0.404
	后	2.8	1.649	4.385	0.429

物种多样性是指种的数目及其个体分配均匀度两者的综合，生态优势度则是综合群落中各个种群的重要性，反映诸种群优势状况的指标。生态优势度高说明优势种的地位明显。

由表 5-2 可知，挖接种穴后与挖穴前比较，无论是何种生境类型，采用何种物种多样性指数计算，其结果都是一致的，即在接种调查样方内，挖接种穴后的物种多样性指数和植被盖度均有大幅度下降，而生态优势度有所提高。其中在平缓低洼地上接种之后的植被盖度比接种前约减少了 46%。

Shannon-Wiener、Simpson 两种物种多样性指数分别下降了 10%、5%，生态优势度提高了 2%；平缓沙地接种之后的植被盖度下降了 50%，两种多样性指数分别下降了 5%、6%，生态优势度提高了 3%；半流动沙丘接种之后的植被盖度下降了 52%，两种多样性指数分别下降了 6%、13%，生态优势度提高了 6%。

四、接种前后林下植被生物量的变化

区分不同生境类型的梭梭林，对接种前后接种调查样方内林下植被的生物量

进行统计（表 5-3）。

表 5-3 接种肉苁蓉前后梭梭林林下植被生物量的变化

生境类型	接种前			接种后			生物量损失		
	地上部分/g	地下部分/g	合计/g	地上部分/g	地下部分/g	合计/g	地上部分/g	地下部分/g	合计/g
A	1120	385	1505	710	277	987	410	108	518
B	960	368	1328	495	93	588	465	275	740
C	691	302	993	548	195	743	143	107	250

由表 5-3 可以看出，在平缓低洼地的接种调查样方内，接种后损失的生物量约占接种前的 34.4%，平缓沙地约占接种前的 55.7%，半流动沙丘约占接种前的 25.2%；每接种 1 株梭梭林木，平缓低洼地调查样方内的林下植被生物量约损失 64.8 g，平缓沙地约损失 92.5 g，半流动沙丘约损失 31.3 g。对不同生境类型的梭梭林木全部接种，按现实林分密度计算，平缓低洼地梭梭林林下植被因接种而损失的生物量为 35.64 kg/hm^2，平缓沙地损失的生物量为 39.87 kg/hm^2，半流动沙丘损失的生物量为 9.98 kg/hm^2。不同生境类型的梭梭林，因接种肉苁蓉而损失的林下植被的生物量分别占接种前的 14.9%、19.0%、6.0%。

五、接种前后梭梭天然更新幼苗幼树的数量和更新频度

对挖接种穴前后不同生境类型上梭梭群落内更新幼苗幼树的数量和更新频度进行计算（表 5-4）。

表 5-4 接种肉苁蓉前后梭梭天然更新幼苗幼树数量和更新频度的变化

生境类型	接种前		接种后		种后减少的株数/株	接种后株数减少的百分率/%
	株数/株	更新频度/%	株数/株	更新频度/%		
A	39	75.00	20	50.00	19	49
B	8	25.00	2	12.50	6	75
C	15	43.75	9	25.00	6	40

由表 5-4 可知，在三种不同生境类型梭梭林的接种调查样方内，平缓低洼地因接种肉苁蓉，梭梭幼苗幼树数量约减少 49%，平缓沙地约减少 75%，半流动沙丘约减少 40%。每接种 1 株梭梭林木，平缓低洼地上的梭梭幼苗幼树将损失 2.4 株，平缓沙地和半流动沙丘上将损失 0.8 株。天然更新的幼苗幼树的频度都有大幅度下降。如果对三种不同生境上的全部梭梭林木进行接种，则在平缓低洼

地上将损失梭梭幼苗幼树 1320 株/hm^2，平缓沙地上约损失 345 株/hm^2，半流动沙丘上约损失 256 株/hm^2。因接种肉苁蓉而损失的更新幼苗幼树数量分别占接种前幼苗幼树的 24.2% 、18.8%和 3.8%。

实地调查发现，梭梭天然更新幼苗幼树大多聚集在梭梭母树周围，这一现象与前人研究发现是一致的（杨美霞和邹受益，1995）。其原因在于梭梭的种子大多散布在梭梭林木的周围，梭梭林木的存在为梭梭幼苗幼树生长创造的小生境条件也较为优越，从而提高了梭梭种子繁殖和幼苗幼树存活的概率。而在生产上，人们为了提高接种肉苁蓉的成功率，接种穴一般都设置在离梭梭林木干基比较近的地方。因为在梭梭干基附近的梭梭根系较多，选择这些位置接种，就有可能增加肉苁蓉种子与更多的梭梭根系接触的概率，从而提高肉苁蓉接种的成功率。也正因为如此，在梭梭天然林内接种肉苁蓉对梭梭天然更新的影响将是非常严重的。

第二节　接种肉苁蓉对梭梭生长及生物量的影响

在被子植物中，约有 3000 余种是以寄生方式生存的（姚东瑞等，1994；Stewart and Press，1990）。有些是一年生或多年生草本植物，有些是灌木或乔木。这些寄生植物有的寄生在寄主的根部，有些寄生在寄主的茎部（李天然，1996）。不同的寄主植物受寄生植物侵染后，其生长和代谢表现各异（Smith，1991，Schulze et al.，1984）。Gomes 和 Fernandes（1994）及 Fer 等（1994）研究发现，含羞草属（*Mimosa*）植物 *Mimosa naguirei* 被大花草科（Rafflesiaceae）的 *Piolotyles* 属植物寄生以后，茎分枝数量增多，节间缩短，果实变小，种子减少；Stewart 和 Press（1990）研究发现，独脚金［*Striga asiatica*（L.）O. Kuntze］可使寄主高粱［*Sorghum bicolor*（Lo）Molnch］、甘蔗（*Saccharum officinarum* L.）、玉蜀黍（*Zea mays* L.）和小米（*Setaria italica Beauv*）等农作物完全丧失产量，相反，很多槲寄生［*Viscum coloratum*（Kom.）Nakai］可与寄主一起生活数十年而无多大危害（Press，1990）。

肉苁蓉为全寄生植物，主要寄生在梭梭的根部。20 世纪 80 年代以来，随着我国西部大开发战略的实施，国内外对肉苁蓉需求量不断增加，肉苁蓉基础生物学和肉苁蓉开发应用技术的研究也不断得到加强。目前，有关肉苁蓉的形态分类特征、核型分析、胚胎学特征、种子生理、药性及药理学分析等方面已取得了具有开发潜力的基础性研究成果（张寿洲和马毓泉，1989；马虹等，1997），肉苁蓉的人工培育技术也有了突破性的进展，一种以肉苁蓉为主的沙产业正在我国内蒙古、新疆、甘肃等西部省（自治区）兴起（高焕和冯启，2001；郑兴国等，2001）；关于梭梭荒漠植被的生态学和生理学以及生物学特性、更新复壮应用技术研究等也有很多成果（郭新红等，2000；邹受益，1995）。综合分析有关研究可以看出，目前国内外关于寄生植物肉苁蓉和寄主植物梭梭的研究，大多是分开进行的，对于寄生植物和寄主植物之间相互关系的研究还很少涉及，特别是梭梭被肉苁蓉寄生以后生长和生物量方面的表现尚未见过报道。

本节在寄主梭梭苗龄、初植密度、肉苁蓉接种方式、立地条件以及水肥管理等完全一致的试验地内，对寄生和未寄生肉苁蓉的梭梭生长情况进行了连续定位观测，同时对其生物量也进行了测定。旨在从这两个方面来揭示二者之间的相互关系。

一、试验地概况和研究方法

（一）试验地概况

试验地设在吉木萨尔林木良种试验站（新疆博林科技发展有限责任公司）的肉苁蓉良种繁育基地内。土壤类型为盐碱土。接种肉苁蓉时梭梭的苗龄为 1 年，苗木平均高度 20 cm 左右，株行距为 1.0 m×1.5 m。栽植梭梭之前，先将肉苁蓉种子纸（吉木萨尔林木良种试验站自行研制，每张 180 粒左右）放入栽植坑内，栽植梭梭之后，回填土至坑沿 10 cm 左右。经试验站多年的研究表明，按这种方法进行肉苁蓉接种，其成功率在 47%～75%。一般春天接种，在第二年 3 月底至 5 月初即可见到肉苁蓉出土。出土后的肉苁蓉在短期内则进入开花结实期。6 月至 7 月种子成熟，而后整个植株枯萎死亡。未出土的不开花结实，仍在土壤中继续生长营寄生生活。

（二）研 究 方 法

2002 年春，吉木萨尔林木良种试验站栽植梭梭并接种肉苁蓉约 80 hm^2，从中随机选取了 4.5 hm^2 作为本研究的调查样地。2003 年 7 月进行调查时，梭梭幼树年龄为 2.5 年。在调查样地中，首先把调查对象（梭梭）分为三种类型。一是接种肉苁蓉并采收了肉苁蓉种子的寄主梭梭（处理 A，以下同），二是未接种成功的，即没有被肉苁蓉寄生的梭梭（CK，以下同），三是接种成功但尚未出土，肉苁蓉仍在土壤中依靠寄主营寄生生活的梭梭（处理 B，以下同）。对不同类型的调查对象采用不同的判别方法。一种是现场直接观察，这种方法主要用于判别接种肉苁蓉并采收肉苁蓉种子的情况。因为采收肉苁蓉种子，一般是齐地面直接截取肉苁蓉的地上部分，在采收后的当年可以清晰地看到截后植株的剩余部分。另一种是直接挖掘观察法。因为接种部位一般比地表面低 10 cm 左右，所以接种的位置很容易确认。通过挖掘观察就可以断定 CK 和处理 B 这两种情况。

调查内容主要包括梭梭的生长量和生物量。生长量调查内容包括树高、地径、冠幅和枝生长量。其中树高、地径、冠幅等均按常规测树学方法进行；枝生长量采用定位连续测定法。具体操作步骤是：选择调查对象进行生长指标测定，取其平均值。在此基础上选取三株标准木，而后从每个标准木上随机选取 15 个当年生枝条作为连续测定的标准枝。两次测定时间的间隔为 14 天，每次测定枝生长量之后，计算调查期间枝的生长率。生物量调查时是以处理 A 和 CK 的梭梭为对象，根据统计学原理和方法（李春喜等，2002），在确定调查样本数量的基础上，逐株测定其树高、地径和冠幅，求取平均值，并在每种类型的调查对象中选取两株标准木。截取地上部分，区分主干、当年生新枝、二年生（含）以上活枝、枯枝等分别称其鲜质量，取适量样品带回实验室，在 90℃烘箱中烘干至恒重，求出各样品的干、鲜重量比，换算为干重；挖掘地下部分，并将根系按粗度分级，采用与地上部分相同的方法，称其鲜重，进行烘干处理和干质量换算。

二、肉苁蓉对寄主梭梭树高、地径和冠幅的影响

分别抽取处理 A 和 CK 的梭梭 37 株和 34 株，对其树高、地径和冠幅进行测定，并进行方差分析和差异性检验。其结果见表 5-5。

表 5-5　不同类型的调查对象中梭梭树高、地径、冠幅统计表

调查项目	调查对象	平均值	最大值	最小值/cm	极差	方差	标准差	变异系数
树高	A	99 cm	146 cm	57 cm	89	498.4	22.32	0.22
	B	140 cm	182 cm	93 cm	89	380.8	19.51	0.13
地径	A	1.70 cm	3.2 cm	0.6 cm	2.6	0.44	0.66	0.39
	B	2.40 cm	3.3 cm	1.5 cm	1.6	0.21	0.45	0.19
冠幅	A	0.65 m^2	1.61 m^2	0.13 m^2	1.48	0.116	0.34	0.54
	B	1.11 m^2	2.53 m^2	0.50 m^2	2.03	0.125	0.35	0.32

注：A 代表接种肉苁蓉并采收了肉苁蓉种子的寄主，B 代表未接种成功即没有寄生肉苁蓉的梭梭。

从表 5-5 可知，接种肉苁蓉并采收了种子的梭梭比未接种成功，即没有寄生肉苁蓉的梭梭，其平均树高、地径和冠幅分别减少了 41 cm、0.7 cm 和0.46 m^2，降低幅度分别为 29.3%、29.2%和 41.4%。

应用 u 值和近似 t 值检验方法（李春喜等，2002），对接种成功并采收肉苁蓉种子的梭梭，即没有被肉苁蓉寄生过的梭梭，与未接种成功的梭梭的树高、地径和冠幅进行差异性检验的结果表明，两种类型的调查对象之间的差异均达极显著水平。

次数分布图可以直观地反映调查对象的树高、地径和冠幅的变化趋势、分布中心以及变异趋势（李春喜等，2002）。为此，对树高以 9 cm 为间隔，地径以 0.5 cm 为间隔，冠幅以 0.3 m^2 为间隔进行分组，并分别统计各组中调查数据出

现的次数，计算组中值，绘制树高-次数、地径-次数和冠幅-次数分布图（图 5-1 至图 5-3）。

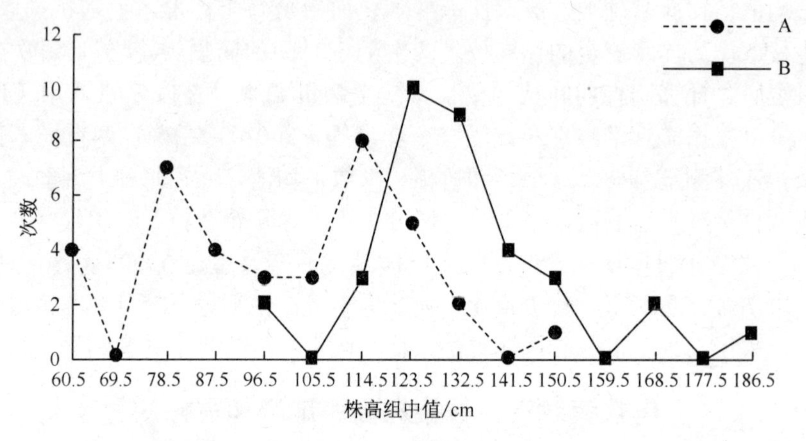

图 5-1　两种调查对梭梭树高-次数分布图

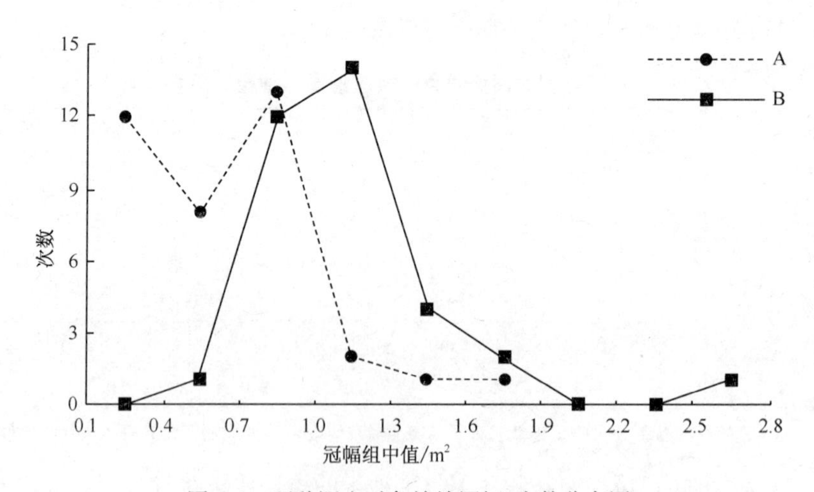

图 5-2　两种调查对象梭梭冠幅-次数分布图

从图 5-1 至图 5-3 可以看出，梭梭被肉苁蓉寄生以后，寄主梭梭的树高、地径和冠幅的分布都较为分散，这与表 5-5 变异系数计算的结果是一致的。从植株树高、地径、冠幅来看，寄生肉苁蓉的梭梭平均树高为 99 cm，树高在 92～155 cm 的累积频率为 0.5946，而没有寄生肉苁蓉的植株平均树高为 140 cm，主要集中分布在 119～137 cm，树高在 92～155 cm 的累积频率已达 0.9117；寄生肉苁蓉的梭梭平均地径 1.70 cm，小于 2.0 cm 累积频率已达 0.6487；而没有寄生肉苁蓉的植株平均地径为 2.40 cm，主要集中分布在 2.0～2.5 cm，地径大于 2.0 cm 的累积频率已达 0.9118；寄生肉苁蓉的梭梭平均冠幅为 0.65 m^2，主要集中

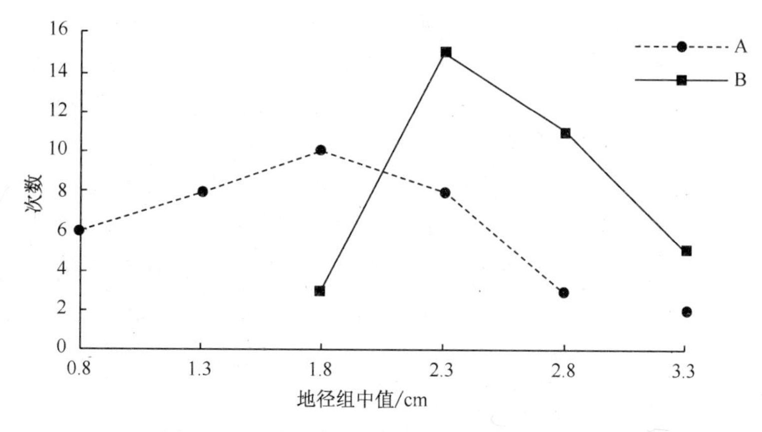

图 5-3　两种调查对象梭梭地径-次数分布图

分布在 0.10～1.00 m²，累积频率已达 0.8919，而没有寄生肉苁蓉的植株平均冠幅为 1.11 m²，主要集中分布在 0.7～1.3，累积频率已达 0.7648。

从寄生肉苁蓉和未寄生的寄主梭梭的树高、地径和冠幅三个方面的比较可知，接种成功并采收肉苁蓉种子的梭梭普遍小于未接种成功，即没有寄生肉苁蓉的梭梭，这可能是肉苁蓉对寄主营养过多消耗所致；树高、地径和冠幅分布较为分散，反映出个体之间生长上的差异，这可能与肉苁蓉的大小、数量或寄生的时间长短有关。

三、肉苁蓉对梭梭当年生枝生长量的影响

采用定位连续测定方法，从 7 月份开始到生长期基本结束，每隔 14 天测定 1 次不同类型调查对象标准枝的生长量，并对当年生枝的生长率进行计算，结果见表 5-6。

表 5-6　不同调查对象中梭梭当年生枝生长量调查表

调查对象	7月20日枝长/cm	8月4日			8月19日			9月3日			9月18日		
		枝长/cm	增长量/cm	生长率/%	枝长/cm	增长量/cm	生长率/%	枝长/cm	增长量/cm	生长率/%	枝长/cm	增长量/cm	生长率/%
A	9.68	13.13	3.45	35.6	16.26	3.13	23.8	17.20	0.94	5.8	17.62	0.42	2.4
B	12.75	16.09	3.34	26.2	18.45	2.36	14.7	19.38	0.93	5.0	20.02	0.64	3.3
C	8.52	10.58	2.06	24.2	12.01	1.43	13.5	12.76	0.75	6.20	13.31	0.55	4.3

注：以上各个数据为在三株梭梭植株上测定了 45 个标准枝的平均值。

从表 5-6 中可知，7 月中下旬至 9 月中上旬期间，接种成功并采收肉苁蓉种子的寄主梭梭当年生枝的生长率＞未接种成功没有寄生肉苁蓉的梭梭（B）＞接

种成功但肉苁蓉尚未出土的寄主梭梭（C）。这说明肉苁蓉寄生于梭梭后，限制了寄主梭梭当年新生枝的生长，寄生关系被解除后，寄主的生长速率会明显加快。但9月中下旬以后的变化与前期有所不同，原因在于，此时不论何种类型的调查对象其生长都已基本结束。

从当年生枝总生长量来看，未接种成功没有寄生肉苁蓉的梭梭（B）＞接种成功并采收肉苁蓉种子的寄主梭梭（A）＞接种成功但肉苁蓉尚未出土的寄主梭梭（C），表明肉苁蓉寄生于梭梭后，其枝的生长量受到一定程度的抑制。

为了比较不同调查对象当年生枝生长量的差异性，我们进行了多重比较，并进行了Newman-Keuls检验（李春喜等，2002）。结果表明，在$\alpha=0.05$的水平上，CK与处理B之间存在显著差异。

四、接种肉苁蓉对梭梭单株生物量的影响

生物量是反映生物有机体多年生产积累的数量指标。以接种成功并采收肉苁蓉种子的梭梭和未接种成功，即没有寄生肉苁蓉的梭梭为调查对象，在上述调查的植株中，各抽取两株进行生物量测定，结果见表5-7。

表5-7 不同调查对象中梭梭的生物量 （单位：g/株）

调查对象	调查因子									
	当年生枝		两年以上活枝		枯枝		主干		根系	
	Ⅰ	Ⅱ	Ⅰ	Ⅱ	Ⅰ	Ⅱ	Ⅰ	Ⅱ	Ⅰ	Ⅱ
A	136.23	121.29	44.12	35.56	10.20	8.80	120.30	109.40	93.44	81.48
平均值	128.76		39.84		9.50		114.85		87.46	
B	318.84	278.12	119.41	104.33	5.02	2.46	128.56	134.74	198.51	210.29
平均值	298.48		111.87		3.74		131.65		204.40	

注：Ⅰ和Ⅱ为标准木编号。

根据表5-7调查结果计算表明，接种成功并采收肉苁蓉种子的梭梭比未接种成功，即没有寄生肉苁蓉的梭梭的总生物量减少了369.73 g，减少幅度为49.29％，其中当年新生枝、两年生以上活枝、主干、根系分别减少了169.72 g、72.03 g、16.80 g和116.94 g，减少幅度为22.6％、9.6％、2.2％、15.6％，但枯枝的生物量则相反，接种成功并采收肉苁蓉种子的梭梭比未接种成功，即没有寄生肉苁蓉的梭梭的生物量高出1倍之多，表现出衰退的趋势。

五、肉苁蓉对寄主梭梭根系的影响

将两种处理的梭梭根系，按粗细程度进行分级（冯宗炜等，1999），在野外称其鲜质量，带回室内进行烘干处理，称其干质量，结果见表5-8。

表 5-8　两种处理梭梭根系生物量及其所占比例

调查对象	调查内容	根系粗度/mm				合计
		<0.5	0.5～2.0	2.1～5.0	>5.0	
A	生物量/(g/株)	0.02	5.060	21.030	61.350	87.46
	百分比/%	0.023	5.786	24.045	70.146	100.000
B	生物量/(g/株)	0.28	4.920	26.550	172.65	204.40
	百分比/%	0.138	2.407	12.989	84.466	100.000

从表 5-8 可知，接种肉苁蓉的梭梭根系总生物量还不足未接种的 50%，接种肉苁蓉的梭梭根径小于 2～5 mm 的细根总量为 26.11 g，未接种肉苁蓉的梭梭细根总量为 31.75 g，虽然两者之间的细根总量差异不大，但各自的细根量占根系总生物量的百分比两者之间差异显著，接种肉苁蓉的梭梭细根总量占根系总生物量的百分比是未接种肉苁蓉的 1.92 倍。细根具有巨大的吸收表面积、生理活性强，是树木吸收水分和养分的主要器官（张小全，2001）。梭梭被肉苁蓉寄生以后，细根所占比例较高，这可能是梭梭为了维持生存和供给肉苁蓉营养需要的一种生态对策。

六、不同处理的梭梭定性性状观察

对接种成功并采收肉苁蓉种子的梭梭和未接种成功的梭梭进行观察发现，在接种成功并采收肉苁蓉种子的梭梭中，有 20%左右的植株枯死，有 15%左右的植株长势衰弱；但未接种成功的梭梭中，没有发现死亡植株，90%左右的植株生长正常，且树冠内外很少有枯枝出现。

第三节　小结与讨论

（1）接种肉苁蓉对梭梭天然林林下植被和梭梭天然更新等都将产生较大的影响。受挖穴和回填影响的地表面，林下植被的植物种类和分种盖度、植被总盖度、物种多样性指数等约有所下降。植物的优势度有所提高，原因在于根系不发达的一年生植物，在接种和回填过程中很容易被铲除，而根系发达的多年生草本植物和灌木，受到的影响相对要小一些。

（2）在平缓低洼地、平缓沙地和半流动沙丘三种生境类型的梭梭林内，按现实林分密度计算，每接种 1 hm^2 梭梭林，其林下植被损失的植物个体数，可分别达到接种前林下植被的植物个体总数的 18%、49%、5%；损失的生物量可占到接种前林下植被生物总量的 14.9%、19.0%、6.0%；损失的更新幼苗幼树数量将分别占接种前梭梭林分中幼苗幼树的 24.2%、18.8%和 3.8%。这对于生活在恶劣生境中的荒漠植物所产生的不良影响是非常严重的。

(3) 接种成功并采收肉苁蓉种子的梭梭的树高、地径和冠幅，大多小于未接种成功即没有寄生肉苁蓉的梭梭，这可能是肉苁蓉对寄主营养过多消耗所致；接种成功并采收肉苁蓉种子的梭梭的树高、地径和冠幅分布较为分散，反映出个体之间生长上的差异，这可能与根部寄生的肉苁蓉大小、数量或寄生的时间长短有关。

(4) 接种成功并采收肉苁蓉种子的寄主梭梭（A）＞未接种成功没有寄生肉苁蓉的梭梭当年生枝总生长量（B）＞接种成功但肉苁蓉尚未出土的寄主梭梭(C)，表明梭梭被肉苁蓉寄生以后，枝的生长受到一定程度的抑制，采收肉苁蓉解除寄生关系以后枝的生长率则会有所提高。接种成功并采收肉苁蓉种子的梭梭比未接种成功即没有寄生肉苁蓉的梭梭的总生物量减少了 49.29％，其中当年新生枝、两年以上活枝、主干、根系分别降低了 22.6％、9.6％、2.2％、15.6％，但枯枝的生物量则相反，接种成功的比未接种成功的枯枝生物量高出 1 倍之多，表现出衰弱的态势。

(5) 梭梭被肉苁蓉寄生以后，细根所占比例较高，这可能是梭梭为了维持生存和供给肉苁蓉营养采取的一种生态对策。

(6) 梭梭天然林具有复杂的群落结构及遗传特征以及通过物质循环易于再生的特性，在科学的经营管理下，可以保证其再循环过程，并供人类持续利用。如果不遵从自然规律，不断地施以不良干扰，必然会导致使其结构和功能上的衰退，久而久之，则不能完成其循环过程。在梭梭天然林内接种肉苁蓉成功后的采挖还将再次（甚至多次）对梭梭林下植被和梭梭天然更新造成破坏。这种连续的干扰过程，对梭梭天然林的维持和发展将产生很大影响。因此建议政府有关部门对肉苁蓉的接种问题引起足够的重视，应明令禁止在梭梭天然林内接种肉苁蓉，倡导在梭梭天然林内有计划的采集肉苁蓉种子，通过发展梭梭人工林，建设集约经营的接种肉苁蓉基地，以减轻接种肉苁蓉对荒漠地区非常脆弱的梭梭天然林造成的不良影响。

(7) 不同植物有不同的生态对策，有些植物可能会因接种肉苁蓉或连续的采挖过程，而丧失其再生能力，而有些植物可能对这些干扰的反应比较迟钝，能够在相当长的时间内，忍受这种不良干扰。关于不同植物对接种或采挖肉苁蓉后采取的生态对策，有待今后进一步定位观测研究。

(8) 人工接种肉苁蓉必须加强水肥管理，否则寄主会发生衰退成为小老树甚至死亡。幼树根系生命力强，接种容易成功，大树根系生命力弱且位于土层深处，增加了接种的难度且不容易接种成活。而幼树被寄生以后，因营养过多消耗，对寄主的生长发育影响较大。因此，寻求最佳的接种效果，解决因接种而造成寄主生长发生衰退这一矛盾，是今后应加强研究的课题。

Chapter 5　Effects of *Cistanche deserticola* inoculation on undergrowth vegetation of natural *Haloxylon ammodendron* forest and individual growth

On the basis of local investigation and some related materials, this paper presents a description about the main distribution, production and the resource changes of *Cistanche deserticola*, which is a kind of famous medicinal plant in China. The main problems in the exploitation and utilization of the specie of *Cistanche deserticola* are analyzed. Due to the increasing demand on *Cistanche deserticola* both in national and international markets and its future development and potential production, the paper puts forward some suggestions and ideas on how to protect and utilize *Cistanche deserticola* resources rationally.

The effects of *Cistanche deserticola* inoculation on the undergrowth vegetation of natural *Haloxylon ammodendron* forest were studied in low-lying land, slow and gentle desert, and semi-mobile dune, the three different habitats of natural *Haloxylon ammodendron* forest at the eastern edge of Zhungeer Basin in Xinjiang Autonomous Region. The results showed that *Cistanche deserticola* inoculation had different effects on the vegetation composition, plant number, vegetation coverage, species diversity, biomass, and naturally regenerated sapling in the natural *Haloxylon ammodendron* forest. In the natural *Haloxylon ammodendron* forest in low-lying land, the amount of lost vegetation was 41 000 ind/hm^2, accounting for 18% of total undergrowth vegetation before inoculation, the loss of biomass was 35.64 kg/hm^2, accounting for 14.9% of the total, and the amount of lost sapling was 1320 ind/hm^2, accornting for 24.2% of the total. In the natural *Haloxylon ammodendron* forest in smooth desert, the loss of plant individuals under the forest was 26 000 ind/hm^2, according for 49% of total amount of undergrowth vegetation before inoculation, the loss of biomass was 39.87 kg/hm^2, accounting for 19.0% of the total, and the amount of lost sapling was 345 ind/hm^2, accounting for 18.8% of the total. In the natural *Haloxylon ammodendron* forest in semi-mobile dune, the loss of plant individuals under the forest was 2000 ind/hm^2, accounting for 5% of total number of plants before the inoculation, the loss of biomass was 9.98 kg/hm^2, accounting for 6.0% of the total, and the amount of lost regenerated *Haloxylon ammodendron* sapling was 256 ind/hm^2, accounting for 3.8% of the total. In the survey quadrate directly influenced by inoculation, the number of plants was reduced by 26%～53%, overall vegetation coverage reduced by 46～52%, species diversity decreased by 5%～13%, biological advantage increased by 2%～6%, naturally regenerated *Haloxylon ammodendron* sapling reduced by 40%～75%, and biomass loss of belowground and ground parts under the forest lost by 25.2%～55.7%.

At the cultivated *Cistanche deserticola* base of Forest Tree Breed Station in Jimusaer in Xinjiang Uighur Autonomous Region, the host plant *Haloxylon ammodendron*, planted artificially *Cistanche deserticola* successfully and collected the seeds of *Cistanche deserticola* (called treatment A) and the host plant *Haloxylon ammodendron*, planted artificially *Cistanche deserticola* unsuccessfully (called CK) were investigated. Their height, base diameter, crown size, root and biomass were less than the ones which were not inoculated. In addition, the new branches growth of treatment A, CK and the host plant *Haloxylon ammodendron*, planted artificially *Cistanche deserticola* successfully, but it growing in the soils (treatment B) was mensurated termly. The results showed most height, base diameter and crown size of treatment A was smaller than that of CK. There were more differences in height, base diameter and crown size among the individuals. Compared with the CK, The total biomass of treatment A reduced by 49.29%, the new branches biomass decreased by 22.6%, the two-year and excess two-year branches biomass decreased by 9.6%, the trunk biomass decreased by 2.2%, the root biomass decreased by 15.6%. But the deadwood biomass of treatment A was double or more than the deadwood biomass of CK. Therefore, it could be inferred that treatment A had been falling into a declining. After *Haloxylon ammodendron*, was planted artificially *Cistanche deserticola* successfully, its fine-root percent increased slightly. The possible cause was the fact that *Haloxylon ammodendron* adopted an ecological strategy for maintaining oneself and supplying nutrition for *Cistanche deserticola*. But these new branches growth of host *Haloxylon ammodendron* were restrained greatly.

第六章　肉苁蓉采挖坑对梭梭根际土壤水分的影响

20 世纪 80 年代以来，随着国内外对肉苁蓉需求的不断增加和经济利益的驱动，在我国西北荒漠区的梭梭林内乱采滥挖肉苁蓉的现象仍比较严重（谭德远等，2004a）。采挖肉苁蓉后不回填采挖坑，已成为人们习以为常的采挖方式。采挖坑的大小因肉苁蓉的生长情况而异，小者坑径在 60 cm 左右，深度在 60～80 cm，大者坑径可达 100 cm，深度 100～ 200 cm。在梭梭分布的荒漠区，降水量少、蒸发强烈，环境总体处于水分亏缺状态，因此，土壤水分对梭梭的生长发育起着至关重要的作用。多年来，关于干旱和半干旱区灌（乔）木树种的水分动态、干旱区人工林地土壤水分收支平衡以及放牧、火烧、开荒、刈割、樵采等人为活动对植被和土壤的影响已有许多研究成果（贾志清等，2004；韩德儒等，1995；Collins and Barber，1985；Sala et al.，1986；Anderson and Bailey，1980；Hassan and West，1986），但是把采挖肉苁蓉作为一种对寄主梭梭的人为干扰因素，进而研究采挖坑对梭梭根际土壤水分的影响，在国内外尚未见过系统报道。

第一节　研究地区自然概况和研究方法

选择立地条件、梭梭树龄、林分密度、林木株行距、接种肉苁蓉方式以及管理措施等基本一致的梭梭人工林为试验地，按照当地农牧民采挖肉苁蓉的习惯，设计采挖坑的大小及不同的处理方式，并对梭梭根际土壤水分动态进行连续定位观测，以期揭示肉苁蓉采挖坑不同处理方式对梭梭根际土壤水分的影响，为进一步研究采挖肉苁蓉对梭梭生长发育和生理生态的影响奠定基础，同时为科学采挖肉苁蓉以及梭梭资源保护提供科学依据。

试验地设在新疆吉木萨尔县林木良种试验站（新疆博林科技发展有限责任公司）肉苁蓉良种繁育基地的梭梭人工林内。当地的气候类型属温带大陆性气候。年平均气温为 5.0～8.1 ℃，极端最低气温－36.6 ℃，极端最高气温 40.8 ℃，年降水量为 120～140 mm。降水季节分配不均，以 4 月、5 月和 7 月最为集中。接种肉苁蓉时，梭梭苗龄为 1 年，现实林分梭梭的树龄为 2.5 年，株行距 1.0 m ×1.5 m。土壤类型为盐碱土。

为了研究梭梭人工林土壤水分垂直分布规律，在梭梭人工林未采挖肉苁蓉的地段，采用分层取样方法进行土壤样品采集和土壤含水率测定。取样深度为 80 cm。土壤分层标准为 0～10 cm、10～20 cm、20～30 cm、30～40 cm、50～60 cm、60～70 cm、70～80 cm。

为了研究肉苁蓉采挖坑对坑侧土壤水分的水平影响，在采挖坑侧，按照距坑壁 0～15 cm、15～30 cm、30～45 cm、45～60 cm 的间隔进行水平分段，同时按照 0～10 cm、10～20 cm、20～30 cm、30～40 cm、40～50 cm 的间隔，对土壤进行垂直分层采集土壤样品，进行土壤含水率测定。具体试验设计方案如图 6-1 所示。为了研究肉苁蓉采挖坑不同处理方式下梭梭根际土壤水分的垂直变化，根据现实林分中肉苁蓉的大小，设计采挖坑的规格为 60 cm×60 cm×60 cm。设计的采挖坑处理方式包括采挖肉从蓉后不回填采挖坑、回填采挖坑、不采挖肉苁蓉即对照等。在采挖坑不同处理方式中，要求土壤样品的采集点一致。肉苁蓉采挖坑的坑壁距梭梭干基约 30 cm，用于测定采挖坑的坑侧土壤含水率变化的土壤样品，取自距梭梭干基 15～20 cm 处；用于测定回填采挖坑内土壤水分的土壤样品，取自回填坑的中心。不同处理方式下土壤垂直分层一致。共划分了 0～10 cm、10～20 cm、20～30 cm、30～40 cm、40～50 cm 5 个土壤层次。取土工具为土钻，用 1%电子天平称土壤样品质量。土壤含水率测定采用烘干法。调查时间为 2003 年 7 月中旬至 9 月中旬。测定间隔期 10 天。遇到雨天，雨停后 24 h 后测定。

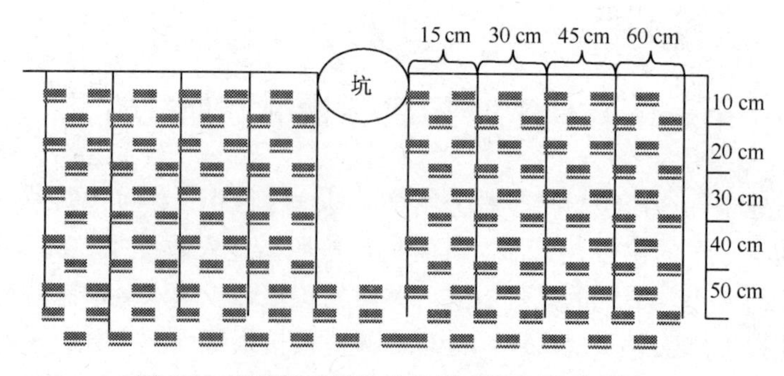

图 6-1　肉苁蓉采挖坑的坑侧土壤取样示意图

每种处理方式设置三个重复。每次调查时，在同一种处理方式的同一株梭梭根际的同一土壤层次内平行取两个土样，土壤含水率取其平均值。

采用双因子方差分析法（倪安顺，1994）对肉苁蓉采挖坑不同处理方式和不同测定时间土壤含水率的差异性进行检验。

第二节　肉苁蓉采挖坑对坑侧土壤水分的水平影响

一、梭梭林地土壤水分垂直分布规律

选择三个晴天，对不同深度的土壤含水率进行测定，并绘制土壤含水率垂直变化曲线（图6-2）。

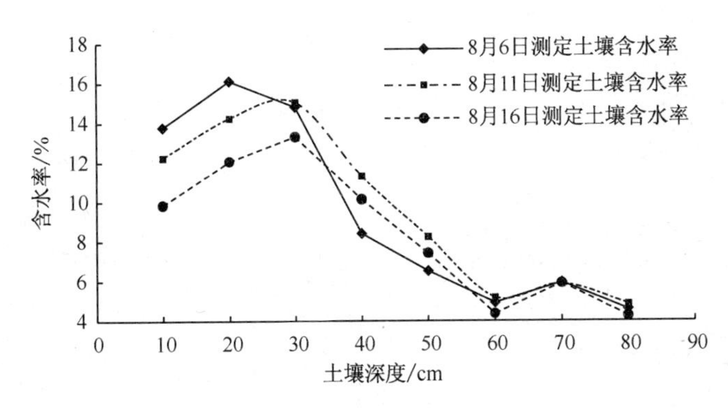

图6-2　不同深度土壤中含水率变化

从图6-2可以看出，虽然三次测定的时间不同，但土壤含水率随土壤深度的变化趋势却极为相似。总体表现是：在0～20 cm土层内，随着土壤深度的增加，土壤含水率也趋于增加；在30 cm以下，随着土壤深度的增加，土壤含水率逐渐下降；到60 cm以下，土壤含水率的变化基本趋于稳定。

土壤水分的变化，实质上反映了土壤水分的损失和补偿的过程。森林土壤水分垂直变化的一般规律是：表层土壤因容易受到外界环境的影响，所以土壤水分也相应地变化较大，表层以下的土壤，一般是随着深度的增加土壤含水率逐渐减少。其原因在于生长季节植物需要不断地从土壤中获取水分，以满足自身生长和发育的需要，因此在根系分布区，土壤水分一般是趋于减少。对研究地区梭梭根系分层挖掘并进行生物量测定的结果表明，2.5年生的梭梭，其主根系可深入到地下210 cm，其中20～40 cm根系的生物量约占根系总生物量的11.3%，40～60 cm根系的生物量约占33.8%，60～80 cm根系的生物量约占17.2%，80～220 cm根系的生物量约占47.6%。这一结果表明，在现实林分中，土壤深度30～60 cm范围内，是梭梭林木根系较为密集分布的区域。不同土壤深度范围内土壤水分的减少与梭梭根系的分布状态也是相对应的。

二、采挖坑坑侧土壤水分的水平变化

选择两个晴天，按着图6-1设计方案采集土壤样品，测定土壤含水率，并分层绘制土壤含水率变化曲线（图 6-3）。

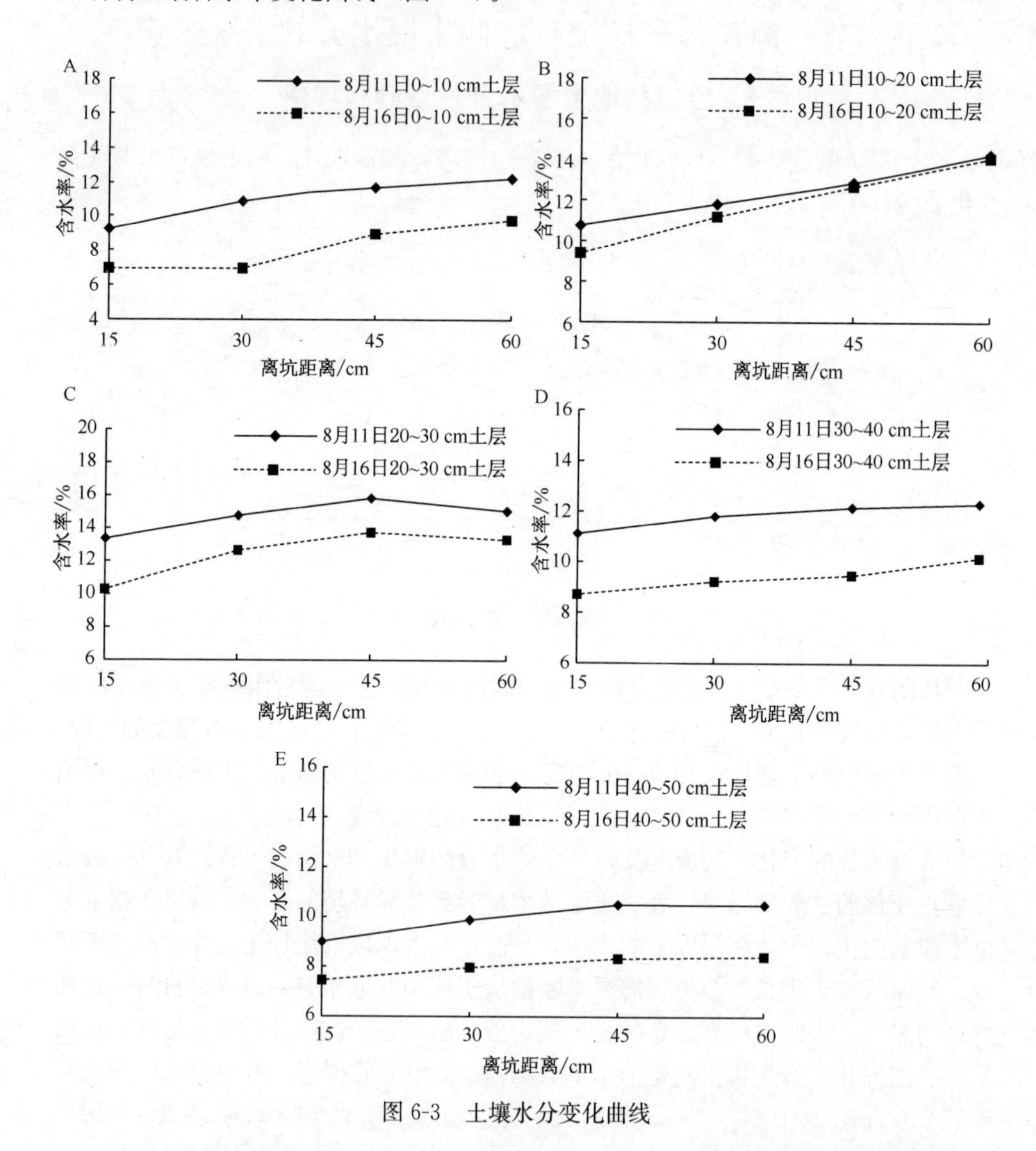

图 6-3　土壤水分变化曲线

对图 6-3 土壤水分变化曲线进行比较可知，虽然测定时间和土壤深度不同，但土壤含水率的变化趋势基本一致，即离采挖坑越近，土壤含水率越低。其中以 0～10 cm 和 10～20 cm 土层中的土壤含水率变化最为明显。在 20～30 cm 以下土层中，这种变化趋势依然存在，但在距采挖坑 45 cm 处以远，土壤含水率的变化已趋于平缓。这说明在距采挖坑 45 cm 以远，土壤含水率受采挖坑的影响逐渐减弱。

同一土层、不同测定时间土壤含水率之间的差异，主要原因在于两次测定间隔期间，天气连续干旱导致土壤整体水分减少所致。

第三节　肉苁蓉采挖坑对坑侧土壤水分的垂直影响

一、不同处理方式下土壤含水率的变化

汇总肉苁蓉采挖坑不同处理方式下梭梭根际土壤含水率连续测定的结果，并区分不同土壤层次和处理方式绘制土壤含水率变化曲线（图 6-4）。

对图 6-4 中三组不同深度的土层和采挖坑不同处理方式下的土壤含水率变化曲线进行比较可以看出，在测定的土壤深度范围内，土壤含水率随土壤层次和测定时间的变化趋势基本一致，主要表现有以下三方面特征：①从 7 月中旬到 9 月中旬，土壤含水率随着时间的变化呈逐渐降低趋势；②采挖肉苁蓉后不回填采挖坑，其坑侧不同土壤层次的土壤含水率变化曲线基本上都位于其他几种处理方式的曲线之下；③采挖肉苁蓉后回填坑内的土壤含水率变化与其他几种处理方式下土壤含水率变化规律不尽相同。

分析产生上述现象的原因，可大致归纳为以下几个方面：①气候条件特别是降水的季节变化对土壤水分将产生一定的影响。尽管采挖坑处理方式不同，但土壤含水率随着时间的延长而逐渐下降的总体变化趋势一致。在研究地区，8 月以后的降水逐渐减少，土壤水分的补充必然也随之受到影响。其中，表层土壤对这种影响更为敏感，深层土壤则相对迟缓。例如，对照处理，在 0～10 cm 土层内，从测定初期到 9 月中旬，土壤含水率从 14.5%下降到了 3.5%；而在 30～50 cm 土层中，土壤含水率从测定初期的 8%上升到 12%，而后下降到了 4.5%。②采挖肉苁蓉后不回填坑侧土壤含水率减少的主要原因在于采挖坑增加了土壤蒸发的界面积，另外，坑壁土壤水分的不断蒸发，也需要从坑侧土壤中不断得到水分补充，从而也就降低了坑侧土壤的含水率。③采挖肉苁蓉后回填采挖坑，可以延缓或阻止坑侧土壤水分向大气中扩散，以减少坑侧土壤水分过多的损失。但是，为什么采挖肉苁蓉后回填坑内的土壤含水率变化与其他几种处理方式下土壤含水率变化规律有所不同？究其原因，主要在于回填土的土壤结构与采挖肉苁蓉之前的土壤结构不同。是土壤结构的变化引起了土壤的通气性、土壤水分运动形式等方面发生变化所致。

为了证实肉苁蓉采挖坑回填土的土壤结构是否发生变化，我们根据前人“未被破坏土壤结构的土壤水分平均含量与标准差之间具有良好的二次函数关系，反之亦然”（谢永华和黄冠华，1999）的结论，对肉苁蓉采挖坑不同处理方式下土壤平均含水率与标准差之间的关系进行了验证，结果见表 6-1 和图 6-5。

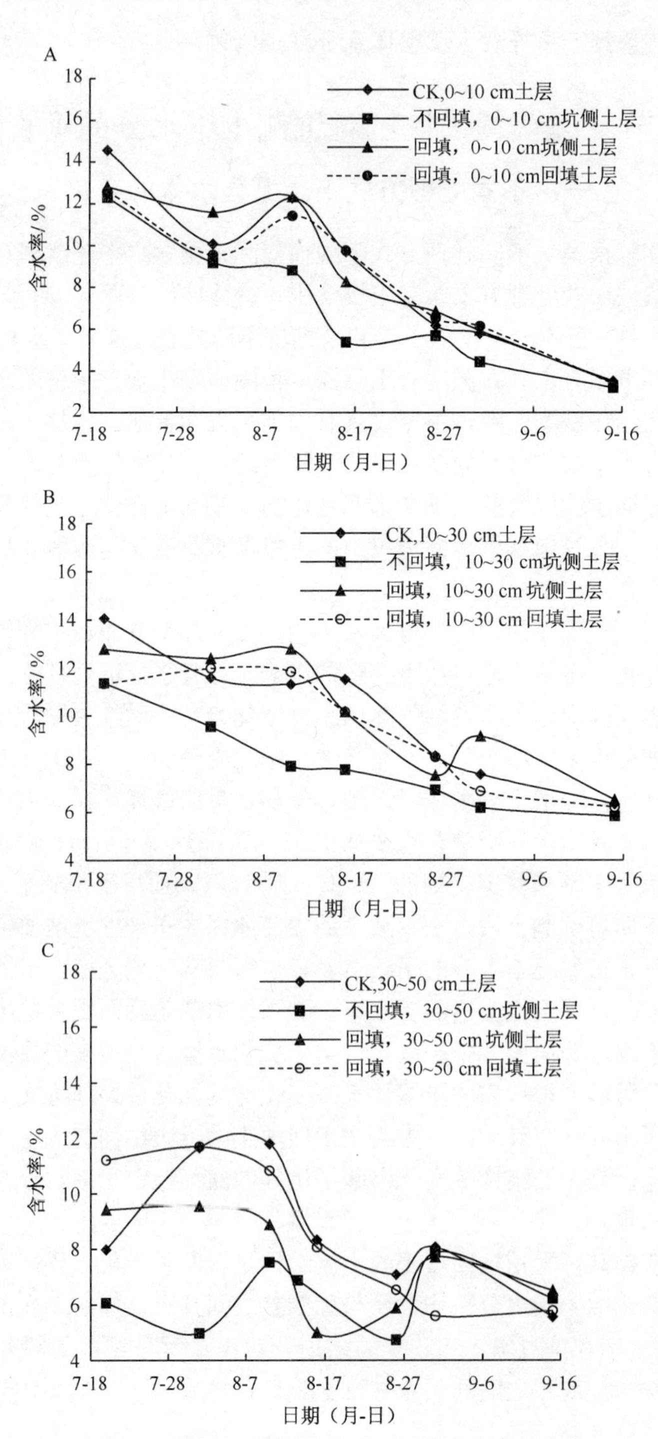

图 6-4　采挖坑不同处理方式下土壤含水率的变化

表 6-1　不同处理方式下土壤含水率均值与标准差之间的关系

处理方式	采集土样地点	二次函数模型	相关系数
不采挖肉苁蓉（对照）	距梭梭干基 20 cm 处	$Y=0.0422x^2-0.1816x+1.1072$	$R=0.9605$
回填采挖坑	坑侧	$Y=0.009x^2+0.5103x-1.3444$	$R=0.9674$
	坑内	$Y=0.0487x^2-0.771x+6.1165$	$R=0.2907$
不回填采挖坑	坑侧	$Y=-0.0979x^2+1.9331x-5.7383$	$R=0.9363$

注：Y 为土壤含水率的标准差；x 为土壤含水率的平均值。

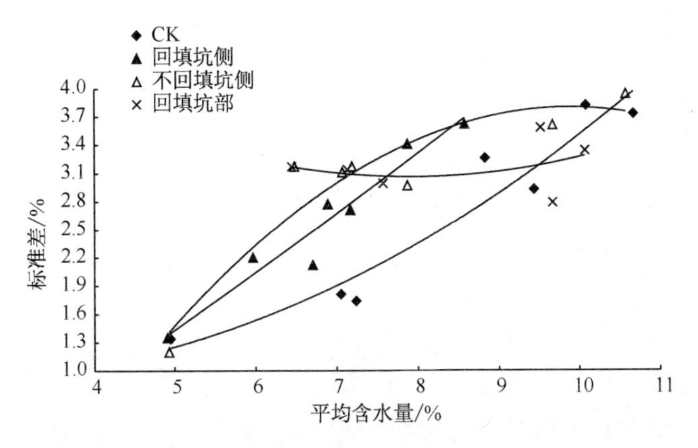

图 6-5　不同处理方式下土壤含水率均值与标准差之间的关系曲线

从表 6-1 和图 6-5 可以看出，在肉苁蓉采挖坑的不同处理方式中，只有回填坑内土壤含水率的平均值与标准差之间不存在二次函数关系。这一验证结果说明，采挖坑回填土的土壤结构确因回填过程而发生改变。

二、不同处理方式和不同测定时期土壤含水率的差异性检验

为了检验不同处理方式之间以及同一土壤层次不同测定时期土壤含水率的差异进行双因素方差分析，结果见表 6-2。

从表 6-2 可知，同一土壤层次不同测定时期、不同处理方式之间土壤含水率的 F 值都大于 $F_{0.05}$，这一结果表明，肉苁蓉采挖坑不同处理方式和不同测定时期的土壤含水率之间存在显著差异。

肉苁蓉采挖坑不同处理方式土壤含水率的平均值大小排列次序是：在 0～10 cm 土层内，对照＞回填坑侧＞回填坑内＞不回填坑侧；在 10～30 cm 土层内，回填坑侧＞对照＞回填坑内＞不回填坑侧；在 30～50 cm 土层内，对照＞回填坑内＞回填坑侧＞不回填坑侧。

表 6-2 不同处理方式和测定时间下土壤含水率的方差分析

项目	差异源						误差		
	不同测定时期			不同处理方式			0～10 cm	10～30 cm	30～50 cm
	0～10 cm	10～30 cm	30～50 cm	0～10 cm	10～30 cm	30～50 cm			
平方和	279.83	128.15	55.431	15.716	22.977	26.224	14.133	14.236	46.315
自由度	6	6	6	3	3	3	18	18	18
均方	46.638	21.358	9.2385	5.2387	7.6589	8.7413	0.7852	0.7909	2.5731
F值	59.398*	27.005*	3.5905*	6.672*	9.6839*	3.3972*			
$F_{0.05}$	2.6613	2.6613	2.6613	3.1599	3.1599	3.1599			

* 表示显著。

第四节 小结与讨论

（1）研究地区土壤含水率垂直变化的趋势是，在0～20 cm的土壤深度范围内，土壤含水率随着土壤深度的增加也趋于增加，在30 cm以下土层中，随着土壤深度的增加，土壤含水率逐渐下降，60 cm以下土层，土壤含水率的变化基本稳定。表层土壤含水率受外界环境影响较大，深层土壤含水率的变化与梭梭的根系分布有关。

（2）采挖肉苁蓉后形成的采挖坑对坑侧土壤水分具有明显的影响，其水平影响范围因土壤层次而异。在0～20 cm的土层内，离采挖坑越近，土壤含水率越低；在20 cm以下的土层中，这种变化趋势依然存在，但在距采挖坑45 cm以远，土壤含水率受采挖坑的影响逐渐减弱。

（3）肉苁蓉采挖坑不同处理方式之间的土壤含水率差异显著。在0～10 cm土层内，未采挖肉苁蓉（对照）的土壤含水率＞回填坑侧＞回填坑内＞不回填坑侧的土壤含水率；在10～30 cm土层内，回填坑侧＞对照＞回填坑内＞不回填坑侧；在30～50 cm土层内，对照＞回填坑内＞回填坑侧＞不回填坑侧。采挖肉苁蓉后不回填采挖坑，使深层土壤直接暴露于大气之中，采挖坑壁的土壤蒸发加剧，是引起坑侧土壤含水率降低的主要原因；采挖肉苁蓉后回填采挖坑，可以起到延缓或阻止坑侧土壤水分向大气扩散的作用。引起采挖肉苁蓉后回填采挖坑坑内土壤含水率与未破坏土壤结构的其他处理方式之间产生的土壤含水率差异的主要原因在于回填土壤的结构发生了改变。

（4）为了减少采挖肉苁蓉对梭梭根际土壤水分的影响，建议采挖肉苁蓉后应马上回填采挖坑，以延缓和阻止坑侧土壤水分的过多损失，保证梭梭正常的水分需求。另外，采挖肉苁蓉时要避免切断肉苁蓉与梭梭根系的连接，要保留肉苁蓉基部底盘，这样做即可以保证梭梭根系不受损伤，维护根系正常吸收土壤水分的功能，同时对促进肉苁蓉资源再生也提供了保障。

（5）不同的土壤类型有不同的土壤结构，而不同结构的土壤通气性、热量以及土壤水分运动形式都有很大的区别。本试验是在盐碱土立地上开展的，至于沙土、沙壤土等立地上肉苁蓉采挖坑对梭梭根际土壤水分的影响，有待进一步研究。

Chapter 6　Effect of different *Cistanche deserticola* excavation hole treatments on soil moisture content around *Haloxylon ammodendron* rhizosphere

By selecting an experiment plot from the fine forest experiment station in a field in Jimusaer County in Xinjiang Uigur Autonomous Region，where the site conditions，ages，planting sapling density，the distance between trees，way of inoculation *Cistanche deserticola* and the technique of managing were well selected all analogous in the fine tree seeds production base of *Cistanche deserticola*，we have studied the effect of different excavation hole treatments on soil moisture content around *Haloxylon ammodendron* rhizosphere. The results showed that the excavation hole resulted from *Cistanche deserticola* excavation had significant effect on the soil moisture content，with an influence range differing in soil layers. At the level of 0～20 cm surface soil，the effect was most significant. The soil closer to the excavation hole has less moisture content. In the soil layer of more than 20 cm below the ground，this changing trend still exists. However，locations of more than 45 cm apart from the excavation hole，the influence of excavation hole on soil moisture content became less. The soil moisture content of different *Cistanche deserticola* excavation hole treatments existed significant differences. In the soil layer of 0～10 cm，the ranking of soil moisture content in descending order is as follows：the control group>backfill excavation hole side>inner backfill excavation hole>non-backfill excavation hole side. In the soil layer of 10～30 cm，the ranking of soil moisture content in descending order was as follows：backfill excavation hole side>the control group>inner backfill excavation hole>non-backfill excavation hole side. In the soil layer of 30～50 cm，the ranking of soil moisture content in descending order are as follows：the control group>inner backfill excavation hole>backfill excavation hole side>non-backfill excavation hole side. The main reason for a low water moisture content in non-backfill excavation hole is that excavation has increased the evaporation profile and exposure of deep layer soil to atmosphere, making a continuous evaporation of soil moisture content in the excavation hole sides. Backfill excavation hole could put off or prevent the pervasion of the moisture content from the excavation hole side to atmosphere. However, due to the fact that the backfill soil structure has changed, so the backfill soil moisture content changes as time changes, which is quite different from the changing rules in the control group, backfill excavation hole side and non-backfill excavation hole side.

第七章　梭梭被肉苁蓉寄生后的生理代谢反应

多年来，我国生物学界对梭梭的生理代谢研究非常关注，特别是对梭梭抗干旱胁迫方面的研究取得了很多研究成果。这些成果不仅丰富了植物抗逆境生理方面的研究内容，而且为生产上创造有利于梭梭生长的条件奠定了理论基础。本章在综合分析目前国内外有关研究成果的基础上，选择相对含水量、束缚水/自由水、叶绿素含量、脯氨酸、丙二醛含量等生理代谢反应指标，对被肉苁蓉寄生的梭梭的水分代谢和生理生化反应进行研究，旨在揭示肉苁蓉对寄主梭梭生理生化方面的影响以及梭梭被肉苁蓉寄生后的生理适应机制，为深入开展梭梭与肉苁蓉寄生关系的研究奠定基础。

第一节　梭梭的水分和光合生理特性

一、梭梭的水分生理和旱生结构

（一）束缚水/自由水与相对含水量

束缚水含量及其所占比例是植物重要的一项抗旱指标。通常认为束缚水及其比例越大，植物的抗旱性越强。束缚水/自由水比值的大小影响原生质的物理性质，进而影响植物的生长速度。梭梭的束缚水/自由水比值一般在 1.83 左右，在生长季后期，可增加到 2.79，远远大于其他旱生植物种类（韩德儒等，1995；杨明和董怀军，1994；李银芳，1986）。干旱程度对束缚水/自由水比值的大小有一定的影响，一般规律是随着干旱程度的增加而增加（黄子琛等，1983；黄子琛，1979；魏良民，1991）。

梭梭同化枝的相对含水量一般是随着干旱程度的增加而减少（黄子琛等，1983；黄子琛，1979）。但同化枝的相对含水量变化与水分亏缺变化不完全一致。生长正常的梭梭在水分较充足或较干旱时，水分亏缺并无明显变化（李银芳，1986）；而生长衰退的梭梭则不同，当同化枝相对含水量下降 5%～15%时，水分亏缺则可以达到 20%左右（杨文斌，1991）。

（二）水　　势

植物的水势是反映植物吸水能力与保水能力大小的综合指标，其变化状况可以从一个侧面较为客观地反映植物体内水分运转及平衡状况。大量研究表明，梭梭属于低水势树种，最低值可达－3.48 MPa，日平均值在－2.87 MPa左右。在一天之中，一般是早晚较高，中午较低（韩德儒等，1995；梁远强等，1983；蒋进，1992）。在土壤含水率相同的条件下，梭梭同化枝比小叶锦鸡儿（*Caragana microphylla* Lam.）、蒙古岩黄耆（*Hedysarum mongolicum* Turcz.）和细枝岩黄耆（*Hedysarum scoparium* Fisch. et Mey）低（韩德儒等，1995；杨明和黄怀军，1994）。这是梭梭适应干旱环境较为重要的水分生理特征（蒋进，1992）之一。

梭梭水势对环境条件的变化是可逆的（黄子琛，1979；梁远强等，1983）。对龟裂地和蓄水沟种植的梭梭研究表明，随着土壤含水量的递减，梭梭水势趋于下降，当土壤水分条件改善以后，梭梭水势又趋于增加（黄子琛等，1983）。

（三）蒸腾作用

蒸腾作用是植物维持体内水分平衡的主要环节。目前对梭梭蒸腾作用的研究主要集中在梭梭蒸腾强度的日变化和适应干旱或高温的蒸腾特性方面。现已研究表明，梭梭的蒸腾强度对土壤水分含量的变化可塑性很大。当土壤水分条件较好时，其蒸腾强度较高，并随季节的变化呈典型的单峰曲线（黄子琛等，1983；高海峰等，1984；赵明等，1997；杨文斌等，1996），日进程呈典型的双峰曲线（黄子琛，1979；杨文斌等，1996；李银芳，1992），当土壤水分条件较差时，其蒸腾强度大为降低，随季节的变化呈递减趋势，日进程曲线呈平缓波动型（黄子琛等，1983；蒋进，1992；杨文斌等，1996；杨文斌和任建民，1994）。若土壤水分条件较好，梭梭的蒸腾速率也高。土壤水分充足时，梭梭的蒸腾速率主要受光照强度的影响；土壤水分不足时，蒸腾速率主要受土壤质地及土壤含水率所控制，两者之间为极显著的线性关系，并且不随外界环境条件和季节的变化而变化（韩德儒等，1995；黄子琛等，1983；蒋进，1992；高海峰等，1984；杨文斌和任建民，1994）。生长衰退的梭梭，蒸腾速率对环境因子的变化相当敏感。这是其本身抵抗不利环境影响能力减弱的一种表现（韩永伟等，2002）。一些观点认为，蒸腾速率的调节主要是通过气孔的改变来实现（蒋进，1992），但梭梭气孔半下陷，气室不明显，所以不能认定梭梭蒸腾速率的调节完全是由气孔改变来完成的（董占元等，2000）。当水分条件较好时，梭梭能够以高蒸腾方式抵御高温；当水分条件较差时，则以低蒸腾方式抵御高温和干旱（蒋进，1992）

从梭梭水分生理的研究可以看出，梭梭较其他旱生植物具有组织含水量高且稳定、束缚水/自由水比值大、低水势、蒸腾速率调节能力强、水分利用效率高（李银芳，1986；蒋进，1992；刘家琼等，1987；侯天侦和梁远强，1982；江天然等，2001）等特点。尽管如此，水分仍然是限制梭梭生长的主要因子（Noy-meir，1973）。水分状况的好坏对梭梭生长（如新枝生长量、株高、冠幅、生物量等）的影响还是很大的（黄子琛等，1983；李银芳，1992；高海峰等，1984；李银芳和杨戈，1996；李银芳等，1986）。

（四）梭梭的旱生结构

对同化枝的显微结构研究表明，梭梭的同化枝是由叶退化而成的，同化枝的形成是梭梭在干旱条件下进化的顶峰（李正理和李荣敖，1981）；肉质化的枝具有增强水分保持的作用（杨戈和王铧，1991）。梭梭同化枝的维管束为外韧性，维管束被纤维组织所包围（邓彦斌等，1998）。表皮由细胞壁较厚的单细胞所构成，表皮下面有 1 或 2 个下皮层。下皮层内为单层排列的栅栏组织，其中富含叶绿素。梭梭具有发达的薄壁储存体液的组织，起着储水保水作用（董占元等，2000；沙坡头沙漠科学研究站，1965；李洪山和张晓岚，1995）。一些学者解剖发现，皮层内具黏液细胞，髓部具有含晶细胞（邓彦斌等，1998；赵翠仙等，1981）。也有一些学者观察到同化枝中普遍含有含晶细胞（邓彦斌等，1998；赵翠仙，1981；董占元，1997），且多呈花簇形（赵翠仙，1981）。他们认为，黏液细胞起到了增大细胞内的渗透势，提高了细胞的吸水与保水能力，并在周围形成湿润的小环境；含晶细胞的出现是植物体内多余盐碱的一种积累方式，它可以减少植物体内的有害物质，对植物的抗盐碱有着特殊作用（邓彦斌，1998；李正理和李荣敖，1981）；同化枝表皮层下的海绵组织和在发达的栅栏组织细胞间，分布着由栅栏组织和海绵组织细胞分泌出的盐结晶粒。其泌盐结构是由栅栏细胞和海绵细胞及几个位于薄壁组织与海绵组织之间的厚壁小细胞群构成。发达的泌盐显微结构和薄壁储存组织内的高含盐量的细胞液，导致梭梭体内的水势始终低于土壤水势（侯彩霞和周培之，1997），同时，结晶盐的存在，维持了细胞间较低的水势，对向空气中蒸腾失去的水分也会产生较强的拉力，从而减弱了水分子由细胞间隙逸出的数量，起到了抗旱作用（董占元等，2000）。也有研究发现，梭梭同化枝具第二层光合细胞，其特点是：叶绿体基粒不发达，基粒片层与间质片层无显著区别，叶绿体呈囊泡状。该层细胞向栅栏细胞层有球形或弧形突起，接触处具发达的胞间连丝（Hsiao，1973）。叶绿体囊泡化是植物在多种逆境因子胁迫下产生的普遍现象，是植物在细胞结构水平上产生的适应性变化，这些结构特征为梭梭适应干旱环境奠定了结构基础。对梭梭结构与干旱的适应发现，恶劣的干旱环境促进了表皮角质层的发育，角质层变厚，气孔密度下降且气孔下陷，含晶细胞增多（赵翠仙等，1981）。可见，干旱可以诱导其形态结构发生适应性变化。在对离体同化枝缓慢失水处理后观察发现其主要变化在两层光合细胞中，其他结构变化不明显（Hsiao，1973）。许多学者认为，缓慢失水对植物结构的影响不大。缓慢失水可以诱导植物的耐旱性。在对离体的同化枝进行浸水处理发现，浸水 24 h 后，光合细胞发生变化；浸水 24 h 后整个细胞结构都将发生根本性改变（Hsiao，1973）。

二、梭梭的光合生理特性

（一）叶绿素含量和气孔特性

梭梭同化枝 6～9 月的叶绿素平均含量为 0.76 mg/gDW。在一年内的变化幅度不大，一般在 0.09 mg/gDW 左右（侯天侦等，1982；1991）。梭梭气孔密度为 131.5 个/mm^2，界于多浆汁旱生植物气孔密度 100～200 个/mm^2。气孔面积为 19.7 μm×5.1 μm（长轴×短轴）；气孔清晨微开，中午最热时关闭，傍晚时又全部开放，夜间关闭。这些特性与梭梭具有的抗逆性强、水分丧失少、光合效能高等特性是相符合的（侯天侦和梁远强，1982，1991）。

（二）光合特性

梭梭光合能力较强。6～9 月梭梭的平均光合强度为 8.022 CO_2 mg/(gDW·h)。通常情况下，梭梭的光合大于呼吸，有时还可高出 20 多倍；在高温干旱季节，其净光合强度急剧下降，呼吸强度大为上升。这种消耗大于积累的生理特性与梭梭具有“休眠”的生物学特性相吻合（侯天侦和梁远强，1991；1982），这一现象被解释为梭梭具有显著的光呼吸（许大全，1997）。梭梭同化枝净光合速率的日变化曲线在旱季和雨季都呈双峰型，具有明显的光合午休特点。其午休原因可能是午间光合有效辐射和大气温度较高、大气相对湿度较低所致。在旱季，梭梭的光合午休主要是由非气孔因素引起的（关义新，1995）；在雨季，主要是由气孔因素引起的（Lyshede，1979）。梭梭同化枝在一天中的气体交换主要发生在上午和下午光合较高而蒸腾较低的时间里。这也是梭梭对干旱生境的一种适应（江天然等，2001）。梭梭存在 Kranz 结构，被确定为 C_4 植物。梭梭较高的光合效率可能是抵抗干旱的一个重要特性（李正理和李荣敖，1981）。

第二节　梭梭在干旱胁迫下的生理反应和适应性

梭梭在干旱胁迫下的生理反应和适应性与其他植物有所不同，其显著区别可以从渗透调节、膜系统保护酶、激素作用等方面反映出来。

一、渗透调节

渗透调节的定义是：在干旱胁迫下，植物生长受到抑制，植物组织可以通过降低细胞的渗透势适应外界环境，这一现象称为渗透调节。渗透调节是植物抵抗干旱胁迫的一种重要方式。通过渗透调节可使植物在干旱条件下吸水和持水能力增强，维持一定的膨压，保持细胞生长、气孔开放和光合作用等生理过程（Morgan，1984）。有关干旱胁迫下植物的渗透调节的研究尤为引人注目，脯氨酸和甜菜碱已被证明是维管植物的两类最为重要的渗透调节物质，另外，可溶性糖含量多时也有利于植物适应干旱生境（徐东翔等，1990；汤章城，1998；周培之，1988）。

（一）膨压和渗透势

植物细胞为了维持正常的功能，细胞内必须含有一定量的水分，维持一定的膨压。但在干旱条件下，要维持膨压就需要有较低的水势或较低的渗透势，以便从土壤中吸取更多的水分。由于渗透调节能帮助维持膨压，增强吸水能力，而膨压又能在总水势低的情况下调节某些生理过程，所以有时也把这种机制看做是一种抗旱能力。对于一种植物而言，具有低的 Ψ_{π}^{100}（充分膨胀时的渗透势），则说明该种植物吸收水分的潜力大，耐旱性强。对 10 多种干旱区树种测定的结果表明，以梭梭的 Ψ_{π}^{100} 值最低。通过梭梭与柠条的膨压对比实验分析，当土壤水势降到－1.60 MPa 时，柠条膨压基本消失，而梭梭在土壤水势降到－2.00 MPa 时，其膨压仍可维持在 0.68 MPa，为充分膨压的 28%，一直到土壤水势降到－2.70 MPa时，其膨压才基本消失。对大量旱生植物同化枝的渗透能力对比发现，梭梭的渗透调节能力比其他旱生植物的强。梭梭在水分轻度亏缺时，能以极低的渗透势吸收水分，以达到其维持膨压的目的；当水分严重亏缺时，梭梭将迅速且显著地降低膨压，极大地减少体内水分的散失，以达到维持生命的目的（韩德儒等，1995）。Jones 和 Turner（1981）曾指出，受干旱胁迫，植物能够降低水势，保持膨压，这对于细胞伸长及许多有关的生物生化过程是很重要的。

（二）渗透调节物质

干旱胁迫条件下，参与渗透调节的物质可分为两类：一类是由外界进入植物细胞的无机离子，另一类是在细胞内合成的有机溶质。在有机溶质中起渗透调节作用的化合物主要是含羧基化合物（蔗糖、多元醇和寡糖等）和偶极含氮化合物（脯氨酸、其他氨基酸和多胺等）。

（三）无机离子

干旱胁迫时，植物可以通过累积细胞内的无机离子作为渗透调节物质。对浸水后梭梭同化枝渗出的无机元素分析发现，同化枝中的常量元素有 6 种，微量元素有 12 种（夏里帕提等，1996）。但这些物质与梭梭的抗性有何关系？在干旱胁迫下，哪些离子会发生累积？目前尚不清楚。

（四）脯 氨 酸

脯氨酸是水溶性较大的氨基酸，它具有较强的水合力，当植物受到干旱胁迫时，脯氨酸的增加有助于细胞或组织持水。因此，很多人把它作为植物抗旱性选择的指标（汤章城，1983）。但也有人认为，脯氨酸的积累可能与细胞的存活状况和蛋白质代谢情况有关（周瑞莲等，1999）。目前，关于脯氨酸积累与抗旱性之间的关系仍有争论。在对梭梭幼苗进行渗透胁迫处理后发现，梭梭幼苗体内游离脯氨酸含量有显著增加，甚至比对照高出 10 倍（郭新红等，2000；姜孝成等，2001）。但也有研究表明，梭梭同化枝在受到干旱胁迫时，其体内脯氨酸含量只有少量增加（赵翠仙等，1981；Jones and Tumer，1981）。关于梭梭幼苗与成年梭梭进行渗透胁迫处理后，脯氨酸含量增幅差异显著，因此梭梭体内脯氨酸含量的变化依然可以作为反映其渗透胁迫的一个指标。

（五）甜 菜 碱

甜菜碱的化学性质与脯氨酸相似，属于小分子质量化合物，具有较强的溶解度，在生理 pH 范围内不带净电荷，对植物无毒害作用，局限分布在细胞溶质内。一般认为，甜菜碱是通过与蛋白质的相互作用，保护生物大分子在高电解质浓度下不致变性，同时，作为渗透调节物质维持细胞膨压。梭梭幼苗甜菜碱含量会随干旱胁迫程度的加重而增加。干旱可以促进梭梭幼苗体内甜菜碱的积累（陈鹏和潘晓玲，2001）。

（六）可 溶 性 糖

作为渗透调节物质的可溶性糖，主要有蔗糖、葡萄糖、果糖、半乳糖等。在逆境条件下，植物体内可溶性糖增加的原因主要是因为大分子碳水化合物的分解作用加强，使合成受到抑制（Munns，1979）。对梭梭幼苗的测定结果表明：在渗透胁迫条件下，梭梭体内可溶性糖含量有明显的积累，这反映出可溶性糖对于梭梭适应干旱环境有重要的调控作用（郭新红等，2001）。

二、膜系统保护酶

植物体内的超氧化物歧化酶（SOD）、过氧化物酶（POD）、过氧化氢酶（CAT）和抗坏血酸过氧化物酶（ASP）等统称为膜系统保护酶。研究发现，植物体内 SOD 和 CAT 在清除 O_2^- 和 H_2O_2，减轻膜脂过氧化方面起着重要作用（陈鹏，2001）。因此，SOD、POD、CAT 等一起被认为是体内有毒物的清除剂（Alskog and Huss-Danell，1997）。对于氧化的产物，膜脂过氧化产物有多种，但其中丙二醛（MDA）作为脂质过氧化产物指标更为适宜和方便。MDA 含量高低和细胞质膜透性变化，是反映细胞膜脂过氧化作用强弱和质膜破坏程度的重要指标（陈少裕，1989）。对梭梭幼苗 SOD 酶活性研究发现，没有经过任何胁迫处理的梭梭体内 SOD 活性随着生长过程会不断提高，其膜透性下降，这说明，随着梭梭的生长，膜的保护酶系统功能在不断完善（张晓岚和李洪山，1994）。在对 10 种荒漠植物叶（或同化枝）的 SOD 的活性进行研究时发现，梭梭同化枝中的 SOD 活性最高。可以认为，SOD 活性高低与植物所生存的环境相适应，植物体内 SOD 活性越高，其抗旱能力越强（高浦新，2002）。抗旱性较强的植物品种体内能维持较高的清除活性氧的酶活性（李天然，1996）。对梭梭幼苗的保护酶系统进行研究表明：在渗透胁迫小于－1.50 MPa 情况下，梭梭幼苗具有较高的 SOD 活性，CAT 和 POD 活性随渗透胁迫加强而升高；MDA 和膜透性将在较低的水平（姚云峰等，1997）。对梭梭幼苗进行适当的渗透胁迫处理，细胞膜的相对透性下降（郭新红等，2000；姜孝成等，2001；潘晓玲等，2000）。在其他植物的实验中也有类似的结论（阎秀峰等，1999；李明和王根轩，2002）。对这些现象的解释是：轻度的渗透胁迫可能减弱膜脂的过氧化作用，对膜质过氧化起到一定的防御作用，但严重的渗透胁迫明显会引起干旱胁迫效应（阎秀峰等，1999；李明和王根轩，2002）。但作者认为，对植物幼苗来说，轻度的渗透胁迫引起膜透性的轻微下降，是植物幼苗随生长发育的进程，保护酶系统不断完善，清除自由基能力增加的结果。在梭梭同化枝的相对含水量发生少量变化时，对膜的差别透性影响并不大（艾尼莫明，1994）。

三、激 素 作 用

有关梭梭植物体内激素作用的研究报道甚少，只是对脱落酸（ABA）有少量研究。梭梭体内 ABA 含量，为 0.64～0.90 μg/gFW（徐东翔和张新华，1988）。对梭梭离体同化枝失水 20%后测定，梭梭的 ABA 的含量比对照增加了 5.2 倍（曹仪植和吕忠恕，1983）。尽管干旱能引起 ABA 的积累，但在干旱胁迫下，如何促进 ABA 的合成，其合成的 ABA 是否与抗旱性有直接关系，其作用机制如何，目前尚不清楚。对外源 ABA 与梭梭幼苗生理状况的关系研究发现，外源 ABA 可加强梭梭幼苗的抗渗透胁迫和抗脱水能力（郭新红等，2000；姜孝成等，2001；潘晓玲等，2000）。但 ABA 是不是梭梭幼苗渗透胁迫与生理代谢发生变化之间的信号分子以及外源 ABA 与内源 ABA 对梭梭幼苗生理代谢调节作用是否相同，均有待进一步研究。

第三节　梭梭被肉苁蓉寄生后的生理代谢反应

生物体时时刻刻会接受到外源因素（如光照、温度、水分以及病虫害等）和内源因素（如激素或其他具有生物活性的代谢产物）的“刺激”，这些因素可导致生物体生理或发育的变化。阐明生物体如何接受、转化和传递这些信号以及引起生物体发育的变化，是当今生物学的热门课题之一。

在被子植物中，约有 3000 余种是以寄生方式生活的（姚东瑞等，1994；Stewart and Press，1990）。这些植物分别寄生在寄主的根部、茎部或植株的其他部位（李天然，1996）。寄主被它们寄生以后，其生长和生理代谢都会有不同的反应（Smith，1991；Schulze et al.，1984；谭德远等，2004；Gomes and Fernandes，1994；Fer et al.，1994；朱毅，2001；张春凯等，1995）。已有研究表明，梭梭被肉苁蓉寄生以后，其当年生的同化枝、两年生以上的活枝、主干和根系的生物量都会有所降低（谭德远等，2004）；高粱［*Sorghum bicolor*（Lo）Molnch］、甘蔗（*Saccharumof ficinarum* L.）、玉蜀黍（*Zea mays* L.）等农作物被独脚金［*Striga asiatica*（L.）O. Kuntze］寄生以后，其产量会完全丧失（Stewart et al.，1990）；薇甘菊（*Mikania micrantha* H. B. K.）被田野菟丝子（*Cuscuta campestris* Yunker）寄生 30 天左右，其叶片数量、地上茎的长度和生物量开始减少，光合速率、蒸腾速率、气孔导度、叶绿素含量以及叶绿素荧光 F_v/F_m开始降低，60 天左右，各项生长和生理指标都出现显著下降趋势（邓雄等，2003）。

20 世纪 80 年代以来，随着国内外对肉苁蓉需求量的增加和生态环境建设的需求，有关肉苁蓉的形态分类、核型分析、胚胎学、种子生理、药性及药理学以及人工培植技术和寄主梭梭植物资源的分布、生物学、生态学、生理特性和更新复壮技术等都进行过广泛且深入的研究（姚东瑞等，1994；张寿洲和马毓泉，1989；马虹等，1997；高焕和冯启，2001；郑兴国等，2001；郭新红等，2000；邹受益，1995；谭德远等，2004；郭泉水等，2005a，b，c，d，e；王春玲等，2005）。但这些研究大多是分开物种进行的，而很少涉及梭梭与肉苁蓉的寄生关系，特别是关于梭梭被肉苁蓉寄生以后的生理代谢反应方面的研究尚未见过报道。

本节已被肉苁蓉寄生、未被肉苁蓉寄生和过去曾被肉苁蓉寄生但采收了肉苁蓉种子即解除了寄生关系的梭梭为研究对象，选择相对含水量、束缚水/自由水、叶绿素含量、脯氨酸、丙二醛含量等，作为梭梭被肉苁蓉寄生后的生理代谢反应指标，对被肉苁蓉寄生的梭梭的水分代谢和生理生化反应进行研究，旨在揭示肉苁蓉对寄主梭梭的影响以及梭梭被肉苁蓉寄生后的生理适应机制，为深入开展梭梭与肉苁蓉寄生关系的研究奠定基础。

一、测定分析对象和测定内容和方法

在新疆维吾尔自治区吉木萨尔县林木良种试验站肉苁蓉良种繁育基地已接种

肉苁蓉的梭梭人工林内，在已接种肉苁蓉的梭梭人工林中选择三种测定分析对象，第一种是被肉苁蓉寄生，调查期间寄生的肉苁蓉尚未出土，仍与肉苁蓉发生寄生关系的梭梭，简称“被肉苁蓉寄生的梭梭”；第二种是曾被肉苁蓉寄生，但因采收肉苁蓉种子，即解除了与肉苁蓉寄生关系的梭梭，简称“曾被肉苁蓉寄生的梭梭”。由于肉苁蓉一旦长出地面，马上就开花结实，结实后则整个植株随之枯萎，所以采收了肉苁蓉种子，实质上是解除了与寄主梭梭的寄生关系。第三种是未被肉苁蓉寄生的梭梭，简称“对照”。在试验地内，对第一种和第三种测定分析对象，主要采取现场挖掘梭梭根部，观察其是否有肉苁蓉寄生的方法来判别；对于第二种测定分析对象，则采取直接观察地面是否有割取肉苁蓉后植株残留部分的方法来判别。因为人们在采收肉苁蓉种子时，只割取肉苁蓉的地上部分，在地表还可以见到割除肉苁蓉后的植株残体。

从每种测定分析对象中随机选择三株梭梭作为供试植株。取梭梭当年生同化枝作供试材料。每次调查取样的部位一致，均设在树冠的向阳面，取样高度在树高的 2/3 处。取样时间均定为清晨 8 时。两次取样间隔时间在 5 天左右。取样后，将一部分样品立即放入液氮罐内保存，而后带回实验室分析，另一部分样品用于其他内容的测定。整个试验和测定分析工作从 6 月初开始，到 9 月中下旬梭梭生长基本停止时结束。

测定和分析内容包括：不同测定分析对象的梭梭同化枝的相对含水量、束缚水/自由水、叶绿素含量、脯氨酸、丙二醛含量等。梭梭同化枝相对含水量的测定采用水浸烘干称重法（梁丽琼等，1997）；束缚水与自由水测定采用自然风干法（梁丽琼等，1997）；叶绿素含量的测定采用分光光度法（陈建勋和王晓峰，2002；李合生，1999）；脯氨酸含量测定采用酸性茚三酮法（李合生，1999）；丙二醛（MDA）含量测定采用硫代巴比妥酸比色法（李合生，1999）。

采用双因素方差分析方法（倪安顺，1994），对不同测定分析对象以及不同测定时间梭梭的生理代谢测定指标进行差异性检验。

二、被肉苁蓉寄生后的梭梭同化枝的水分代谢反应

1. 梭梭同化枝相对含水量的变化

将三种不同测定分析对象的梭梭同化枝的相对含水量测定值分别汇总，绘制与测定时间对应的变化曲线，结果如图 7-1 所示。

由图 7-1 可以看出，在整个测定期内的每个测定时段，被肉苁蓉寄生的梭梭同化枝的相对含水量都比没有被肉苁蓉寄生以及曾被肉苁蓉寄生但通过采收肉苁蓉种子即解除了寄生关系的梭梭为低。将三种不同测定分析对象的相对含水量的平均值按大小进行排序的结果是：采收了肉苁蓉种子即解除了寄生关系的梭梭（87.29%）＞未被肉苁蓉寄生的梭梭（86.65%）＞被肉苁蓉寄生的梭梭

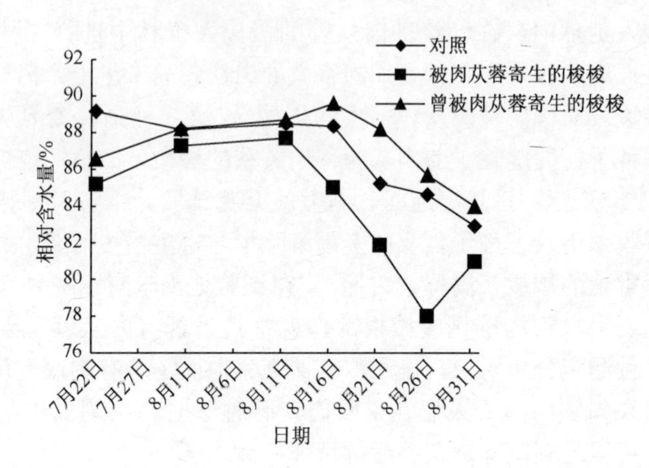

图 7-1 肉苁蓉寄生方式不同的梭梭同化枝相对含水量变化

(83.45%)。

相对含水量是实时组织含水量与组织饱和时含水量的百分比，也被称之为相对紧张度。它是以植物组织中含水量的多少反映植物水分状况的一个重要参数(陈建勋和王晓峰，2002)，是能够较为敏捷地反映植物水分状况的改变的一个指标（张建国等，2002)。被肉苁蓉寄生以后，梭梭同化枝的相对含水量减少，这可能与寄生植物肉苁蓉从寄主梭梭体内获取大量水分有关。

2. 梭梭同化枝束缚水/自由水的变化

将不同测定分析对象的梭梭同化枝的束缚水/自由水测定值分别汇总，绘制对应于测定时间的变化曲线，结果如图 7-2 所示。

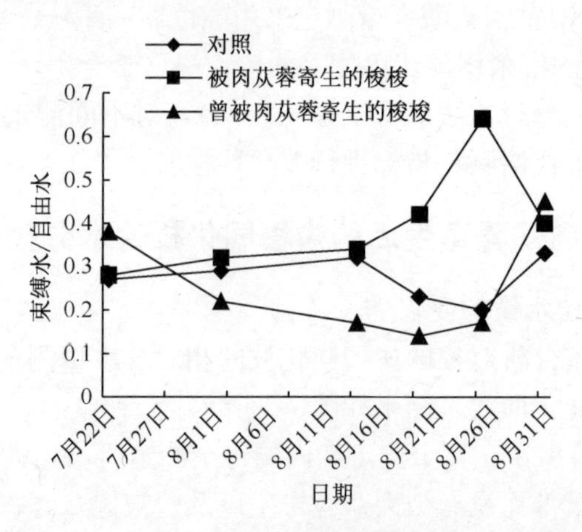

图 7-2 肉苁蓉寄生方式不同的梭梭同化枝的束缚水/自由水比值变化

由图 7-2 可以看出，除极少数测定时段外，被肉苁蓉寄生梭梭的束缚水/自由水变化曲线，基本上都位于对照和采收肉苁蓉种子即解除寄生关系梭梭的变化曲线上方。将三种不同测定分析对象的梭梭同化枝束缚水/自由水的平均值按大小排序，其结果是：被肉苁蓉寄生的梭梭＞曾被肉苁蓉寄生的梭梭＞未被肉苁蓉寄生的梭梭。

植物组织中的水分是以自由水和束缚水两种不同的状况存在的。束缚水/自由水比值高，说明细胞原生质的黏滞性及原生质胶体的亲水性强，因此，对植物吸收水分和保持体内水分有利（陈建勋和王晓峰，2002；李合生，1999）。梭梭被肉苁蓉寄生以后，束缚水/自由水比值提高，这种变化可以认为是梭梭对被肉苁蓉寄生造成的水分胁迫的一种生理代谢适应。

三、梭梭被肉苁蓉寄生后梭梭同化枝的生理生化反应

1. 叶绿素含量的变化

将不同测定分析对象梭梭的同化枝叶绿素含量测定值分别汇总，绘制对应于测定时间的变化曲线，结果如图 7-3 所示。

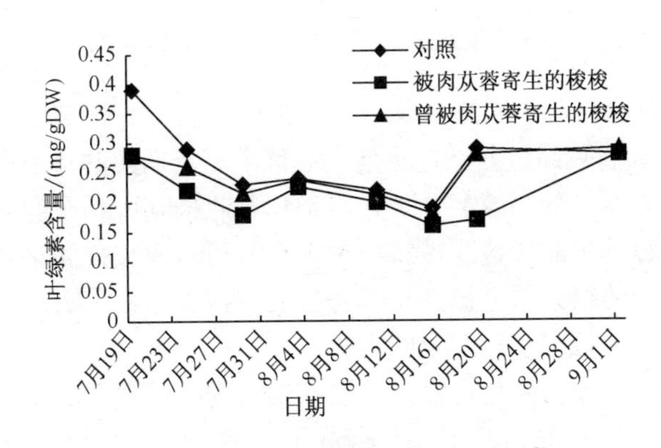

图 7-3　肉苁蓉寄生方式不同的梭梭同化枝的叶绿素含量变化

由图 7-3 可以看出，在整个测定期内，不同测定分析对象之间梭梭同化枝的叶绿素含量随着测定时间变化的趋势基本一致。主要差异表现在：在整个测定期内的每个测定时段，被肉苁蓉寄生的梭梭的叶绿素含量，几乎比采收肉苁蓉种子即解除寄生关系的和未被肉苁蓉寄生的梭梭的叶绿素含量低。将三种不同测定分析对象梭梭同化枝的叶绿素含量平均值按大小排序的结果是：未被肉苁蓉寄生的梭梭＞采收了肉苁蓉种子即解除了寄生关系的梭梭＞被肉苁蓉寄生的梭梭。

叶绿素是类囊体膜色素蛋白复合体的主要成分，是植物进行光合作用的主要色素，其含量的高低直接影响到植物的光合效率。有研究表明，叶绿素含量与叶片的水分状况有关，一般规律是随着叶片水分状况的恶化而降低（山仑和陈培

元，1998)。梭梭被肉苁蓉寄生以后叶绿素含量降低，这一结果与邓雄、冯惠玲等研究田野菟丝子寄生薇甘菊导致薇甘菊叶绿素含量下降的研究结论相一致。

2. 脯氨酸含量的变化

将不同测定分析对象梭梭同化枝的脯氨酸含量测定值分别汇总，绘制与测定时间对应的变化曲线，结果如图 7-4 所示。

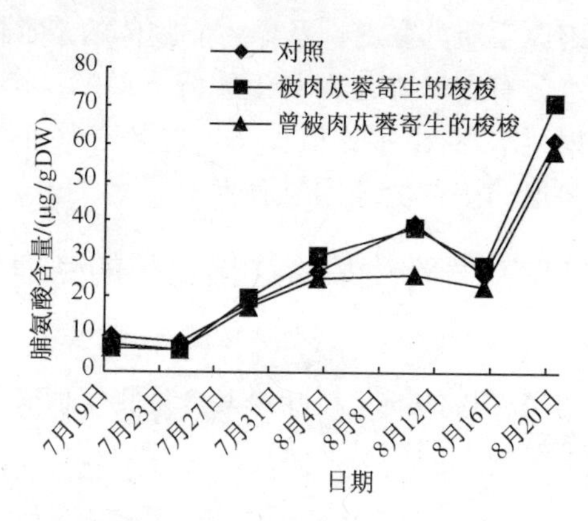

图 7-4　肉苁蓉寄生方式不同的梭梭同化枝的脯氨酸含量变化

由图 7-4 可以看出，不同测定分析对象梭梭同化枝的脯氨酸含量随着测定时间变化的趋势基本上一致。主要差异是：在整个测定期内的每个测定时段，被肉苁蓉寄生梭梭的同化枝的脯氨酸含量几乎都比采收肉苁蓉种子即解除寄生关系的梭梭、未被肉苁蓉寄生的梭梭高。将三种测定分析对象梭梭同化枝的脯氨酸含量平均值按大小排序的结果是：被肉苁蓉寄生的梭梭>采收了肉苁蓉种子即解除了寄生关系的梭梭>未被肉苁蓉寄生的梭梭。

脯氨酸是一种偶极含氮化合物，是植物细胞内一种重要的渗透调节物质。自从 20 世纪 50 年代 Kemble 和 Macpherson 首次发现受干旱胁迫的黑麦草叶子累积脯氨酸以来，现已发现大多数农作物在干旱胁迫下都积累脯氨酸（Stewart and Press，1990），近 20 年来，国内外众多学者对脯氨酸的积累，脯氨酸合成的调控以及脯氨酸积累与植物抗旱性的关系等开展了大量研究，多数认为脯氨酸的积累是在水分亏缺严重到阻碍生长和引起气孔关闭时开始的，是植物适应干旱胁迫的一种有利方式。因此，梭梭被肉从蓉寄生以后脯氨酸含量的提高，可以认为也是梭梭对水分胁迫的一种适应方式。

3. 丙二醛（MDA）含量的变化

将不同测定分析对象梭梭同化枝的丙二醛（MDA）含量测定值分别汇总，绘制与测定时间对应的变化曲线，结果如图 7-5 所示。

由图 7-5 可以看出，在测定期内的各测定时段，被肉苁蓉寄生的梭梭同化枝的丙二醛（MDA）含量，几乎都比未被寄生的梭梭和采收肉苁蓉种子即解除寄

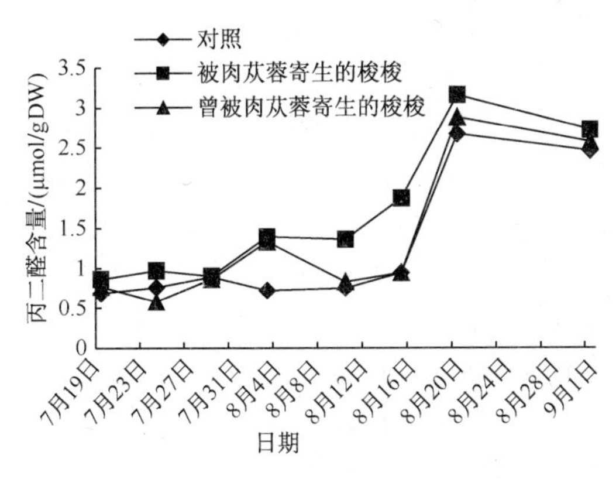

图 7-5　肉苁蓉寄生方式不同的梭梭同化枝的丙二醛含量变化

生关系的梭梭高。将三种不同测定分析对象的丙二醛含量平均值，按大小依次排序的结果是：被肉苁蓉寄生的（1.66 μmol/gDW）＞采收了肉苁蓉种子即解除了寄生关系的（1.35 μmol/gDW）＞未被肉苁蓉寄生的梭梭（1.26 μmol/gDW）；这表明梭梭被肉苁蓉寄生以后，梭梭丙二醛含量有所提高。

丙二醛（MDA）是膜脂过氧化作用的主要产物之一，对生物膜和细胞中的许多生物功能分子均有很强的破坏作用，因此，MDA 含量的增加是细胞质膜受损的结果，同时也是植物受伤害的原因之一（周兴元和曹福亮，2005）。梭梭被肉苁蓉寄生以后 MDA 含量的增加，说明梭梭细胞质膜因肉苁蓉的寄生受到了一定程度的伤害。

4. 不同测定分析对象和不同测定时间之间的水分代谢和生化指标差异显著性检验

对不同测定分析对象、不同测定时间测定的各项水分代谢和生化指标进行方差分析，结果表明：不同测定分析对象之间以及不同测定时间之间的梭梭同化枝相对含水量、束缚水/自由水、叶绿素含量、脯氨酸含量、丙二醛（MDA）含量等，在可靠性 95％的保证下，均存在着显著差异。

第四节　小结与讨论

（1）梭梭对干旱有较强的适应能力，与其独特的生理生化特性有关。目前对梭梭保护酶系统在干旱胁迫条件下反应的研究，主要集中在模拟干旱胁迫对梭梭幼苗生长的影响方面，而对自然环境条件下土壤干旱对梭梭保护酶系统的影响还缺乏研究。加强有关方面的研究工作，将更有助于揭示梭梭的抗旱机制。

（2）梭梭被肉苁蓉寄生以后，其体内的水分代谢将发生一系列变化。被肉苁蓉寄生的梭梭同化枝相对含水量比未寄生和采收肉苁蓉种子即解除寄生关系的梭梭低；束缚水/自由水的比值正好相反。同化枝相对含水量的减少和束缚水/自由水比值的提高，可以增加细胞原生质的黏滞性和原生质胶体的亲水性，有利于梭梭对水分吸收和体内水分的保持，维持正常的水分代谢功能。

（3）被肉苁蓉寄生以后，梭梭同化枝叶绿素含量降低，而脯氨酸、丙二醛有所提高。反映出寄生植物肉苁蓉对寄主梭梭生理生化方面的影响，同时也是梭梭的一种自我保护或适应。

（4）被肉苁蓉寄生的梭梭与没有被肉苁蓉寄生的以及采挖了肉苁蓉即解除了寄生关系的梭梭之间同化枝的相对含水量、束缚水/自由水比值、叶绿素、脯氨酸含量、丙二醛含量等都存在显著差异。这些生理代谢的指标的变化，对于梭梭体内其他生理代谢反应也会产生一定的影响。关于梭梭被肉苁蓉寄生以后的其他生理代谢反应有待进一步研究。

Chapter 7 The physiological metabolism reaction of *Haloxylon ammodendron* parasitized by *Cistanche deserticola*

According to the results of *Haloxylon ammodendron*, adaption and resistance to drought at home and abroad, the article discussed the mechanism of *Haloxylon* Bunge's adaption and resistance to drought from its physiological characters of water, photosynthesis, anatomical structure, osmotic adjustment, protective enzyme of membrane system and hormone. Based on these, the research focus in the further are forecasted.

By selecting an experiment plot from the fine forest experiment station in Jimusaer County of Xinjiang Uigur Autonomous Region, where the site conditions, ages, planting sapling density, the distance between trees, way of inoculation *Cistanche deserticola* and the technique of managing were well selected all analogous in the fine tree seeds production base of *Cistanche deserticola*, we have studied the relative water content, bound water/free water, chlorophyll, praline and MDA contents of *Haloxylon persicum*'s photosynthetic shoots which include parasitized by *Cistanche deserticola*, unparasitized by *Cistanche deserticola* and parasitized by *Cistanche deserticola* in the past but unparasitized now. The results show that the Relative Water Content of *Haloxylon persicum*'s photosynthetic shoots parasitized by *Cistanche deserticola* is decreased and the contents of bound water/free water are increased, comparing with the others.

Meanwhile, the chlorophyll contents of *Haloxylon persicum*'s photosynthetic shoots parasitized by *Cistanche deserticola* is decreased, the praline and MDA contents are increased. The discrimination of these indicts is significant between them. The *Haloxylon persicum* physiological metabolism reactions arosed by *Cistanche deserticola* parasitized is a type of physiological metabolism adaptation and also is a main reason of *Haloxylon persicum* declining growth arosed by inoculation *Cistanche deserticola*.

参考文献

艾尼莫明. 1994. 几种植物细胞膜的差别透性及其与抗旱性的关系. 干旱区研究，11 (1)：57～60

安守芹，方天纵，赵怀青等. 1997. 五种固沙饲用灌木营养成分生长期的动态. 内蒙古林学院学报，(12)：41～44

巴彦磊，王学先. 2002. 肉苁蓉人工栽植技术. 新疆农业科学，1：13～15

包国章，李向林，白静仁. 2000. 放牧及土壤斑块质量对白三叶密度及分枝格局的影响. 生态学报，20 (5)：779～783

包金英，董占元，樊文颖等. 2001. 内蒙古肉苁蓉开发研究现状及其对策. 内蒙古林业科技，(4)：41～42

宝音陶格涛，刘美玲. 2000. 退化草原轻耙处理过程中植物种多样性变化的研究. 中国沙漠，(4)：441～445

毕晓丽，洪伟，吴承祯等. 2001. 黄山松林不同树种树冠分形特征研究. 福建林学院学报，21 (4)：347～350

曹瑞，刘鸿丽，马虹等. 2003. 肉苁蓉（*Cistanche deserticola*）种内的变异式样. 植物研究，23 (1)：55～60

曹仪植，吕忠恕. 1983. 天然生长抑制物质的累积与植物对不良环境适应性的关系. 植物学报，25 (2)：123～129

曹振杰，赵文军，吴雪萍. 2004. 栽培荒漠肉苁蓉化学成分研究. 天然产物研究与开发，16 (6)：518～520

陈波，达良俊. 2003. 栲树不同生长发育阶段的枝系特征分析. 武汉植物学研究，21 (3)：226～231

陈波，宋永昌，达良俊. 2002. 木本植物的构型及其在植物生态学研究的进展. 生态学杂志，21 (3)：52～56

陈昌笃. 1983. 古尔班通古特沙漠的沙地植物群落、区系及其分布的基本特征. 植物生态学与地植物学丛刊，7 (2)：89～98

陈家宽. 2001. 糙隐子草草原3个放牧演替阶段的种间联结对比分析. 植物生态学报，25 (6)：693～698

陈建勋，王晓峰. 2002. 植物生理学实验指导. 广州：华南理工大学出版社

陈君，刘同宁，程惠珍等. 2003. 肉苁蓉传粉特性研究. 中国中药杂志，28 (6)：504～506

陈君，刘同宁，朱兴华等. 2004. 肉苁蓉属及寄主病虫害种类调查及防治初步研究. 中国中药杂志，29 (8)：730～733

陈君，于晶，刘同宁等. 2007. 肉苁蓉寄主梭梭害虫草地螟的发生与防治. 中药材，30 (5)：515～517

陈妙华，刘风山，许建萍等. 1993. 补肾壮阳中药肉苁蓉的化学成分研究. 中国中药杂志，18 (7)：424～426

陈鹏，潘晓玲. 2001. 干旱和NaCl胁迫下梭梭幼苗中甜菜碱含量和甜菜碱醛脱氢酶活性的变化. 植物生理学通讯，37 (6)：520～522

陈尚，王刚，李自珍. 1995. 白三叶分枝格局的研究. 草业科学，(4)：35～40

陈少裕. 1989. 膜脂过氧化与植物逆境胁迫 . 植物学通报，6 (4)：211～217

陈绍淑，何生虎，曹晓真等. 2005. 肉苁蓉药理及化学成分的研究进展. 甘肃畜牧兽医，182 (3)：41～44

陈玉福，于飞海，董鸣. 2000. 毛乌素沙地沙生半灌木群落的空间异质性. 生态学报，20 (4)：568～572

陈中义，陈家宽. 1999. 长喙毛茛泽泻的种群分布格局和群落内种间关联. 植物生态学报，23 (1)：56～61

程齐来，陈 君，刘杏忠等. 2005. 荒漠肉苁蓉茎腐病的初步研究. 中草药，36 (4)：582～586

丛者福. 1995. 天山云杉种群水平格局. 八一农学院学报, 18 (2): 41～44
丹尼尔 T W, 海勒姆斯 J A, 贝克 F S. 1987. 森林经营原理. 赵克绳, 王业蘧, 宫连城等译. 北京: 中国林业出版社
邓雄, 冯惠玲, 叶万辉等. 2003. 寄生植物菟丝子防治外来种薇甘菊研究初探. 热带亚热带植物学报, 11 (2): 117～122
邓彦斌, 姜彦成, 刘健. 1998 . 新疆 10 种藜科植物叶片和同化枝的旱生和盐生结构研究. 植物生态学报, 22 (2): 164～170
丁圣彦, 宋永昌. 1999. 浙江天童山国家森林公园长绿阔叶林演替前期的群落生态学特征. 植物生态学报, 23 (2): 97～107
董鸣. 1996. 陆地生物群落调查观测与分析. 北京: 中国标准出版社. 15
董占元. 1997. 吉兰泰地区梭梭林退化、死亡原因的生态生理学研究. 干旱区资源与环境, 11 (增刊): 66～74
董占元, 姚云峰, 赵金仁等. 2000. 梭梭［*Haloxylon ammodendron* (C. A. Mey) Bunge.］光合枝细胞组织学观察及其抗逆性特征. 干旱区资源与环境, 14 (增刊): 78～83
樊文颖. 2001. 肉苁蓉开发利用研究的进展与问题. 内蒙古林业调查设计, (4): 46～47
封磊, 洪伟, 吴承祯等. 2003. 杉木人工林不同经营模式树冠的分形特征. 应用与环境生物学报, 9 (5): 455～459
冯宗炜, 王效科, 吴刚. 1999. 中国森林生态系统的生物量和生产力. 北京: 科学出版社. 15
高海峰, 李银芳, 张海波等. 1984. 几种旱生植物蒸腾强度的变化. 干旱区研究, (2): 49～53
高焕, 冯启. 2001. 肉苁蓉人工种植技术研究. 内蒙古林业科技, (增刊): 45～46
高慧, 严华. 1998. 肉苁蓉多糖对人成纤维细胞的增殖作用. 中成药, 20 (4) 43～44
高浦新. 2002. 10 种荒漠植物叶片超氧化歧化酶活性与植物抗旱性关系的研究. 江西农业大学学报 (自然科学版), 24 (4): 537～540
高润宏, 金洪, 张巍等. 2001. 阿拉善荒漠特有珍稀濒危植物绵刺克隆生长构型研究. 干旱区资源与环境, 15 (4): 92～96
葛颂, 王可青, 董鸣. 1999. 毛乌素沙地根茎灌木羊柴的遗传多样性和克隆结构. 植物学报, 41 (3): 301～306
关义新. 1995. 水分胁迫下植物叶片光合的气孔和非气孔限制. 植物生理学通讯, 31 (4): 293～297
郭泉水, 谭德远, 刘玉军等. 2004. 梭梭对干旱的适应及抗旱机理研究进展. 林业科学研究, 17 (6): 796～803
郭泉水, 郭志华, 阎洪等. 2005a. 我国以梭梭属植物为优势的潜在荒漠植被分布. 生态学报, 25 (4): 848～853
郭泉水, 谭德远, 王春玲等. 2005b. 接种肉苁蓉对梭梭天然林的影响研究. 生态学杂志, 24 (8): 867～871
郭泉水, 谭德远, 王春玲等. 2005c. 肉苁蓉采挖坑对梭梭根际土壤水分的影响研究. 林业科学研究, 18 (3): 315～320
郭泉水, 王春玲, 郭志华等. 2005d. 我国现存梭梭荒漠植被分布及其斑块特征. 林业科学, 41 (5): 1～7
郭泉水, 王春玲, 史作民等. 2005e. 我国以梭梭属为优势的荒漠植被及其保护对策. 东北林业大学学报, 33 (增刊): 98～101
郭泉水, 徐德应, 阎洪. 1995. 气候变化对油松地理分布影响的研究. 林业科学, 31 (5): 393～402
郭泉水, 阎洪, 徐德应等. 1998. 气候变化对红松林地理分布的影响研究. 生态学报, 18 (5): 484～488

郭新红，姜孝成，潘晓玲. 2000. 渗透胁迫和外源脱落酸对梭梭幼苗生理特性的影响. 生命科学研究，(4)：337～342

郭新红，姜孝成，潘晓玲. 2001. 旱生植物梭梭幼苗信使核糖核酸（mRNA）的分离与纯化. 湖南师范大学学报（自然科学版），24（2）：70～72

国家环境保护局，中国科学院植物研究所. 1987. 中国珍稀、濒危植物保护名录. 北京：科学出版社

国家环境保护局自然保护司保护区与物种管理处. 1991. 珍稀濒危植物保护与研究. 北京：中国环境科学出版社. 157～170

韩德儒，杨文斌，杨茂仁. 1995. 干旱半干旱区沙地灌（乔）木种水分动态关系及其应用. 北京：中国科学技术出版社

韩兴吉. 1985. 油松树冠枝生长规律的探讨. 北京林业学院学报，(3)：50～59

韩永伟，王堃，张汝民. 2002. 吉兰泰地区退化梭梭蒸腾生态生理学特性. 草地学报，10（1)：41～44

郝占庆，陶大立，赵士洞. 1994. 长白山北坡阔叶红松林及其次生白桦林高等植物物种多样性比较. 应用生态学报，5（1)：16～23

何伟，宗桂珍，武桂兰. 1996. 肉苁蓉雄性激素样作用活性成分的初探. 中国中药杂志，21（9)：564～565

何智斌，赵文智. 2004. 黑河流域荒漠绿洲过渡带两种优势植物种群空间格局特征. 应用生态学报，15（6)：947～952

洪伟，吴承祯. 2001. 杉木种源高径生长的空间变异及其分形特征. 福建林学院学报，21（2)：97～100

侯彩霞，周培之. 1997. 水分胁迫下超旱生植物梭梭的结构变化. 干旱区研究，14（4)：23～25

侯天侦，梁远强. 1982. 新疆荒漠梭梭林光合生物特性研究初报. 新疆林业科技，(2)：15～18

侯天侦，梁远强. 1991. 新疆甘家湖梭梭林的光合、水分生理生态的研究. 植物生态学与地植物学学报，15（2)：141～149

胡式之. 1963. 中国西北地区的梭梭荒漠. 植物生态学与地植物学丛刊，(1～2)：83～109

胡文康. 1984. 准噶尔盆地南部梭梭荒漠类型、特征及其动态. 干旱区研究，5（2)：28～37

黄培佑. 2003. 中药肉苁蓉资源现状及其可持续利用问题. 乌鲁木齐：新疆大学生命科学与技术发展学院学位论文

黄培祐. 1988. 肉苁蓉寄生环境研究. 干旱区研究，3：44～46

黄培祐，吕自力. 1995. 莫索湾绿洲的建立与梭梭荒漠动态研究. 干旱区资源与环境，9（4)：173～178

黄丕振. 1987. 人工梭梭林的生态效益和经济效益. 干旱区研究，4（4)：16～20

黄玉清，李先琨，苏宗明. 1998. 元宝山南方红豆杉构件种群结构研究. 广西植物，18（4)：384～388

黄子琛. 1979. 干旱对固沙植物的水分平衡和氮素代谢的影响. 植物学报，(4)：324～329

黄子琛，刘家琼，鲁作民等. 1983. 民勤地区梭梭固沙林衰亡原因的初步研究. 林业科学，19（1)：82～87

贾志清，卢琦，郭保贵等. 2004. 沙生植物——梭梭研究进展. 林业科学研究，17（1)：125～132

江天然，张立新，毕玉蓉等. 2001. 水分胁迫对梭梭叶片气体交换特征的影响. 兰州大学学报（自然科学版），37（6)：57～62

姜孝成，潘晓玲，郭新红. 2001. 渗透胁迫和外源 ABA 对旱生植物梭梭幼苗某些生理性状的影响. 首都师范大学学报（自然科学版），23（3)：65～69

蒋进. 1992. 极旱环境中两种梭梭蒸腾的生理生态学特点. 干旱区研究，9（4)：14～17

蒋有绪，郭泉水，马娟. 1998. 中国森林群落分类及其群落学特征. 北京：科学出版社. 300～310

蒋有绪，臧润国. 1999. 海南岛尖峰岭树木园热带树木基本构筑型的初步研究. 资源科学，21（4)：80～84

金洪，高润宏，庄光辉等. 2003. 阿拉善荒漠绵刺克隆生长格局研究 . 北京林业大学学报，25（2)：

24～27
金永焕，代力民，李凤日．2003．长白山区天然更新赤松幼树的构型分析．东北林业大学学报，31（4）：4～6
康爱国，张丽萍，沈成等．2005．草地冥寄生蝇与寄主间的关系及控害作用．河北北方学院学报（自然科学版），21（6）：28～31
考克斯．1979．普通生态学实验手册．蒋有绪译．北京：科学出版社．120～123
拉德维格 J A，蓝诺兹 J F．1991．统计生态学．李育中译．呼和浩特：内蒙古大学出版社．80～100
雷丽，宋志宏，屠鹏飞．2003．肉苁蓉属植物的化学成分研究进展．中草药，34（5）：473～476
黎云祥，刘玉成，钟章成．1995．植物种群生态学中的构件理论．生态学杂志，14（6）：35～41
李春喜，王志，王文林．2002．生物统计学．第二版．北京：科学出版社
李德志，秦艾丽 杨茂林等．1992．天然次生林群落中主要树木种群分布格局的研究．吉林林学院学报，（1）：26～31
李福香，徐敏，王健等．2006．肉苁蓉的药理学研究现状与展望．安徽农学通报，12（13）92～93
李钢铁，秦富仓，贾守义等．1998．旱生灌木生物量预测模型的研究．内蒙古林学院学报，20（2）：24～31
李钢铁，史晴，任改莲等．1995．确定梭梭年龄的初步探讨．内蒙古林学院学报，17（2）：53～55
李钢铁，张密柱，张补在等．1995．梭梭林生物量研究．内蒙古林学院学报，17（2）：35～43
李海涛．1994．准噶尔盆地南缘莫索湾沙区荒漠灌木种群分布格局研究．八一农学院学报，17（1）：77～85
李合生．1999．植物生理生化实验原理和技术．北京：高等教育出版社
李洪山，张晓岚．1994．不同胁迫预处理对梭梭幼苗抗旱和抗冷性的影响．干旱区研究，11（2）：23～27
李洪山，张晓岚．1995．梭梭适应干旱环境的多样性研究．干旱区研究，12（1）：11～17
李洪山，张晓岚，侯新霞等．1995．梭梭适应干旱环境的多样性研究．干旱区研究，12（2）：15～17
李火根，黄敏仁．2001．分形在植物研究中的作用．植物学通报，18（6）：684～690
李建贵，宁虎森，刘斌等．2003．梭梭种群性状结构与空间分布格局的初步研究．新疆农业大学学报，26（3）：51～54
李俊清，臧润国，蒋有绪．2001．欧洲水青冈（*Fagus sylvatical* L.）构筑性与形态多样性研究．生态学报，21（1）：151～155
李琳琳，王晓文．1997．肉苁蓉总甙的抗脂质过氧化作用及抗辐射作用．中国中药杂志，22（6）：364～367
李凌浩，史世斌．1994．长芒草草原群落种间关联与种群联合格局的初步研究．生态学杂志，13（3）：62～67
李明，王根轩．2002．干旱胁迫对甘草幼苗保护酶活性及脂质过氧化作用的影响．生态学报，22（4）：503～507
李少昆，王崇桃，汪朝阳等．2000．北疆高产棉花根系构型与动态建成的研究．棉花学报，12（2）：67～72
李泰荣．1995．五子衍宗丸治疗男子不育症．新中医，增刊：75
李天然．1996．寄生被子植物的种子生理及其与寄主的相互关系．植物生理学通讯，32（6）：450～457
李先琨，黄玉清，苏宗明．2000．元宝山南方红豆杉种群分布格局及动态．应用生态学报，11（2）：169～172
李新荣．1999．俄罗斯平原针阔混交林群落的灌木层植物种间相关研究．生态学报，9（1）：55～60
李义明．1995．保护生物学研究进展和趋势．见：中国科学院生物多样性委员会，林业部野生动物和森林植物保护司．生物多样性研究进展．北京：中国科学技术出版社．45～51
李银芳．1986．龟裂地蓄水沟梭梭种植水分平衡的研究．干旱区研究，（2）：19～25

李银芳. 1992. 不同水分生境对梭梭耗水量的影响. 干旱区研究，9（4）：45～50
李银芳. 1992. 两种灌溉方式下的梭梭造林试验. 干旱区研究，9（4）：38～41
李银芳，杨戈. 1996. 梭梭固沙林水分平衡研究——Ⅰ. 梭梭柴秋灌固沙林的水分状况. 干旱区研究，13（2）：44～50
李银芳，杨戈. 1996. 梭梭固沙林水分平衡研究——Ⅱ. 白梭梭人工积雪固沙林的水分状况. 干旱区研究，13（2）：51～56
李银芳，杨戈. 1996. 梭梭固沙林水分平衡研究——Ⅲ. 梭梭柴径流集水固沙林的水分状况. 干旱区研究，13（2）：57～62
李银芳，杨戈. 1998. 梭梭人工林密度研究. 中国沙漠，18（2）：22～26
李玉灵，董锦兰，李钢铁. 1998. 乌兰布和沙漠东缘固沙灌木树种的选择及配置方式的初步调查研究. 内蒙古林业科技，(3)：16～18
李镇清. 1999. 克隆植物构型及其对资源异质性的响应. 植物学报，41（8）：893～895
李正理，李荣敖. 1981. 我国甘肃九种旱生植物同化枝的解剖观察. 植物学报，23（3）：181～185
李政海. 2000. 蒙古草原与荒漠区的锦鸡儿属植物种群格局动态和种间关系的研究. 干旱区资料与环境，14（1）：64～68
梁丽琼，谭裕模，张革民. 1997. 甘蔗叶片束缚水/自由水比与抗旱性关系. 广西蔗糖，(3)：14～16
梁士楚，王伯荪. 2002. 红树植物木榄种群植冠层结构的分形特征. 海洋通报，21（5）：26～31
梁远强，侯天贞，张洪峰. 1983. 干旱地区不同生境的梭梭有关水分因子的测定. 新疆林业科技，(3)：17～19
廖明隽，王其兵，宋明华等. 2002. 内蒙古锡林河流域不同生境中羊草的克隆构型和分株种群特征. 植物生态学报，26（1）：33～38
刘存琦. 1994. 灌木植物量测定技术的研究. 草业学报，3（4）：61～65
刘光宗，刘钰华. 1982. 梭梭种子萌发与水分的关系. 新疆林业科技，(1)：40～42
刘国钧. 2003. 肉苁蓉及其人工种植. 北京：中国劳动社会保障出版社. 32
刘基焕. 2005. 锁阳种子发芽实验报告. 现代中药研究与实践，19（3）：12
刘家琼，蒲锦春，刘新民. 1987. 我国沙漠中部地区主要不同生态类型植物的水分关系和旱生结构比较研究. 植物学报，29（6）：662～673
刘建泉. 1995. 沙拐枣群落特征与生态学特性的研究. 甘肃林业科技，(2)：18～22
刘金福，洪伟. 1999. 格氏栲种群生态学研究Ⅵ. 格氏栲种群空间格局分布的 Weibull 模型研究. 福建林学院学报，19（3）：212～215
刘金福，洪伟. 1999. 格氏栲种群生态学研究Ⅶ. 格氏栲种群分布格局的强度与纹理分析研究. 中南林学院学报，19（1）：59～63
刘金福，洪伟，陈清林. 1999. 格氏栲种群生态学研究Ⅴ. 格氏栲种群空间格局及其动态的研究. 福建林学院学报，19（2）：118～123
刘金福，洪伟，樊后保. 2001. 林荣天然格氏栲林乔木层种群种间关联性研究. 福建林业科学，37（4）：117～123
刘晋. 1996. 人工梭梭灌草防风阻沙带的生态效益. 新疆林业科技，(1)：8～12
刘世荣，蒋有绪，史作民等. 1998. 中国暖温带森林生物多样性研究. 北京：中国科学技术出版社. 74～89
刘晓云，刘速. 1996. 梭梭荒漠生态系统. 中国沙漠，16（3）：287～291
刘新民，张小军. 2000. 提高绿洲边缘防护体系稳定性的生态调控技术. 北京：中国林业出版社. 21～22
刘玉成，杜道林，陈利等. 1998. 四川大头茶的分枝率和顶芽动态. 生态学报，18（3）：309～314

刘兆刚，郭承亮. 1996. 落叶松人工树冠形状的预估. 东北林业大学学报，24（6）：14～20
卢纹岱. 2001. 多元统计分析. 北京：机械工业出版社
罗尚风. 1986. 肉苁蓉化学成分研究. 中药通报，11（11）：41～42
罗尚风. 1990. 肉苁蓉的成分及药理学研究概况. 西北药学杂志，5（11）：47
罗廷彬，陈亚宁，任葳等. 2002. 肉苁蓉研究进展. 干旱区研究，19（4）：56～58
罗廷彬，任葳，陈亚宁等. 2003. 克拉玛依肉苁蓉生长特性的调查. 干旱区资源与环境，17（4）：125～127
罗学刚，董鸣. 2001. 匍匐茎草本蛇莓克隆构型对土壤养分的可塑性反应. 生态学报，21（12）：1957～1963
马德滋，段金廒. 1993. 宁夏肉苁蓉属一新种. 西北植物学报，13（1）：5～76
马东明，徐淑莲，翟志席等. 2005. 寄生药用植物管花肉苁蓉种子的离体萌发与吸器形成的形态学研究. 植物学通年，22（1）：39～43
马海波，包根晓，马微东等. 2000. 内蒙古梭梭荒漠草地资源及其保护利用. 草业科学，17（4）：1～5
马虹，屠骊珠，李天然. 1997. 肉苁蓉胚胎学研究Ⅱ. 胚和胚乳的发育. 内蒙古大学学报（自然科学版），28（2）：219～221
马克明，祖元刚. 1997. 羊草种群地上部生物量与株高的分形关系. 应用生态学报，8（4）：417～420
马克明，祖元刚. 2000. 兴安落叶松分枝格局的分形特征. 植物研究，20（2）：235～241
马克平，黄建辉，于顺利等. 1995. 北京东灵山地区植物群落多样性的研究Ⅱ丰富度、均匀度和物种多样性指数. 生态学报，15（3）：268～277
马熙中. 1991. 肉苁蓉挥发性组分的研究. 高等学校化学学报，11（12）2：1443～1446
毛新民，王晓文. 1999. 肉苁蓉总苷对大鼠心肌缺血的保护作用. 中成药，30（2）：118～120
蒙根，魏开华. 2004. 几种特色蒙药的活性成分及药理研究进展. 中国民族医药杂志，（1）：36～38
那冬晨，王文斗，张志中等. 1998. 日本落叶松树冠形态与生长关联性的研究. 林业科技，23（2）：45～48
倪安顺. 1994. Excel 5. 0统计与数量方法应用. 北京：学苑出版社
倪红伟，陈继红. 1998. 小叶章种群地上生物量与株高的分形特征. 东北林业大学学报，26（3）：16～19
欧阳杰，王晓东，陈书安等. 2002. 肉苁蓉种子愈伤组织诱导条件的研究. 中国药学杂志，（7）：491～493
潘伟斌. 1997. 古尔班通古特沙漠南缘中段梭梭群落初步研究. 新疆环境保护，10（1）：38～40
潘伟斌，黄培. 1995. 四种短命植物若干生物学生态特征的研究. 植物生态学报，19（1）：85～91
潘晓玲，姜寿成，郭新红等. 2000. 梭梭和水稻种子萌发初期对渗透胁迫和外源ABA反应敏感性研究. 种子，（3）：16～18
彭少鳞，周厚诚，郭少聪等. 1999. 鼎湖山地带性植被种间联结变化研究. 植物学报，41（11）：1239～1244
彭少麟，郭志华，王伯荪. 1999. RS和GIS在植被生态学中的应用及其前景. 生态学杂志，18（5）：52～64
彭少麟，王伯荪. 1983. 鼎湖山森林群落分析（Ⅰ）物种多样性. 生态科学，（3）：98～103
彭少麟，周厚诚，陈天杏. 1989. 广东森林群落的组成结构数量特征. 植物生态学与地植物学学报，13（1）：12～17
钱迎倩，马克平. 1994. 生物多样性研究的原理与方法. 北京：中国科技出版社
秦大河，王绍武，董光荣. 2002. 中国西部环境演变评估. 第一卷. 中国西部环境特征及其演变. 北京：科学出版社. 217～248
任君，陶玲. 2000. 沙拐枣属植物种群间的生长效益研究. 甘肃农业大学学报，12（4）：454～457
沙坡头沙漠科学研究站. 1965. 流沙治理研究. 银川：宁夏人民出版社

山仑，陈培元. 1998. 旱地农业生理生态基础. 北京：科学出版社. 1～131
上官铁梁，张峰. 1988. 山西绵山植被优势种群的分布格局与种间联结的研究. 植物学研究，6 (4)：357～364
盛晋华，刘宏义，潘多智等. 2003. 梭梭物候期的观察. 中国农业科技导报，5 (3)：60～63
盛晋华，翟志席，杨太新等. 2004. 肉苁蓉寄生生物学的研究. 中国农业科技导报，6 (1)：57～62
施大文，何松春. 1995. 中药肉苁蓉及其同属生药对免疫功能及酯质过氧化的作用. 上海医科大学学报，22 (4)：306～308
时永杰，高万林. 2003. 梭梭. 中国兽医医药杂志，3 (1)：152～154
宋朝枢，贾昆峰. 2000. 乌拉特梭梭林自然保护区科学考察集. 北京：中国林业出版社. 52～54
宋加录，张玉芹. 2002. 肉苁蓉的栽培与采收. 中国野生植物资源，21 (2)：59～60
宋永昌. 2001. 植被生态学. 上海：华东师范大学出版社. 518
宋志宏，雷丽，屠鹏飞. 2003. 肉苁蓉属植物的药理活性研究进展. 中草药，34 (9)：16～18
苏格尔，包玉英. 1999. 锁阳（*Cynomorium songaricum* Rupr.）的寄生生物学特性及其人工繁殖. 内蒙古大学学报（自然科学版），30 (2)：214～218
孙书存，陈灵芝. 1999. 不同生境中辽东栎的构型差异. 生态学报，19 (3)：359～364
孙书存，陈灵芝. 1999. 辽东栎植冠的构型分析. 植物生态学报，23 (5)：433～440
孙学刚，肖文，贾恢夫. 1998. 疏勒河中游刚毛柽柳盐漠的群落结构、种群空间格局及种间联结性的研究. 草业科学，7 (2)：10～17
孙永强，郑兴国，陆中元等. 2003. 新疆肉苁蓉资源及人工种植研究初探. 干旱区资源与环境，17 (3)：123～127
孙云，王德俊. 1997. 新疆肉苁蓉对小鼠衰老模型肝和大脑皮质影响的透射电镜观察. 中药新药与临床药理，8 (1)：30～32
孙中伟，赵士洞. 1996. 长白山北坡椴树阔叶红松林群落木本植物种间联结性与相关性研究. 应用生态学报，7 (1)：1～5
谭德远，郭泉水，王春玲等. 2004a. 我国肉苁蓉资源状况及开发利用研究. 林业资源管理，(2)：29～32
谭德远，郭泉水，王春玲等. 2004b. 寄生植物肉苁蓉对寄主梭梭生长及生物量的影响研究. 林业科学研究，17 (4)：472～478
汤章城. 1983. 植物对水分胁迫的反应和适应性Ⅱ. 植物对干旱的反应和适应性. 植物生理学通讯，(4)：1～7
汤章城. 1998. 对渗透胁迫和淹水胁迫的适应机理. 植物生理与分子生物学. 北京：科学出版社. 739～747
陶格日勒. 2002. 保护和恢复阿拉善梭梭生态林的探讨. 内蒙古环境保护，14 (4)：24～26
屠鹏飞，何燕萍. 1994. 肉苁蓉类药源调查与资源保护. 中草药，(4)：205～208
屠鹏飞，何燕萍，楼之芩等. 1994. 肉苁蓉的本草考证. 中国药学杂志，1：3～5
屠鹏飞，李顺成. 1999. 肉苁蓉类润肠通便药效比较. 天然产物研究与开发，11 (1)：48～51
王伯孙，彭少麟. 1983. 鼎湖山森林群落分析Ⅴ物种联结性. 中山大学学报，7 (4)：27～35
王伯荪. 1987. 植物群落学. 北京：高等教育出版社. 15～29
王伯荪，彭少麟. 1985. 南亚热带常绿阔叶林种间联结测定技术研究Ⅰ. 种间联结测试的探讨与修正. 植物生态学与地植物学丛刊，9 (4)：274～285
王春玲，郭泉水，谭德远等. 2005. 准噶尔盆地东南缘不同生境条件下梭梭群落结构特征研究. 应用生态学报，16 (7)：1224～1229
王和天，刘殿池. 1999. 兴阳丸治疗肾虚湿阻型阳痿的临床与实验研究. 北京中医药大学学报，22 (5)：32

王华磊，郭玉海，翟志席等. 2006. 氟啶酮对管花肉苁蓉种子萌发影响的研究. 中国中药杂志，31 (19)：1638～1639

王济宪. 2002. 新疆锁阳. 特种经济动植物，11：28

王建，魏刚，刘昌迎等. 2000. 银杏枝、花、种子在树冠上的分布格局及其相互关系研究. 应用生态学报，11 (2)：185～189

王仁忠. 1996. 干扰对草地生态系统生物多样性的影响. 东北师大学报（自然科学版)，(3)：112～116

王炜，梁存柱. 2001. 梭梭年轮测定方法及生长动态的研究. 干旱资源与环境，15 (2)：67～74

王详荣，宋永昌. 1994. 浙江天童山国家森林公园常绿阔叶林种间相关的研究. 应用生态学报，5 (2)：113～119

王烨，尹林克. 1989. 梭梭属不同种源种子品质初评. 干旱区研究，(1)：45～49

王一峰，王春霞，杨文玺等. 2006. 锁阳资源的综合开发利用研究. 中兽医医药杂志，3：65～68

王志刚，杨东慧. 1998. 林带冬季相立木疏透度及其设计方法的研究. 中国沙漠，18 (1)：87～90

魏良民. 1991. 几种旱生植物水分生理特性的比较研究. 新疆大学学报（自然科学版)，8 (2)：75～78

吴长高，罗锡文. 2000. 计算机视觉技术在根系形态和构型分析中的应用. 农业机械学报，31 (3)：63～66

吴素芳，乌兰，丁积禄等. 2004. 人工营造梭梭接种肉苁蓉技术. 内蒙古林业调查设计，27 (4)：19～21

夏里帕提，侯彩霞，张晓发等. 1996. 浸水后梭梭同化枝渗出物的无机元素. 干旱区研究，(1)：56～58

向悟生，李先琨. 2003. 元宝山南方红豆杉克隆种群生长型研究. 福建林学院学报，23 (3)：240～244

肖化顺. 2004. 森林资源监测中 3S 技术的应用现状与展望. 林业资源管理，(2)：53～57

谢永华，黄冠华. 1999. 土壤水张力时变空间结构的初步研究. 水科学进展，10 (2)：113～117

新疆维吾尔自治区测绘局. 1998. 新疆维吾尔自治区分县地图册. 乌鲁木齐：新疆美术摄影出版社. 108～109

徐程扬. 2001. 不同光环境下紫椴幼树树冠结构的可塑性响应. 应用生态学报，12 (3)：339～343

徐道义，易善锋. 1994. 生物多样性及其理论意义. 地球科学进展，9 (3)：76～78

徐德应，郭泉水，阎洪等. 1997. 气候变化对中国森林影响研究. 北京：中国科学技术出版社. 26～27

徐东翔，张汝民，刘素梅等. 1990. 沙生植物抗旱生理学问题. 干旱区资源与环境，1 (增刊)：9

徐东翔，张新华. 1988. 十三种干旱区植物叶细胞膜脂组分及 ABA 含量与抗旱性的分析. 干旱区资源与环境，2 (4)：75～79

徐化成. 1995. 景观生态学. 北京：中国林业出版社. 12～13

徐文豪. 1995. 肉苁蓉和盐生肉苁蓉化学成分和药理作用的比较. 中草药，(3)：143

徐文豪，邱声祥，浓莲忠等. 1995. 肉苁蓉和盐生肉蓉化学成分和药理作用的比较. 中草药，26 (3)：143～146

许大全. 1997. 光合作用气孔限制分析中的一些问题. 植物生理学通讯，33 (4)：241～244

薛德钧. 章明. 1994. 三种肉苁蓉糖类成分的分析. 中药材，17 (2)：36～37

阎洪. 1989. 计算机引种决策支持系统的建立及其应用——引种区划. 林业科学，25 (5)：396～399

阎秀峰，李晶，祖元刚. 1999. 干旱胁迫对红松幼苗保护酶活性及脂质过氧化作用的影响. 生态学报，19 (6)：850～854

阳含熙，祝宁. 1994. 植物个体的新认识. 植物种群生态学研究现状与进展. 哈尔滨：黑龙江科技出版社. 1～7

阳小成，石培礼，钟章成. 1994. 绵阳官司河流域防护林优势种群的种间联结性研究. 见：祝宁. 植物种群生态学研究现状与进展. 哈尔滨：黑龙江科学技术出版社. 154～160

杨持，杨理. 1998. 羊草无性系构件在不同环境下的可塑性变化. 应用生态学报，9 (3)：265～268

杨戈，王铧. 1991. 9种珍稀濒危保护植物营养器官解剖学的观察. 干旱区研究，(3)：39～45
杨坤，焦智浩，张根发. 2006. 肉苁蓉组织培养研究进展及应用前景. 中成药，37 (1) 140～143
杨美霞，邹受益. 1995. 吉兰泰地区梭梭林天然更新研究. 内蒙古林学院学报（自然科学版），17 (2)：74～85
杨明，董怀军. 1994. 四种沙生植物的水分生理生态特征及其在固沙造林中的意义. 内蒙古林业科技，(2)：4～7
杨文斌. 1991. 风成沙丘上梭梭林衰亡的水分特性研究. 干旱区研究，(1)：30～33
杨文斌，包雪峰. 1991. 梭梭抗旱的生理生态水分关系研究. 生态学报，11 (4)：318～323
杨文斌，包雪峰，杨茂仁等. 1996. 梭梭抗旱的生理生态水分关系研究. 内蒙古林业科技，(3，4)：58～62
杨文斌，任建民. 1994. 不同立地梭梭林生长状况、蒸腾速率及其影响因素初探. 内蒙古林业科技，(2)：1～3
姚东瑞，郑晓明，黄建中等. 1994. 寄生植物无根藤吸器发育过程中酸性磷酸酯酶与细胞分裂素变化研究. 植物学报，36 (3)：170～174
姚云峰，高岩，张汝民. 1997. 渗透胁迫对梭梭幼苗体内保护酶活性的影响及其抗旱性研究. 干旱区资源与环境，11 (3)：70～74
阴俊齐. 1997. 准噶尔荒漠生态研究站植物区系和生活型. 新疆环境保护，19 (1)：13～21
尹姣，曹雅忠，罗礼智等. 2005. 草地冥对寄主植物的选择性及其化学生态机制. 生态学报，25 (8)：1844～1852
尹林克，李涛. 2005. 塔里木河中下游地区荒漠河岸林群落种间关系分析. 植物生态学报，29 (2)：226～234
颍淑燕，许文慰. 1996. 四川大头茶幼龄种群个体及构件水平上的自疏研究. 西南师范大学学报，21 (1)：59～66
尤春林，裴盛基. 1995. 生物多样性的研究方法. 见：钱迎倩，甄仁德. 生物多样性研究进展. 北京：中国科学技术出版社. 117～122
于方. 2003. 肉苁蓉的临床应用研究进展. 内蒙古医学杂志，35 (6)：535～536
于顺利，马克平，陈灵芝. 2003. 蒙古栎群落叶型的分析. 应用生态学报，14 (1)：151～153
臧润国，成克武，李俊清等. 2005. 天然林生物多样性保育与恢复. 北京：中国科学技术出版社. 452～463
臧润国，董大方. 1995. 刺五加种群构件的数量统计. 吉林林学院学报，11 (1)：6～9
臧润国，蒋有绪. 1988. 热带树木构筑学研究概述. 林业科学，34 (5)：112～119
曾菊香. 2006. 浅谈肉苁蓉的临床新用途. 中国医学杂志，4 (7)：375～376
张春凯，娄芝平，王世喜等. 1995. 欧洲菟丝子寄生辣椒简报. 北方园艺，(1)：12
张风春，蔡宗良. 1997. 活沙障适宜树种选择研究. 中国沙漠，19 (3)：304～308
张洪泉，孙云. 1996. 肉苁蓉多糖对小鼠肝郁性脾虚的药理作用. 中药新药与临床药理，7 (3)：39～40
张继义，赵哈林. 2004. 科尔沁沙地草地植被恢复演替进程中群落优势种群空间分布格局研究. 生态学杂志，23 (2)：1～6
张建国，李吉跃，沈国舫. 2002. 树木耐旱特性及其机理研究. 北京：中国林业出版社. 1～149
张剑，田迅，杨允菲 . 2003. 林间草地硬质早熟禾无性分株构件的定量分析. 中国草地，25 (2)：9～17
张金屯. 1995. 植被数量生态学方法. 北京：中国科学技术出版社. 1～370
张金屯. 1998. 植物种空间分布的点格局分析. 植物生态学报，22 (4)：344～349
张金屯，焦容. 2003. 关帝山神尾沟森林群落木本植物种间联结性与相关性的研究. 植物研究，23 (4)：

458～463
张金屯，孟东平. 2004. 芦芽山华北落叶松林不同龄级立木的点格局分析. 生态学报，24 (1)：35～40
张立运. 1985. 新疆莫索湾地区短命植物的初步研究. 植物生态学与地植物学丛刊，9 (3)：213～222
张立运. 1987. 新疆莫索湾沙区梭梭当年枝条生长特点及产量的初步研究. 干旱区研究，4 (4)：30～35
张立运. 1998. 古尔班通古特沙漠植被及工程行为影响. 干旱区研究，15 (4)：16～21
张立运，夏阳. 1997. 塔克拉玛干沙漠绿洲外围的天然植被. 干旱区研究，14 (3)：16～22
张寿洲，马毓泉. 1989. 肉苁蓉的核型分析. 内蒙古大学学报（自然科学版），20 (2)：277～279
张希林. 1999. 浅析阿拉善荒漠梭梭林的退化原因和保护利用. 内蒙古林业科技，(2)：1～3
张小全. 2001. 森林细根生产和周转研究. 林业科学，(3)：126～135
张晓岚，李洪山. 1994. 梭梭幼苗抗旱性与生物自由基、膜伤害关系初探. 新疆大学学报（自然科学版），11 (3)：87～90
张新时. 1989. 植被 PE（可能蒸散）指标与植被——气候分类. 植物生态学与地植物学学报，13 (1)：1～9
张秀省，庄志坤. 2007. 乙酰胆碱对管花肉苁蓉种子萌发及其内源 IAA 和 ABA 含量的影响. 植物生理学通讯，43 (2)：295
张勇，吴焕，王顺年等. 1993. 中药肉苁蓉商品药材和原植物资源调查. 植物资源与环境，(1)：10～12
张友军，吴清君，芮昌辉等. 2003. 农药无公害使用指南. 北京：中国农业出版社
张志耘. 1990. 国产肉苁蓉属（列当科）花粉及种皮形态的研究. 植物分类学报，(4)：294～298
赵翠仙，黄子琛，腾格里. 1981. 沙漠主要旱生植物旱性结构的初步研究. 植物学报，23 (4)：278～283
赵茂程. 2004. 基于 BP 神经网络的树形识别系统研究. 林业科学，40 (1)：154～157
赵明，郭志中，李爱德. 1997. 渗漏型蒸渗仪对梭梭和柠条蒸腾蒸发的研究. 西北植物学报，17 (3)：305～314
赵小军，刘宇. 2003. 梭梭的生态价值与经济价值. 内蒙古林业，(3)：39～45
赵志模，周新远. 1984. 生态学引论. 重庆：科学技术文献出版社重庆分社. 201
郑兴国，陆中元，王成等. 2001. 肉苁蓉人工栽植技术. 中国林业，3：34
郑兴国，陆中元，王程等. 2001. 肉苁蓉人工栽培技术研究. 新疆林业，(2)：29～30
郑元润. 1998. 大青沟残遗森林植物群落特点及种间联结性研究. 植物学通报，15 (5)：44～49
中国科学院中国植被图编辑委员会. 2001. 中国植被图集. 北京：科学出版社. 588
中国科学院中国植物志编辑委员会. 1979. 中国植物志，第 25 卷，第二分册：被子植物门. 北京：科学出版社. 139～141
中国森林编委会. 2000. 中国森林. 第四卷. 北京：中国林业出版社
中国植被编辑委员会. 1983. 中国植被. 北京：科学出版社. 589
钟章程，曾波. 2001. 植物种群生态研究进展. 西南师范大学学报，26 (2)：230～236
周厚诚，彭少麟，任海等. 1998. 广东南澳岛马尾松林的群落结构. 热带亚热带植物学报，6 (3)：203～208
周厚诚，任海，彭少麟. 2001. 广东南澳岛次生林的群落结构分析. 广西植物，21 (3)：209～214
周培之. 1988. 超旱生小乔木梭梭对水分胁迫反应的某些生理生化特殊性（初报）. 干旱区研究，5 (1)：1～7
周瑞莲，孙国钧，王海鸥等. 1999. 沙生植物渗透调节物对干旱、高温的响应及其在抗逆性中的作用. 中国沙漠，19 (增刊)：18～20
周兴元，曹福亮. 2005. 土壤盐分胁迫对三种暖季型草坪草保护酶活性及脂质过氧化作用的影响. 林业科学

研究，18（3）：336～341

朱国胜，李埃新．1992．肉苁蓉的开发利用．中国林副特产，（2）：24～25

朱选伟，叶永忠，杜卫兵．2001．栓皮栎植冠的构型分析．河南科学，19（1）：65～68

朱毅．2001．寄生植物野菰对芭蕉芋的危害与防治．贵州农业科学，29（5）：37～38

朱咏华，陈彩艳，唐前瑞等．2001．肉苁蓉不同外植体愈伤组织诱导比较．中药材，（4）：242～243

朱志红，孙尚奇．1996．高寒草甸矮嵩草种群的放牧中构件种群的反应特性．植物学报，38（8）：653～660

祝宁，陈力．1994．刺五加构筑型研究．植物种群生态学研究现状与进展．哈尔滨：黑龙江科技出版社．69～73

祝宁，金永岩，杨文化．1994．阔叶红松林及其次生林下的刺五加种群．见：周晓峰．中国森林生态系统定位研究．哈尔滨：东北林业大学出版社．615

庄树宏，王克明，陈礼学．1999．昆嵛山老杨坟阳坡与阴坡半天然植被植物群落生态学特性的初步研究．植物生态学报，23（3）：238～249

邹受益．1995．梭梭林更新复壮最佳技术研究．内蒙古林学院学报，17（2）：1～8

邹受益，常金宝，杨美霞等．1995．梭梭林修复工程研究．内蒙古林学院学报，17（2）：9～18

邹受益，李吉成，李美仁等．1995．吉兰泰地区梭梭林生境与分布特征研究．内蒙古林学院学报，17（2）：19～34

祖元刚，赵则海，丛沛桐等．2000．北京东灵山地区辽东栎林种群空间分布分形分析．植物研究，20（1）：113～119

Alskog G，Huss-Danell K. 1997. Superoxide dismutase，catalase and nitrogenase activities of symbiotic Frankin in response to different oxygen tensions. Physiol Plant，99：286～292

Anderson H G，Bailey A W. 1980. Effects of annual burning on grassland in the aspen parkland of east-central Alberta. Canada Journal of Botany，58：985～996

Bakker J P，Leeuw J D，Van S. 1984. Micro-patters in grassland vegetation created and sustained by sheep grazing. Vegetation，55：153～161

Barthelemy D，Edelin C，Halle F. 1991. Canopy Architecture. *In*：Raghavendra A S. Physiology of Trees. New York：John Wiley. 1～20

Bell A D，Roberts D，Smith A. 1979. Branching patterns：the simulation of plant architecture. Theor Biol，81：351～375

Box E O. 1981. Macroclimate and Plant Forms：An Introduction to Predictive Modeling in Phytogeography. The Hague：Dr W Junk Publishers. 1～258

Ceulemans R，Stettler R F，Hinckley T M et al. 1990. Crown architecture of Populus clones as determined by branch orientation and branch characteristics. Tree Physiol，7：157～167

Collins S L，Barber S C. 1985. Effects of disturbance on diversity in mixed-grassland：acomment. American Naturalist，125：866～872

Diggle P J. 1983. Statistical Analysis of Spatial point patterns. New York：Academic Press

Dobson A P，Rodriguez J P，Roberts W M et al. 1997. Geographic distribution of endngered species in United States. Science，275：550～553

Fer A，Russo N，Simier P et al. 1994. Physiological changes in a root hemiparasitic angiosperm，thesium humile (Santalaceae)，before and after attachment to the host plant (*Triticum vulgare*). Plant Physiol，143：704～712

Forman R T T. 1990. Ecologically sustainable landscapes：the role of spatial configuration. *In*：Zonneveld I

S, Forman R T T. Changing Landscapes: An Ecological Perspectives. New York: Springer-Verlag. 261～277

Gao H, Yan H, Zhang H Q et al. 1998. He proliferative effects of *Cistanche deserticola* polysacchrides on human fibroblast. Chin Tradit Pat (中成药), 20 (4): 43～44

Gomes A L, Fernandes G W. 1994. Influence of parasitism by piloslyles ingae (Rafflesiaceae) on its host plant, Mimosanaguirei (Leguminosae). Ann Bot, 74: 205～213

Guo Z G. 2003. Method for obtaining secondary metabolism product of broomrape by using biotechnology. CN: 1446458. 10

Guo Z G. 2004. Method of obtaining saline elstanche phenylethanol glycoside kind compound using bioconversion technique. CN : 1556200. 12～22

Harper J L, Bell A D. 1979. The population dynamics of growth form in organisms with modular construction. *In*: Anderson R M. Population Dynamics. Blackwell Scientific Publication, Oxford, 29～52

Hassan M A, West N E. 1986. Dynamics of soil seed pools in burned and unburned sagebrush semi-deserts. Ecology, 67: 269～273

He W, Zong G Z, Wu G L et al. 1996. Initial studies on androgenic like function of active compositions in Herba *Cistanche*. China J Chin Mad, 21: 564～565

Hisao T C. 1973. Plant response to water stress. Ann Rev Plant Physiol, 24: 519～570

Holdridge L R. 1947. Determination of world plant formation from simple climatic data. Science, 105: 367～368

Hubbel S P, Foster R B. 1986. Canopy gaps and the dynamics of a neotropical forest. *In*: Crawly M J. Pland Ecology. Blackwell Scientific Publications. 77～96

Jones M M, Turner N C. 1981. Mechanism of Droughty Resistance. *In*: Paleg L G, Aspinall D. The Physiology and Biochemistry of Droughty Resistance in Plant. Sydney: Academic Press. 15～25

Kadmon R, Danin A. 1999. Distribution of plant species in Israel in relation to spatial variation in rainfall. Vegettion Science, (10): 421～432

Kramer P J, Ozlowski T T K. 1979. Physiology of Wood Plants. New York: Academic Press

Li L L, Wang X W, Wang X F et al. 1997. Antilipid peroxidation and antiradiation of glycosides of Herba *Cistanche*. China J Chin Mater Mad, 22 (6): 364～367

Li S, Wu X, Lou Z C et al. 1998. Effect of elicitor of *Fasarium solani* on the aminoacid contents of *Cistanche deserticola* callus. J Northwest Pharmaceutical (西北药学杂志), 13 (6): 247～248

Li T R, Xu Y Y, Ge J X. 1988. Vermination from the seed of *Cistanche* and relationship with host Haloxylon. Acta Sci Nat Univ Neimongol (内蒙古大学学报: 自然科学版), 20 (3): 395

Lu C T, Mei X D. 2003. Improvement of phenylethanoid glycosides production by a fungal elicitor in cell suspension culture of *Cistanche deserticola*. Biotechnol Lett, 25: 1437～1439

Ludwig J A, Reynolds J F. 1988. Statistical Ecology, a Primer on Methods and Computing. New York: A Wiley Interscience Publication. 129～131

Lyshede O B. 1979. Xeromorphic features of three stem assimilating in relation to their ecology . Botanica Journal of the Linnean Society, 78: 85～98

Mao X M, Wang X W, Li L L et al. 1999. Protective action of glycosides of *Cistanche* against myocardial ischemia on rats. Chin Tradit Herb Drugs (中草药), 30 (2): 118～120

May R M. 1975. Patter of species abundance and university. *In*: Cody M L O, Diamond J M. Ecology and

Evolution of communitier. Cambridge : Belnap Press. 81～120

Moore P D, Shapman S B. 1986. Methods in Plant Ecology. 2rd ed. Black Well Scientific Publications. 462～463

Morgan J M. 1984. Osm regulation and water stress in higher plants. Ann Rer Plant Physiol, (1): 299～319

Moriya A, Tu P F, Karasawa D et al. 1995. Pharmacognostical studies of *Cistanchis herba* (Ⅱ). Nat Med, 49 (4): 394～400

Mueller-Dombois D, Ellenberg, H. 1986. 植被生态学的目的和方法. 鲍显诚，张绅，杨邦顺等译. 北京：科学出版社. 278～279

Munns R, Bracely C J, Barlow E W R. 1979. Solate accumulation in the apex and leaves of wheat during water stress. Aust J Plant Physiol, (6): 379～389

Nilsen L, Brossard T, Jolly D. 1999. Mapping plant communities in a local arctic landscape applying a scanned infrared aerial photograph in a geographical information system. Int J Remote Sensing, 20 (2): 463～480

Noy-meir I. 1973. Desert ecosystems: environment and producers. Annual Review of Ecology and Systematics, (4): 25～51

Oldeman R A A. 1990. Forests: Elements of Silvology. New York: Springer-Verlag

Oliver C D, Larson B C. 1990. Forest Stand Dynamics. New York: McGraw-Hill, Inc. 1～140

Ouyang J, Wang X D, Chen S A et al. 2002. Studies on callus induction from *Cistanche deserticola* seeds . Chin Phurln (中国药学杂志), 37 (7): 491～493

Ouyang J, Wang X D, Wang Y C et al. 2003a. Formation of phenylethanoid glycosides by Cistanche desert&ola callus grown on solid media . Biotechnol Lett, 25: 223～225

Ouyang J, Wang X D, Wang Y C et al. 2003b. Light intensity and spectral quality influencing the callus growth of Cistanche deserticola and biosynthesis of phenylethanoid glycosides. Plant Sci, 165: 657～661

Prentice I C, Cramer W, Harrison S P et al. 1992. Global biome model based on plant physiology and dominance, soil properties and climate. Biogeogr, 19: 117～133

Rangan T S, Rangaswamy N S. 1968. Morphogenic investigations on parasitic angiosperms Cistanche Tubulosa (Orobanchaceae). Canad Jour Pot, 46: 263

Sala O E, Oesterheldt M, Leon R J et al. 1986. Grazing effects upon plant community structure in subhumid grassland of Argentina. Vegetation, 67: 27～32

Schluter D A. 1984. Variance test for detecting species associations with some example applications. Ecology, 65 (3): 998～1005

Schulze E D, Turner N C, Glatzel G . 1984. Carbon water and nutrient relations of two mistletoes and their hosts, a hypothesis. Plant Cell Environ, 143: 33～44

Shen H M, Wang X W, Gu D T et al. 1995. Morphological changes of peripheral blood corpuscles of radiated rats feeded with Cistanche. Acta Acad Med Xinjiang, 18 (2): 83～86

Shi D W, He S C, Jiang Y et al. 1995. The effects of traditional Chinese medicine *Cistanche* species on the immune function and lipid peroxidation. Acta Acad Med Shanghain, 22 (4): 306～308

Smith S. 1991. Stomatal Behaviour of Striga Hermonthica. *In*: Musselman I J, Wegmann K. Recent Advance in Orobanche Research. Tübingen: Eberhard Karls University. 329～335

Stewart G R, Press M C. 1990. The physiology and biochemistry of parasitic angiosperms. Ann Rev Plant

Physiol Plant Mol Biol，(41)：127～132

Sun Y，Wang D J，Sheng S Q et al. 1997 The TEM investigation of liver and cerebral cortex in aged mice after deal with Xinjiang Herba *Cistanche*. Tradit Chin Drug Res Cli Phamacol（中药新药与临床药理），8(1)：30～31

Tu P F，Li S C，Li Z X et al. 1999. Com parison on moistening the intestines and laxation of Herba *Cistanche*. Nat Prod Res Dev（天然产物研究与开发），11 (1)：48～51

Wang Z Q，Zhang Y. 1996Influences of decoction of desertliving *Cistanche*（*Cistanche deserticola*）on tolerance against hypoxia and fatigue in mice. Chin Tradit Herb Drugs（中草药），27 (1)：137～138

W u X，Li S，Dong X C et al. l998. Callus culture of *Cistanche deserticola*. J Northwest Pharmacol（西北药学杂志），13 (3)：103～104

Xiong Q B，Hase K，Tezuka Y et al. 1998. Hepatoprotective activity of phenylethanoids from *Cistanche deserticola*. Planta Med，64 (2)：120～125

Xiong Q B，Kadota S，Tani T et al. 1996. Antioxidative effects of phenylethanoids from *Cistanche deserticola*. Biol Pharm Bull，19 (12)：1580～1585

Xue D J，Liu N J，Hu F Q et al. 1997. Studies on the antisenility of the extracts from *Cistanche deserticola*. Chin J Mod Appl Pharm，14 (5)：16～17

Xue D J，Zhang M. 1994. Analysis of saccharides from three kinds of Herba *Cistanchis*. J Chin Med Mater（中药材），17 (2)：36～37

Xu W H，Qiu S X，Shen L Z et al. 1995. Comparison of the chemical constituents and pharmacological effects between *Cistanche deserticola*，*Cistanche salsa*. Chin Tradit Herb Drugs（中草药），26 (5)：143～146

Zeng Q L，Mao J H，Lv Z L et al. 1998. Purification of polysaccharide of *Cistanche deserticola* and its immunomodulatory effects on T cell function. J Zhejiang Med Univ，27 (3)：108～111

Zhang H Q，Sun Y，Lin A P et al. 1996. The pharmacological actions of the *Cistanche deserticola* polysaccharides on the mice of depressed liver with the insufficient spleen . Tradit Chin Drug Res Clini Pharmacol，7 (3)：39～40

Zhu Y H，Chen C Y，Luo Z M et al. 2001. Studies on calluses induced from various explants of *Cistanche deserticola*. Chin Med Mater（中药材），24 (4)：242～243

Zimmerman M H，Brown C L. 1971. Trees Structure and Function. Berlin：Springer-Verlag. 203～238

彩　　图

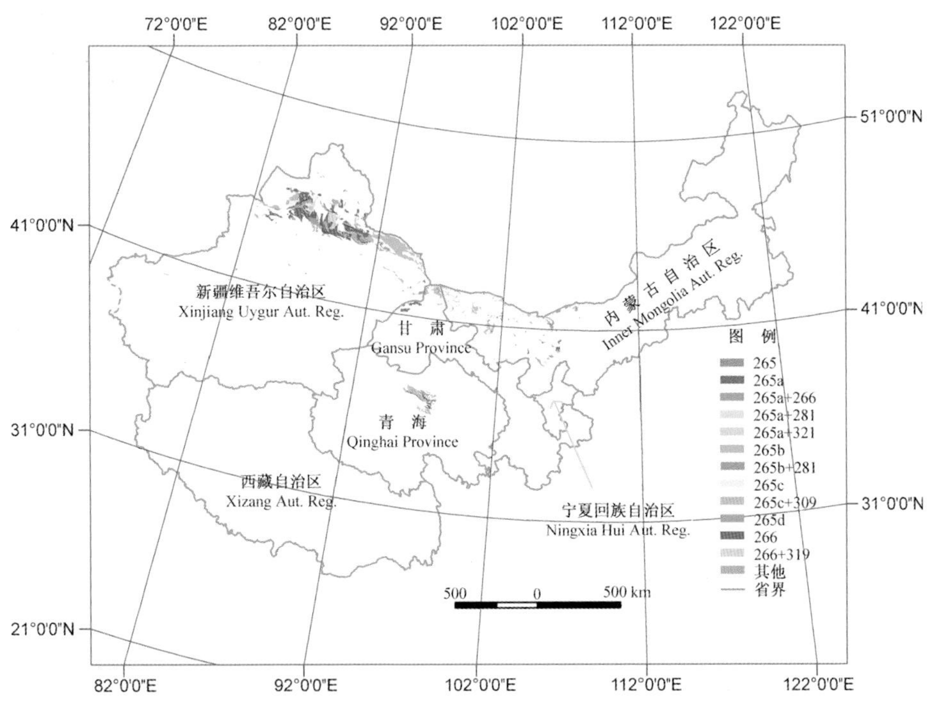

彩图1　2005年我国以梭梭属为优势的现存梭梭荒漠植被的群落类型及其地理分布

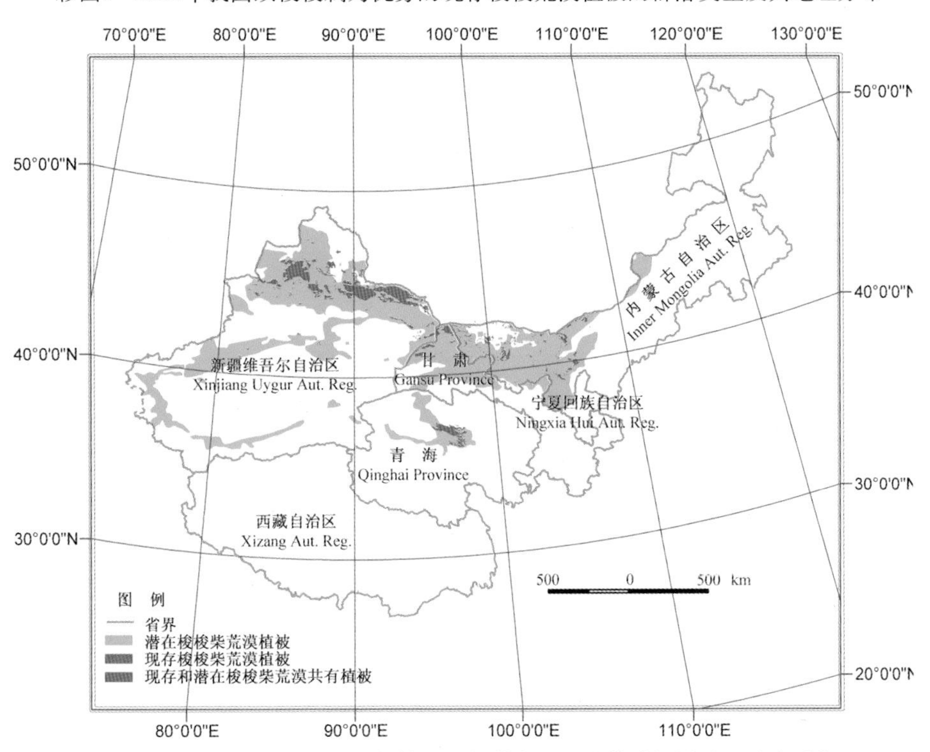

彩图2　2005年以梭梭柴为优势的现存与潜在梭梭柴荒漠植被地理分布叠加图

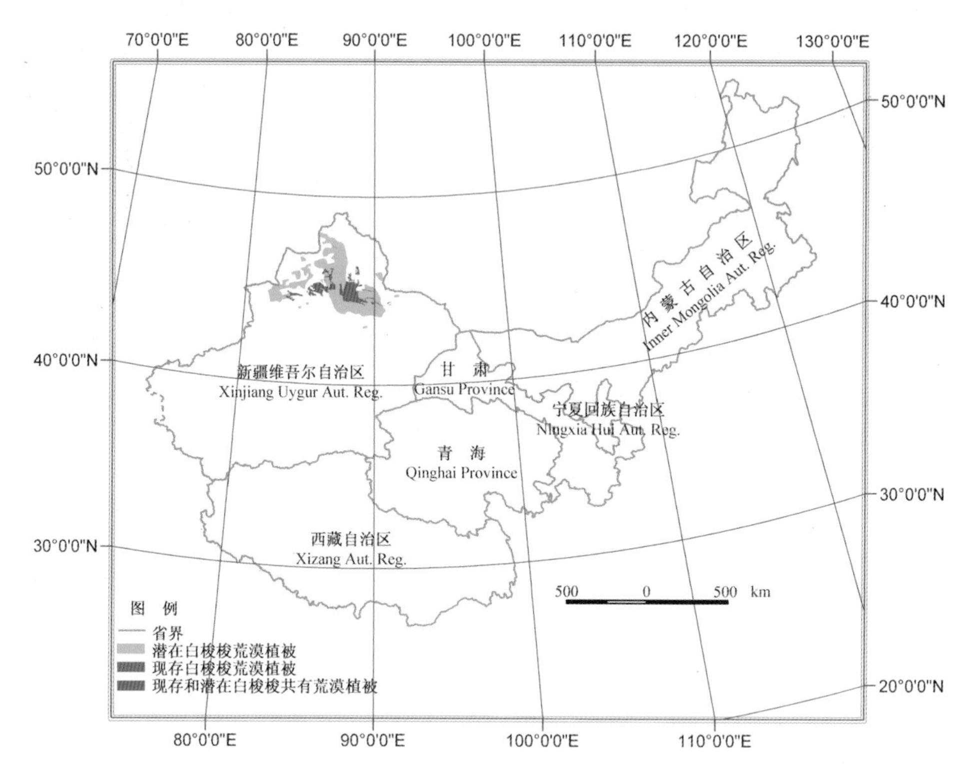

彩图3 2005年以白梭梭为优势的现存与潜在白梭梭荒漠植被地理分布叠加图

彩图4 人工梭梭幼苗植株构筑型

彩图5 成年梭梭植株V形构筑型